푸른사상 평론선 29

서정적 리얼리즘의 시학

박진희 朴珍嬉

문학평론가. 현재 대전대학교 교수. 세종대학교를 졸업하고 대전대학교 대학원에서 박사학위를 받았다. 주요 저서로 『유치환 문학과 아나키즘』, 『문학과 존재의 지평』 등이 있다.

서정적 리얼리즘의 시학

초판 1쇄 인쇄 · 2017년 3월 10일
초판 1쇄 발행 · 2017년 3월 20일

지은이 · 박진희
펴낸이 · 한봉숙
펴낸곳 · 푸른사상사

주간 · 맹문재 | 편집 · 지순이, 홍은표 | 교정 · 김수란
등록 · 1999년 7월 8일 제2-2876호
주소 · 경기도 파주시 회동길 337-16 푸른사상사
대표전화 · 031) 955-9111(2) | 팩시밀리 · 031) 955-9114
이메일 · prun21c@hanmail.net / prunsasang@naver.com
홈페이지 · http://www.prun21c.com

ISBN 979-11-308-1086-7 93800
값 24,000원

이 도서의 국립중앙도서관 출판예정도서목록(CIP)은 서지정보유통지원시스템 홈페이지(http://seoji.nl.go.kr)와 국가자료공동목록시스템(http://www.nl.go.kr/kolisnet)에서 이용하실 수 있습니다.(CIP제어번호: CIP2017005687)

푸른사상 평론선 29

서정적 리얼리즘의 시학

박진희

Poetics of Lyrical Realism

세계와 불화하는 존재가 시인이라 할 때 이러한 현실에 대한 인식과 그것에 대한 응전의 태도야말로 현대사회에서 요구되는 시인의
할까 한다. 우리 시단에는 이미 70년대의 참여시라든가 80년대의 해체시, 90년대의 생태시 등 현실이 위기로 인식될 때마다 나름대로 뚜렷한 성
드러내며 사회 현실에 예민하게 반응해온 역사가 있다. 사실 지금 우리의 현실은 물질적 향유의 수준이 향상되고 정치 경제적 권력의 횡포와 부조

책머리에

시, 무력한 존재의 그 역설적 힘

인간의 삶이란 매 순간 어떠한 힘과의 마주침을 경험하는 것으로도 설명이 가능하다. '어떠한 힘'이란 넓은 의미에서의 타자－자아를 포함한－혹은 그 총체로서의 세계라 할 수 있다. 여기에서 힘이라 한 것은 마주침의 대상이 단순한 사물 그 자체가 아니라 그것이 포지하고 있는 확정되지 않은 의미들이기 때문이다. 인식 주체의 사유 내지 진리에 대한 탐구는 바로 이 타자와의 마주침을 근거 기반으로 하고 있는 것이다. '매 순간'이라 했지만 자아에게 매 순간 주어지는 것은 마주침이라기보다는 마주침의 기회라 하는 것이 더 정확한 표현일 터, 마주침이란 타자가 자아의 인식 범주 내로 들어왔을 때 가능해지는 것이기 때문이다. 즉 물리적 마주침이 아닌 내면의 파동이 요구된다는 의미이다. 자아의 세계는 이 타자와의 마주침에서 형성되는 다양한 주름에 의해 구성되고 또 생성되는 것이라 할 수 있다.

그런데 현대사회에서 타자는 자아의 내면에 어떠한 파문도 일으키지 못하는 물화된 존재로 전락하게 되었다. 이는 익히 알려진 바대로 도구화된 이성에서 기인한다. 데카르트의 코기토 이후 신이 물러난 중심에 인간이 자리하면서 인간 이외의 것들은 철저하게 주변화되어왔다. 이 인간중심주의가 극도의 자본주의 발전과 맞물리면서 이성은 비판과 성찰이라는 본연의 기능을 상실한 채 도구화되었으며 그 결과 세계는 경제적 환원주의, 목적지향주의의 길로 들어서게 된 것이다.

이윤 창출과 효율성만을 추구하는 세계에서 인간은 중심을 자본에 내어주고 인간 자신도 소외되기에 이른다. 자본을 통하여 행복을 추구하고자 하였지만 타락한 이성과 팽창하는 인간의 욕망은 인간 본위의 목적성을 상실한 채 자본 자체를 목적으로 삼게 되었기 때문이다. 근대적 이성중심주의가 물질문명의 발전을 가져온 것은 사실이지만 심각한 수준의 환경 파괴를 비롯하여 전쟁과 학살, 테러, 억압, 인간의 상품화 등등 그 역기능은 가히 인류 생존을 위협하는 수준으로 드러나고 있다. 타자의 소외 내지 물화 또한 동일한 맥락에서 발생하는 필연적인 현상이라 할 수 있을 것이다.

이러한 현실에 대한 분석과 비판은 꾸준히 이루어지고 있는 셈인데 상황의 개선은 요원해 보이는 것이 사실이다. 그 까닭은 가속화되는 인간 욕망의 팽창과 재생산이 관념을 압도하고 있기 때문이다. 저항의 주체가 되어야 할 사회 구성원이 제도권하에서의 안위와 선진 산업사회가 부여하는 물질적 충족이라는 보이지 않는 사슬에 포박되어 오히려 이데올로기의 협력자로 기능하게 되는 까닭이다. 이러한 사회에서 사회의 변혁은 부정될 수밖에 없으며 변혁을 위한 갈등 또한 허용될 리 만무하다.

세계와 불화하는 존재가 시인이라 할 때 이러한 현실에 대한 인식과 그것에 대한 응전의 태도야말로 현대사회에서 요구되는 시인의 본령이 아닐까 한다. 우리 시단에는 이미 70년대의 참여시라든가 80년대의 해체시, 90년대의 생태시 등 현실이 위기로 인식될 때마다 나름대로 뚜렷한 성격을 드러내며 사회 현실에 예민하게 반응해온 역사가 있다. 사실 지금 우리의 현실은 물질적 향유의 수준이 향상되고 정치 경제적 권력의 횡포와 부조리가 보다 은밀해졌다뿐이지 70년대의 그것에서 크게 벗어나지 않는다는 생각이다. 예술이란, 세계의 불행을 인식하는 데서 그 자신의 행복을 갖는다는 아도르노의 말처럼 객관적 불행의 현실은 시인으로 하여금 사유토록, 그리고 참된 것을 탐구하도록 추동하는 기제로 작용한다.

2014년 첫 비평집을 낸 이후 여러 문예지에 발표했던 글들을 모아 두 번째 비평집을 낸다. 2년여가 조금 넘는 기간 동안 참으로 여러 시인들을 만났다. 비평도 창작이라 생각한다. 그러나 작품이 없으면 비평도 없다. 시가 먼저라 생각하고 그 시들을 최대한 성실하게 그리고 꼼꼼하게 읽으려 노력했다. 그러다 보면 어떤 시정신이랄까, 작품을 관류하는 중심 같은 것과 마주하게 되는 시점이 생기고 그것과의 교호를 통해 형성되는 주관적인 담론이 나의 비평이었다고 할 수 있겠다.

시인들은 부단히 타자를 호출하고 있었다. 소외된 존재에의 동화, 존재에 대한 물음, 구원에 대한 염원 등이 그것이다. 이는 경제적 환원성이나 효율성의 측면에서 전혀 쓸모없는 것에 속한다 할 수 있을 것이다. 그러나 근대의 불행은 바로 이 쓸모없는 것들의 상실에서 비롯되었는바 이에 대해 끊임없이 묻고 사유하고 탐구하는 것은 현대 시인이 포지해야 할 시정신에 해당한다 할 것이다. 이러한 시정신은 본연의 이성을 되살리고 현실에서 삭제되어가는 가치들을 복원하는 맥락에 놓여 있다는 점에서, 현실을 사유하면서도 또 동시에 시대를 초월하는 보편성을 포회하게 된다.

또 하나, 현장에서 만난 시인들은 시대를 빗겨가지 않지만 그 응전의 방식은 비판과 냉소, 해체보다는 동화와 공감, 연대의 그것에 기울어 있었다. 우리 사회에는 절망적이고 충격적인 사건들이 이어지고 있고 그로 인한 상처와 분노, 불신이 산재해 있지만 그것은 제대로 해결되지 않은 채 잊혀지기를 강요당하고 있다. 이러한 사건들의 저변에 포진하고 있는 불의와 부조리에 대한 비판과 저항이 필요한 것은 물론이다. 그러나 비판과 저항의 진정성은, 그리고 그 힘은 바로 타자의 슬픔에, 아픔에 공감할 수 있는 마음과 그 정신에서 담보되는 것이라 생각한다. 궁극적으로 타자에 대한, 세계에 대한 사랑에서 연원하는 비판적 이성이야말로 구원에 대한 가능성을 함의할 수 있는 정신이 된다는 의미이다. 이러한 감수성에서 구현되는 시적 의장을 서정적 리얼리즘, 비판을 함의하고 있는 서정성이라 명명할 수 있지 않을까.

상식이 통하지 않는 절망적 현실에서 시란, 때때로 한없이 무력해 보이는 것도 사실이다. 그러나 타자와의 상호 동일성을 본령으로 하는 시(詩)와 그 시정신이야말로 인간을 인간으로, '고귀한 존재'로서의 인간으로 남게 하는 요체 중 하나가 아닐까 한다. 그러므로 시에는, 시인에게는 힘이 있다. 역설적이게도 가장 '무력'한 존재이기에 가능한 힘이.

2017년 2월
박진희

차례

제3부 진정한 실존에 이르는 길

제4부 불가능성의 시학

제1부

타자를 꿈꾸는 시

한 경쟁의 시대로 들어서면서 이러한 '타자'와의 관계는 왜곡되고 만다. '타자'는 포용의 대상이 아니라 배척과

되어버린 것이다. 한나 아렌트의 '사적 존재'란 바로 '타자'가 삭제되고 박탈된 공간에 '있는' 존재이다. 자신의 목소리를 들어줄

없는, 유령과도 같은 존재가 바로 '사적 존재'인 것이다. '사적 존재'의 행동은 타인에게 아무런 의미도, 흔적도 남기지 못한다.

타자가 삭제된 세계, 타자를 꿈꾸는 시(詩)

'피로사회', '불안한 현대사회', '위험사회' 등등, 사회학자들이 우리 사회를 규정하는 말들은 피폐하기만 하다. 불행한 것은 이러한 말들이 현실을 핍진하게 드러내고 있는 것을 넘어 현실이 말을 압도한다는 점이다. 말로 할 수 없을 만큼 처참한 것이 지금 여기, 우리의 현실이다. 우리가 '살아가는' 사회가 아니라 우리가 '살아내야' 하는 사회라 할 수도 있겠다. 우리 사회 전체를 덮고 있는 어이없는 죽음에 대한 분노는 단순히 인재에 의한 기약된 사고였다는 것만으로는 설명되지 않는 종류의 것이다. 대책 없는 분노와 상실감, 바닥 모를 자책과 무기력, 그리고 부끄러움만이 유영하고 있다. 지금 우리 사회는 무엇이라 불러야 할까.

1. '타자'의 부재

울리히 벡(Ulrich Beck)은 그의 저서『위험사회』에서 산업화와 근대화를 통한 과학기술의 발전은 물질적인 풍요를 수반함과 동시에 위험을 체계적으로 생산해낸다고 설파하였다. 그런데 우리 사회에서 일어난 일련의 대형 사고들을 떠올려보면 급격한 근대화로 인한 물질적인 풍요는 상위 계층의 몫이고 발전 과정에서 생산된 위험과 해악은 서민 계층에 축적되는 것이 아닌가 여겨질 정도이다. '세월호' 사건만 보더라도 위험이 생산되는 과정에 결정적 요인으로 작용한 것은 자본 축적에 대한 욕망과 이를 위한 음성적 자본 유통이었으며 이 위험에 희생된 계층은 결국 가장 힘없는 서민층이었기 때문이다.

많은 학자들이 현대사회의 부정성을 명석하게 진단 분석하여 다양한 이름으로 명명하고 있지만 원인과 대책은 하나로 귀결되는 듯하다. 원인은 다른 것이 아니라 근대사회가 등장한 이후 최근의 신자유주의에 이르기까지 우리가 상실한 가치들에 있다. 그것은 '복수성', '공공성', '공동체에 대한 관심' 등속의 다양한 외피를 두른 채 호명되고 있지만 이를 관류하는 표상을 상정한다면 그것은 '타자'일 것이다. 지금 여기, 우리의 현실은 한마디로 타자가 부재한 현실이라는 의미이다.

공동으로 관계 맺게 되고 이용하게 되는 대상이나 그 성질의 것들이 '공공성'일 터이다. 또한 어느 한 중심에 대한 추종이 아닌, 개별 주체들의 다성적인 개성과 이들 간의 어울림이 '복수성'이 의미하는 바일 터이다. 여기에 공통적으로 전제되어야 할 점은 '타자'가 존재해야 한다는 것이다. 우리가 사는 세계에는 필연적으로 타자가 존재하며 그 타자와 끊임없는 소통을 통해 자아가 성장해나가고 공동체를 이루어가는 것이다.

무한 경쟁의 시대로 들어서면서 이러한 '타자'와의 관계는 왜곡되고 만다. '타자'는 포용의 대상이 아니라 배척과 배제의 대상이 되어버린 것이다. 한나 아렌트의 '사적 존재'란 바로 '타자'가 삭제되고 박탈된 공간에 '있는' 존재이다. 자신의 목소리를 들어줄 존재가 없는, 유령과도 같은 존재가 바로 '사적 존재'인 것이다. '사적 존재'의 행동은 타인에게 아무런 의미도, 흔적도 남기지 못한다. 이렇게 되면 '사적 존재'는 결국 자신의 현실성 내지는 존재에 의심을 품게 되고 이러한 '존재함'에 대한 회의는 자신이 '잉여자라는 감각'을 불러일으키게 된다.

신작들에서 이러한 감각을 읽어내는 것은 어려운 일이 아니었다.

2. 유령인간, 혹은 잉여인간

언젠가 그가 날개를 오므리고 잠든 모습을 본 적이 있다. 물가 어디쯤이 아니라 텔레비전이 혼자 켜진 푸른 방구석이거나 식탁 앞이었다. 3만 킬로쯤이라도 날아온 것일까. 사내의 오므린 날개가 힘없이 바닥으로 내려와서 깊어가는 밤.

초저녁 티브이 뉴스 위에 앉아 있거나, 끼니를 건너뛰거나, 다시 깨어나 어슴푸레 밝아오는 아침을 홀로 맞이하는 것은 이제 낯선 일이 아니다. 형광등이 어둠을 밀어내는 거실 창가에서 조간신문을 읽다가 벽에 걸린 가족사진을 바라보는 시선은 아픔에도 도가 텄을 법한데 유독 흔들리는 눈빛인걸 보면, 그는 아직 하수임이 분명하다.

오월이 오면 발작하듯 그리움은 한꺼번에 터져 사태 져오고 어린이날, 가정의 달, 사내의 검은색 지프는 미친 듯이 해안을 달리거나 멀리 고속도로를 퓨마처럼 달린다. 달리다 지치면 바람의 고삐를 돌려 되돌아오는 것을 스무 해 동안 반복했다. 창밖에선 덩굴장미가 피고 지고 피고 지고, 사내도 장미 따라 피고 지고 피고 지고 세탁기 돌아가는 소리도 한없이 피고 지고, 그의 가파른 일상은 지상 1000미터를 날고 있다.

그 사내 얼마 전 아파트 베란다에서 정말 날아가는 것을 본적이 있다.

> 베란다 창이 열리고 숨고를 새도 없이 살아온 날처럼 아파트 불빛들이 V자로 켜지던 순간,
>
> 어느새 흰 머리칼로 뒤덮인 그의 청춘은 날개를 펼치며 가장 앞서 날았다. 아파트 불빛들이 사내를 따라 모두 날아가고, 불 꺼진 아파트에서 그 사내를 본 사람은 아무도 없었다.
>
> —신윤서, 「날아라 파리」(『시와 사람』, 2014 봄)

타자가 부재한 '사내'의 삶은 '파리'의 그것에 다름이 아니다. 티브이를 보고 끼니를 거르고 잠을 설치다 홀로 아침을 맞이하는 일은 스무 해 동안 반복되어오던 일상이기에 그에겐 '낯선 일'이 아니다. 그럼에도 일상에 매몰되지 않은, 결코 매몰될 수 없는 마음 속 어느 한 공간을 마련해둔 '사내'는 이 사회에서는 '하수'일 수밖에 없다.

한때 날개를 펴고 날았을 그의 옆에는 타자가 존재했을까. 위 시에서 '사내'는 힘없이 날개를 오므리고 있을 뿐 말이 없으며 말을 한다 해도 들어줄 타자가 없다. 단지 일정한 거리를 두고 관찰하는 화자가 있을 뿐이다. 타자와의 관계를 통해 성장하고 공동체를 이루어가는 것이 인간의 삶이라 할 때 '타자'가 부재하는 '사내'의 삶은 성장이 아닌 노화의 과정일 뿐이다. 새로운 가치를 창조해가는 삶이 아니라 잉여의 삶일 뿐이다. 자신의 목소리를 들어줄 이가 아무도 없는 '유령인간'인 것이다.

사내는 드디어 힘없이 오므린 날개를 펴 비상한다. 그러나 그 비상은 사라지기 전 잠시의 반짝임과 같다. "숨고를 새도 없이 살아온 날"을 재현이라도 하듯 "아파트 불빛들이 V자로 켜"진다. 그 잠시의 반짝임이 사라진 후, 그의 존재를 증명해주는 유일한 표징이었던 "아파트 불빛들" 또한 꺼진다. "불 꺼진 아파트에서 그 사내를 본 사람은 아무도 없었다"는

것은 결국 유령과도 같은 사내의 삶이 사라졌음을 의미하는 것이다.

그러나 "아파트 불빛들이 V자로 켜"졌다는 것이 역설적이듯 "그 사내를 본 사람은 아무도 없었다"는 전언 또한 역설적이다. 그 이전에도 그를 보고, 그의 이야기를 들었던 사람은 아무도 없었기 때문이다.

나는 역할 없이 등 돌리고 누운 엑스트라
아무도 내 밥상을 걷어차진 않아
영화는 나 없어도 돌아가지 몸을 뒤틀어도
한마디 대사 없이 저기 누워 잠들었다 해도
팔다리 풀어놓고 오장육부 말렸다 해도
영화는 돌아가지 간밤에 방사한 수음의 자식들
줄지어 방을 걸어 나가기 전
당신 얼굴 한참 내려다보고 갔다 해도
나는 카메라 따위나 의식하는 엑스트라
조명이 잠시 먼 산을 바라보는 사이
얼른 알을 깨고 하늘로 날아올라야 하는 엑스트라
그 옆에 수북이 벗어 놓고 온 알맹이
큰 놈은 달이 되고 작은 놈은 별이 되겠지
줄지어 승천한 저 하늘의 애장터
그래도 밤은 나 없으면 한숨도 못 자
나도 너 없으면 한숨도 못 자
밤의 애첩 고적한 불안 너와 한바탕 뒹굴지 않고는
한숨도 안 자 절대 못 자
고독이 나를 짓뭉개고 도망가기 전에는

— 최영철, 「외로운 밤 조용한 밤 불안과 잠든 밤」
(『현대시』, 2014.3)

최영철의 시에서 '영화'는 존재가 속해 있는 세계 그 자체이다. 이 세계에서 화자는 "역할 없이 등 돌리고 누운 엑스트라"일 뿐이다. '영화'는 화자 없이도 잘 돌아간다. "아무도 내 밥상을 걷어차진 않"지만 화자가 몸을 뒤틀든, 대사 한마디 없이 잠들어 있든, 오장육부가 말려 들어가든 이 또한 아무에게도 어떠한 의미가 되지 않는다. 그야말로 '유령인간'이요 '잉여인간'인 셈이다.

이는 제목에서도 극명하게 드러나고 있다. 이 시의 제목 "외로운 밤 조용한 밤 불안과 잠든 밤"은 크리스마스 캐럴 〈고요한 밤 거룩한 밤〉의 첫 소절을 패러디해 화자 자신의 무의미함을 역설적으로 드러내고 있기 때문이다. 잘 알려져 있듯 캐럴은 거룩한 존재인 예수의 탄생을 기뻐하는 노래이며, 〈고요한 밤 거룩한 밤〉 노래 속 예수는 부모의 감사 기도를 받으며 '잘도' 자고 있다. 세계에 존재함이 아무런 의미도 되지 않는 화자의 현실과는 적확하게 대치되는 상황인 것이다.

존재한다는 것에 아무런 의미를 찾을 수 없을 때 존재는 불안과 고독 속에 놓일 수밖에 없다. "고적한 불안"과 "한바탕 뒹굴지 않고는", "고독이 나를 짓뭉개고 도망가기 전에는" 한숨도 잘 수 없는 화자의 상태가 이를 현현해 보이고 있다.

한편, 위 시에서 '밥상'이라든가 화자의 '카메라'를 의식하는 행위는 생존 혹은 생존을 위한 노동을 의미한다. 화자는 생존은 하고 있지만 삶을 살아가는 것은 아니다. 인간은 신체적 존재로 태어나 노동을 통해 생존한다. 그러나 이것이 삶의 전부가 될 수 없음은 너무도 자명한 사실이다. 한나 아렌트는 생존의 차원이 아닌 인간의 진정한 실존이란 타자와의 관계에서 가능해진다고 보았다. 나와 다른 타자가 공존하는 세계 속에서 말과 행위를 통해 서로의 인격을 드러내고 영향을 주고받을 수 있는 '공적 인간'으로 살아갈 때 진정한 실존이 가능해진다는 것이다.

1.
자정

불 꺼진 건물 앞에 있다

나는 올려다본다

2.
검은 유리창
검은 유리창

검은 문

자동문 로비 기둥 복도 복도 계단 계단 엘리베이터 버튼 자동문 버튼 자동문 벽 복도 비상구 비상등 소화전 소화기 경보기 천장 환풍기 복도 비상구 비상등 벽 철문 손잡이 열쇠 철문 책장 책장 책상 스탠드 컴퓨터 서류 서류함

의자

나는 이름을 부른다

3.
나는 나에게 붙여진 이름을 안다

나는 내가 가진 이름을 알지 못한다

나는 있는가

4.
나는 밤의 불빛들 속으로 걷는다

— 송승환, 「밤의 이름들」(『유심』, 2014.3)

송승환의 시 「밤의 이름들」에서는 보다 구체적이고 명징하게 존재의 존재함에 대해 묻고 있다. 화자의 시선은 "불 꺼진 건물 앞"에서 시작해 사무실 안 화자의 자리로 보이는 책상 앞까지에 이르는 경로를 따라가고 있다. 마치 한 걸음 한 걸음 내딛으며 화자의 시선에 포착되는 사물마다 렌즈에 담아두듯 시에는 대상들이 출현하는 순서대로 정연하게 나열되어 있다.

이러한 방식의 시상 전개는 시적 자아 또한 나열되는 대상 중 하나로 인식되게 하는 효과가 있다. "복도 복도 계단 계단 엘리베이터 버튼 자동문 버튼……" 등등, 전개되는 시상에 따라 사물에서 사물로 시선을 옮기다 보면 '의자' 앞에 서 있는 시적 자아인 '나' 또한 이러한 사물들 중 하나인 듯한 느낌을 주기 때문이다. 시적 자아가 시선에 포착되는 대상을 나열하는 화자로서의 역할을 할 뿐 자신을 초점화하거나 감정을 드러내고 있지 않다는 점 또한 이러한 효과를 부각하는 장치가 되고 있다.

시적 자아는 시의 말미에 가서야 자신을 초점화한다. 그렇다고 시적 자아가 여러 사물들 중 하나로 인식되는 효과가 무화되는 것은 아니다. "나는 나에게 붙여진 이름"을 알지만 "나는 내가 가진 이름을 알지 못한다"는 언표를 통해 오히려 존재 본연의 의미를 상실해버리고 도구화 · 사물화되어버린 자아를 드러냄으로써 그러한 효과를 더욱 견고히 고착하고 있다. 이것을 진정 삶을 사는 것이라, 존재하는 것이라 할 수 있는가.

시적 자아는 묻는다. "나는 있는가"라고.

3. 그대와 그것 사이의 간극

인간은 본디 자연에서 분리된 존재가 아니었다. 근대화란 인간이 자연에서 떨어져나와 자연을 정복의 대상으로 삼은 행위로도 설명이 가능하다. 자연과 동화되어 있던 인간의 표상은 인디언에서 찾아볼 수 있을 것이다. 신화학자 조지프 캠벨에 따르면 인디언들은 살아 있는 모든 것을 2인칭인 '그대'로 불렀다고 한다. 동물들은 물론이고 나무나 돌 같은 것들도 '그것'이 아닌 '그대'라 불렀다는 것이다. 언어에서부터 자아와 대상과의 거리를 좁히고 있다. 만물을 대하는 인디언들의 유대적인 태도를 간취할 수 있는 대목이다. 그는 이러한 사실에 덧붙여 "어떤 나라와 전쟁에 돌입하게 될 때, 언론이 노출시키는 가장 중대한 문제는 적국의 국민을 순식간에 '그것'으로 만들어버리는 것"이라 말하고 있다.

'그대'와 '그것' 사이의 거리, 그 차이는 '타자'에 함의되어 있는 의미의 차이와 다른 것이 아니다. 자아가 존재하는 세계에 '타자'가 공존하고 '타자'와의 끊임없는 소통의 과정을 통해 자기 공동체를 만들어갈 때 '타자'는 '그것'이 아니라 '그대'가 되는 것이다. 반면 무한 경쟁의 세계에서 '타자'는 배척과 배제의 대상이기 때문에 결코 '그대'가 될 수 없다. '그대'도 '그것'으로 만들어야 성공과 실패, 승자와 패자가 갈리는 경쟁이 가능해지기 때문이다.

이렇게 '타자'를 박탈당한 세계에서 존재는 '파리' 혹은 '엑스트라'로 표상되는 기표에 불과한 존재, 본연의 의미를 상실한 '그것'으로 남게 되는 것이다.

병사들이 자동소총을 겨누고 위협하는 동안

벌거벗은 포로는 머리에 두 손을 올리고
고개를 꺾고 있다

사로잡힌 인간은 모든 걸 포기하고
사로잡은 인간은 모든 걸 다 가진 듯한 사진인가

아니, 사로잡은 인간이 모든 걸 포기하고
사로잡힌 인간은 아무것도 잃지 않은 사진이다

목숨을 손에 넣는 것보다 더 큰 자멸은 없다

— 이영광, 「자멸」(『현대시학』, 2014.3월)

이영광의 「자멸」은 '그것'으로 전락한 '타자'의 모습을 현현해 보여주는 동시에 '타자'와의 관계가 그러할 때 세계가 궁극적으로 이르게 되는 결말을 선언적으로 제시하고 있다. 화자는 한 장의 사진을 보고 있다. 1연에서는 사진에 담긴 모습을 객관적으로 묘사하고 있고 2연과 3연에서는 이 모습에 대한 화자의 주관적인 해석을 드러내고 4연에서 이를 아포리즘 형태로 전언하고 있다.

사진 속에는 "벌거벗은 포로가 머리에 두 손을 올리고" 있고 '병사'들은 포로를 향해 총구를 겨누고 있다. 누가 보든 "벌거벗은 포로"가 "모든 걸 포기"하는 심정이고 포로를 사로잡은 병사들은 상대적으로 "모든 걸 다 가진" 듯한 기분을 느낄 상황이다. 그러나 화자는 이를 뒤집는다. 인간을 벌거벗겨 사로잡은 인간, 인간을 인간이 아닌 '그것'으로 만들어버린 인간은 "모든 걸 포기"한 인간이다. "사로잡힌 인간"은 비록 자유를 저당 잡힌 포로의 몸이지만 이들이 포기해버린 가치의 측면에 있어서는 아직 "아무것도 잃지 않은" 상태인 것이다.

타자를 '그것'으로 인식하는 순간 주체 또한 '그것'으로 전락하게 되며 이는 곧 '자멸'의 길에 다름이 아니다. 그러므로 전쟁은 적국의 국민을 '그것'으로 인식할 때 가능해진다는 점에서 이기고 지는 것과 관계없이 인류 자멸의 사건이라 할 수 있을 것이다.

> 이파리들, 바람에 날아오르는 골목과 계단을 세며 그를 만나러 가네
> 바람의 결을 따라 날아올라야
> 바닥에 닿지 않고도 온전하게 견딜 수 있음을 이파리들은 아네
>
> 모퉁이가 모퉁이를 낳는 겨울의 골목은 더 길고 어둡네
> 담벼락은 곤궁한 집의 밥상처럼 헐겁고
> 전봇대 뒤로 몸을 숨기는 고양이만 무겁네
> 우회로가 있어도 전부 골목과 계단인 곳에 그가 사네
> 가쁜 숨을 먼저 받아 안으며 삶은 경사를 지녔다고 말하는 그는
> 법전을 뒤적이며 나이를 낭비하던 시절을 버리고
> 계단의 최상위 계급으로 날아올랐네
> 마른 얼굴이 달처럼 환해졌네
> 종아리 살 만큼 잔고도 조금씩 부푼다고 그가 말하네
> 아이들은 하루에도 몇 번씩 계단을 세며 놀아 날마다 야물어진다고
> 쟁반 가득 귤을 담아내며 그의 아내가 말하네
> 바람이 멎고 눈발이 휘청휘청 날아오르는데
> 내려 갈 계단이 휘며 멀미를 하네
> 봄동 같은 손으로 뜨개지란 목도리를 감아주며
> 계단을 조심하라는 그 아내의 당부 때문에
> 쟁반 밑에 슬쩍 밀어 넣고 온 얇은 봉투가
> 자꾸만 눈에 밟히네
> 다 비운 것들만 온전하게 날아오르는 계절이 지나가네

골목과 계단 사이에 아랫목이 고여 있어
봄이면 담벼락마다 꽃이 필 것을 아네

— 허영숙, 「날아오르는 겨울」(『시와 정신』, 2014 봄)

무한 경쟁 사회에서의 현대인의 삶은 속도 조절 기능이 없는 러닝머신 위를 달리는 것에 비견될 수 있을 것 같다. 주어진 속도에 맞추어 달리지 않으면 뒤로 밀리다 결국에는 바닥에 나동그라지게 되는 러닝머신 위의 달리기와 같은 삶. 그렇다면 정말 달리거나, 바닥으로 나동그라지거나, 선택지는 둘밖에 없는 것일까. 사실 간단한 방법이 있다. 스톱(stop) 버튼을 누르는 것이 그것이다. 그러나 간단해 보이는 이 행위가 때로는 죽음보다 어려운 것이 우리 사회의 분위기이다. 10년째 OECD 회원국 중 자살률 1위를 차지하고 있는 우리나라의 현실이 이를 방증한다.

이러한 경쟁 가도에서 설 때 우리는 서로에게 '그것'으로 인식될 수밖에 없다. 또한 종국에는 스스로를 '그것'으로 전락시키게 된다. 그러나 기실 러닝머신의 속도나 가속 여부는 외부에서 주어진 것이라기보다는 그 경쟁주의적 외부 환경에 착목한 우리의 내면, 즉 욕망과 결부되어 있는 것이다. 물론 '최상위 계급'이 그들의 자리를 공고화하기 위해 욕망을 끊임없이 재생산하도록 추동하고 있는 것은 사실이지만 말이다. 그러므로 스톱 버튼을 누른다는 것은 삶을 포기하는 것이 아니라 욕망을 내려놓는다는 의미가 된다.

위 시에서 "바람의 결을 따라 날아"오르는 '이파리'와 "법전을 뒤적이며 나이를 낭비하던 시절을 버리고/계단의 최상위 계급으로 날아"오른 '그'는 이러한 존재를 표상한다. 고시를 준비한다는 것은 우리 사회에서는 '최상위 계급'으로 진입하기 위한 과정이라 할 수 있을 것이다. 그러나 욕망의 메커니즘에서 비켜선 시적 자아에게 그것은 "나이를 낭비하던 시절"에 불과하다. "마른 얼굴이 달처럼 환해졌"다거나 '아이들'이 "날마다 야물어진다"는 시구에서 드러나듯 욕망을 기제로 구동되는 경쟁 시스템에서 일탈한다는 것은 삶을 포기하는 것과 거리가 멀다. 이러할 때 오히려 삶은 '그대'들이 있는 풍성하고 따듯한 세계가 되는 것임을 이 시는 현현하고 있는 것이다.

현대사회에서는 점차 대상을 '그것'으로 만들어야 할 범주가 확대되고 이유들이 많아지고 있다. 무슨 이유로든 유대의 감각, 사랑 같은 것을 토대로 하는 어떠한 가치들을 하나씩 포기해버릴 때 인간이 종국에 이르게 되는 지점은 '자멸'의 세계가 될 것임을 위 시들은 보여주고 있다.

4. 삶, 그것보다 더 오래 지속될 무엇

인간은 유한한 존재이다. 인간의 삶은 언젠가는 종말에 이른다는 의미이다. 그렇다면 '타자'와의 관계가 그리 큰 의미가 있을까. 짧다면 짧다고 할 수 있는 개별적 인간의 삶은 멈추는 때가 오겠지만 인간이 삶을 영위한다는 것은 삶 그 자체보다 더 오래 지속될 무언가를 이루어간다는 의미이다. 그러므로 '타자'와의 관계란 한 개인의 삶에서 시작되고 그치는 것이 아니다. '타자'와의 올바른 관계와 이들의 연대는 자아의 인격을 드러낼 수 있는 공동체라는 프레임을 이루고 이 프레임의 속성이 바로 그 사회를 규정하는 '이름'이 되는 것이다.

경쟁과 경제의 논리에 의해 구동되는 사회에서 공공성이나 공동체에 대한 관심은 필연적으로 축소될 수밖에 없다. 공동체의 파괴는 우리가 파편화 · 원자화된 인간으로 존재함을 의미하는 것이고 타자를 박탈당한

원자화된 인간은 '유령인간', '잉여인간'이라는 이름으로 "나는 있는가"라는 물음을 묻게 될 것이다.

신자유주의의 폐해로 인간은 왜소해져만 간다. 공공성의 회복, 연대의 필요성에 대한 목소리도 이에 발맞춰 높아가고 있다. 『민주적 공공성』(사이토 준이치, 이음, 2009)의 역자는 후기에서 공공성을 회복한다는 것이 사회적 안전망이나 복지제도 확립과 같은 제도의 구축과 동일시될 수 없다고 말한다. 제도가 우선이 아니라 "구체적인 타자에 대한 관심을 회복하는 것, 타자의 목소리에 귀를 기울이는 것"과 같은 마음을 움직이고 행동으로 옮기는 것이 먼저라는 의미이다.

타자는 우리의 파편화된 세계를 메워주는 존재이다. 이것이 타자를 향한 사소하지만 따뜻한 마음을 구현하고 있는 작품들이 반갑게 느껴지는 이유이다.

찻소리가 꼬리에 꼬리를 물며 옹벽에 부딪는다.
허리 굽은 노인들이 몸집보다 큰 박스 뭉치를
작은 수레에 가득 싣고 힘겹게 건널목을 건너온다.
과부하를 견디지 못한 수레 뒤를 느린 보행으로
함께 따라가는 발자국들
그들이 안전하게 다 건너갈 때까지
신호가 바뀌어도 차량들은 꼼짝 않는다.
경적을 울리지 않고 참을성 있게 기다린다.
그들이 다 건너지 못하면
교통 경찰들은 수신호로 차들을 세워
수레를 밀며 인도로 옮겨놓는다.
뒷골목 고물상엔 짐 실은 수레를 세워둔
노인들로 붐빈다.
등 뒤로 실버봉사단이라 쓴 주황색 조끼가

형광 빛을 반사하며 번쩍인다.
이들이 잠시 삼각 김밥을 나누어 먹는 동안
먹는 손 시릴까 급히 먹다가 체할까
끝없이 그 정경을 어루만져주는 저녁 해,
하늘 한 쪽
그 따스한 마음 빨리 지지 않도록
고장 난 전광 시계가
스르르 멈춰 선다.

— 노향림, 「신호등 가까이」(『시와 정신』, 2014 봄)

특별한 시적 기교 없이 어느 해 질 녘의 정경을 따뜻하고 차분한 어조로 그려내고 있는 시이다. "찻소리가 꼬리에 꼬리를 물며 옹벽에 부딪는다"는 것은 차량이 정체되어 있다는 의미이다. 정체되는 이유는 "허리 굽은 노인"들이 큰 박스 뭉치를 수레에 가득 싣고 느릿느릿 건널목을 건너고 있기 때문이다.

그런데 주의를 끄는 점은 차량 정체가 과학적 근거에 따른 필연적 사건으로 등장하는 것이 아니라 운전자의 자발적이고 능동적인 행위로 그려지고 있다는 것이다. 대표적인 사회적 약자의 표상이라 할 수 있는 "허리 굽은 노인"의 보행이 끝날 때까지 차량들은 경적도 울리지 않고 참을성 있게 꼼짝 않고 기다리고 있는 것이다.

위 시에서 모든 경계는 무화된다. '신호등'에 의한 획일적이고 기계적인 질서는 무너지고 대신 "그들이 안전하게 다 건너갈 때까지"가 새로운 신호가 된다. 교통경찰은 신호가 바뀌어도 꼼짝 않는 차량들을 단속하는 대신 가던 차도 멈추게 하고 느린 보행에 힘을 실어주고 있다. '저녁 해'는 이러한 정경을 끝없이 어루만져주고 있고 '전광 시계'는 이 아름다운 순간을 잡아두고자 "스르르 멈춰 선다." 질서와 비질서, 사물과 사람, 자연과 기계 사이의 경계는 사라지고 그 간극을 메우기 위해 각각의 세계는 새롭게 형성되고 있는 것이다.

타자와의 마주침은 이렇게 서로의 가능 세계를 열어주는 사건이라 할 수 있다.

백일홍 꽃망울에
눈을 주길 잘 했다

담벼락 아래 스티로폼 상자 속
상추에 발걸음을 멈추고 허리를 숙인 일

어느 집 지붕에 앉은 고양이가 등허리를 쭉 펴며 하품을 하는데
그 하품이 구름처럼 둥둥 떠다니는 걸 공연히 상상한 일

길게 휘감기는 호스를 쥐고
가게 앞 인도에 물을 뿌리는
코끼리 슈퍼 주인과
날씨 인사를 나눈 일

잘 했다 사소한 그 일들 모두
창가에서 일 나간 어미 대신
빨래를 개던 내 아비의 일이었으니

아침에 걸었던 빨래가 포슬포슬하게 마르는 동안
빨래에서 떨어진 물방울이 흙을 뭉쳤다 푸는 동안

— 손택수, 「어느 하루」(『포지션』 5호, 2014 봄)

사소함의 깊이를 보여주는 한 편의 아름다운 시를 만난다. 손택수의 「어느 하루」는 누군가를 기억하고 그리워한다는 것이 그저 머리와 가슴을 운용하는 일이 아님을 보여주고 있다. 누군가를 그린다는 것은, 그를 기억한다는 것은 평소 그가 이루어오던 세계를 공유하는 것이며 그 세계가 조각나지 않도록 메워가는 일이다. 위 시의 서정적 자아가 돌아간 '아비'를 그리는 일이 이러하다.

"백일홍 꽃망울"과 눈인사를 나누고 '상추'를 보기 위해 "허리를 숙인 일", "어느 집 지붕에 앉은 고양이"를 보고 재미있는 상상을 한 일, 슈퍼 주인과 인사를 나눈 일 등이 화자가 아버지를 기억하고 그리워한 방법이다. 아버지의 세계에 들어가 아버지와 마주치던 대상들을 만나고 아버지가 느꼈을 정서를 공유하면서 가슴으로 몸으로 아버지를 기억하는 것이다.

살아 있는 동안 이루어야 할, 삶 그 자체보다 더 오래 지속될 그 어떤 것이란 어쩌면 이처럼 사소한 것일지 모른다. "아침에 걸었던 빨래가 포슬포슬하게 마르는 동안/빨래에서 떨어진 물방울이 흙을 뭉쳤다 푸는 동안" 아버지가 했던 사소한 일들은 그러나 그 사소함으로 그냥 사라지는 것이 아니다. 그가 이루어 놓았던 공동체의 영역은 그 공동체의 누군가에 의해서든, 영역 밖의 그를 기억하는 또 다른 누군가에 의해서든 기억되고 이어질 것이기 때문이다.

자본과 맞물려 돌아가는 효율성과 경쟁의 톱니바퀴는 끊임없이 개인을 타자로부터 고립시킨다. 이성복 시인은 그의 시대를 "모두 병들었지만 아무도 아프지 않았다"고 노래한 바 있지만, 타자가 삭제된 세계를 이에 빗대어 표현한다면 아마도 이러하지 않을까. '모두 아팠지만 아무도 알지 못했다'라고.

'피로사회', '불안한 사회', '위험사회' 등도 모두 우리 사회를 적실히 드러내는 기표라 할 수 있으나 지금 우리 사회는 그 어느 때보다 타자의 소리에 귀를 기울일 때이며 타자의 요청에 응답할 때이다. 공동체에 관심을 기울이고 존재를 드러낼 때이자 타자와의 관계를 형성하고 연대할 때이다. 기억하고 잊지 않을 것임을 약속할 때이다. '유령 인간', '잉여 인간'이 '생존'하는 세계가 아니라 '사람'이 '사는' 세상을 이루어가기 위하여서는 말이다.

우리 시대 '사랑의 단상'들

왜 지속되는 것이 타오르는 것보다 더 낫단 말인가?

— 롤랑 바르트의 『사랑의 단상』에서

장르를 불문하고 모든 예술의 불변의 주제 중 하나가 사랑이라는 데에 이견은 없을 것이다. 사랑에 대한 예찬과 탄식, 사랑으로 인한 기쁨과 슬픔, 충만과 결핍이 그 옛날부터 오늘날까지 예술의 주요한 테마가 되어 왔기 때문이다. 이는 인간이 끊임없이 사랑을 갈구해왔으며 사랑이란 무엇일까에 대해 묻고 답해왔다는 의미도 된다. 그렇다면 과연 사랑이란 무엇일까. 이를 단선적으로 밝힌다는 것이 가능했다면 이미 이 세계에서 사랑에 대한 담론은 시들해졌거나 사라졌을지도 모르는 일이다. 여전히 이 질문이 유효하고 아직도 뜨겁게 고구되고 있다는 것은 사랑의 의미에 접힌 주름이 매우 중층적이고 복잡다단하다는 뜻이 된다.

그중 한 가닥을 플라톤의 『향연』에서 간취해보면 사랑을 추동하는 근원적인 성질 내지 요소로 '결핍'을 상정하고 있음을 알 수 있다. 잘 알려진 대로 사랑의 표상 에로스는 풍요의 신 포로스와 빈곤의 신 페니아 사이에서 탄생했다. 에로스는 결여·결핍되어 있는 상태로 정의되며 그러하기에 늘 사랑하는 대상을 통해 채워지기를 갈구하는 존재이다.

에로스에 대한 또 다른 담론으로 아리스토파네스의 이야기를 들 수 있다. 이에 따르면 인간이 애초에는 둘이 하나로 붙은 형상이었으며 이러한 형상의 인간은 신들에게 위협이 될 정도로 완전에 가까운 존재였다. 결국 제우스에 의해 인간은 둘로 나뉘어졌으며 이때부터 인간은 본질적으로 결여된 존재이자, 영원히 서로의 반쪽을 찾아 헤매는 운명을 지니게 된 것이다. 결핍되어 있는 존재가 자신의 반쪽과 하나가 되어 온전해지고자 하는 욕망이 결국은 사랑이라는 의미이다.

롤랑 바르트(Roland Gérard Barthes)가 『사랑의 단상』에서 "사랑하고 있는 나"는 아직 결정되지 않은 "유보된 자"이자 "끊임없이 부재하는 너 앞에서만 성립"[1] 되는 존재라 한 까닭도 동일한 의미망에서 찾아지는 것이다. 『사랑의 단상』에서 바르트가 사랑에 대한 담론을 이끌어가는 방식은 매우 독특하다. 어느 하나의 방향으로 귀결시키고자 하는 것이 아니라 불연속적인 "담론의 파편"들을 부려놓는 것에 의미를 두고 있는 것으로 보이기 때문이다. 사랑에 관한 말의 파편성을 드러냄으로써 마치 사랑의 속성 내지 본질 자체가 비결정적이고 파편적인 것이라는 것을 보여주려는 듯이 말이다.

그러면서도 이 파편적인 언술들은 어느 틈엔가 '사랑의 구조' 안에 응집되어 있고, 응집되어 하나의 구조를 형성하는가 싶으면 또 예기치 못

1 롤랑 바르트, 『사랑의 단상』, 김희영 역, 동문선, 2004, 30쪽. 이후로 『사랑의 단상』을 인용한 부분은 본문에 쪽수만 명기하기로 한다.

한 사소한 사건에 대한 언술로 미끄러져가는 그러한 형국이다. 누구든 거기에 살만 조금 덧붙인다면 자기만의 고유한 사랑 이야기가 될 것 같은 불연속적 담론의 파편들이다. 『사랑의 단상』에서 사랑의 주체와 대상의 관계라 할 수 있는 '사랑의 구조'에는 앞에서 살펴본 사랑의 '부재'나 결핍, 그것이 아니라면 적어도 사랑하는 대상에 대한 거리화가 내재되어 있다. 결국 이때 사랑의 주체는 낭만적 주체인 셈이다.

사랑은 하나의 기표다. 이 기표에는 무수한 기의의 편린들이 미끄러져 간다. 그리고 기표에 결합하거나 흩어지는 기의들이 시대에 따라 개별적 주체에 따라 달리 구현되리라는 것 또한 자명한 이치이다. 사랑의 영원성과 일시성, 지속성과 '불타오름', 생성과 파멸, 충만감과 고독, 열정과 냉정 등 우리 현대시에 구현되고 있는 사랑에서도 중층적이고 다양한 사랑의 의미들을 되짚어 볼 수 있었다.

1. 낭만적 사랑의 아토포스

낭만적인 사랑을 지속시키는 요소가 사랑의 결핍, 부재, 거리화 등에 대한 감각이다. 이는 물리적인 실존의 여부보다는 심리적인 것에 관계되는 문제이다. 바르트는 "잘 견디어낸 부재"가 있다면 그것은 '망각'이나 "간헐적인 불충실함" 외에 아무것도 아니며 이것이 사랑하고 있는 사람이 살아남을 수 있는 조건이기도 하다고 말했다. 베르테르와 같은 "가끔 망각하지 않는 연인은 지나침, 피로, 기억의 긴장으로 죽어간다"(32쪽)는 것이다.

무엇이 사랑에 빠진 이로 하여금 이처럼 '충실'토록 하는 것일까. 결핍, 부재에 대한 감각의 이면에는 "예측할 수 없음", 사랑하는 대상의 "정체를 헤아릴 수 없음"이라는 아토포스(atopos)[2]가 내재되어 있다. 사랑하고 있는 사람에게 사랑의 대상이 끊임없이 신비화되는 이유이기도 하다.

> 파선된 목선들 영원에도 삭지 않을
> 사체로 박혀있는 기슭
> 누구의 말[言]도 발 디디지 못한 기슭에 끌려
> 나, 그대에게로 가리
> 태풍도 염천지옥도 막지 못할 가슴에 밀려
> 힘센 달이 소매를 끌어당겨도
> 다시 놓아줄 수밖에 없는 그리움에 밀려
> 나, 그대에게로 가리
> 그대 마음의 기슭 삭을 때까지
> 목선들도 목선의 살 속에 박힌 대못들도
> 모두 삭을 때까지
> 태초의 흙으로 삭아 누구의 말이 밟아도
> 이른 아침 첫눈 밟는 소리가 날 때까지
> 이유도 이정표도 없는 사랑에 밀려……
>
> — 이중도, 「사랑의 전설1 – 파도의 소리」(『시와 정신』, 2014 여름)

위 시의 제목을 보면 '파도 소리'가 '사랑의 전설'로 암유되고 있음을 알 수 있다. 그렇다면 '파도'는 '사랑' 그 자체이며 밀려오고 밀려가는 파도의 움직임은 사랑에 빠진 이의 '가슴', 즉 마음과 등가를 이루게 된다. 사랑

---

2 아토포스(atopos)는 장소를 뜻하는 그리스어 토포스(tppos)에서 유래한 말로 접두사 a는 결여 · 부정을 나타낸다. 따라서 이 말은 어떤 장소에 고정될 수 없다는, 더 나아가 정체를 헤아릴 수 없다는 데에서 소크라테스의 대화자들이 소크라테스에게 부여한 명칭이다(롤랑 바르트, 앞의 책, 60쪽).

의 대상은 '기슭'으로 표상되어 있다. 그런데 이 '기슭'은 "파선된 목선들"이 "사체로 박혀있는 기슭"이며 "누구의 말[言]도 발 디디지 못한 기슭"이다. "목선의 살 속에 박힌 대못"이라는 표현에서 "파선된 목선들"이란 사랑하는 대상의 '마음'에 '박혀' 있는 상처의 파편들로 유추할 수 있다. "누구의 말[言]도 발 디디지 못"했다는 언표는 아직 어느 누구도 상처받은 마음을 온전히 읽어내지 못했다는 의미도 함의하면서 동시에 '기슭', 즉 사랑하는 대상에 신비로움을 부여하는 장치로도 기능하고 있다.

사랑하는 대상의 신비로움은 '나'로 하여금 "태풍도 염천지옥도 막지 못할 가슴"으로 타오르게 하며 그 어떤 상황에서도 '그대'에게 갈 수밖에 없는 '그리움'을 간직하도록 한다. 서정적 자아는 이러한 절대적 사랑이 영원토록 지속되기를 의지한다. "그대 마음의 기슭"이, "목선의 살 속에 박힌 대못들"도 "태초의 흙으로 삭"을 때까지 "나, 그대에게로 가"겠다는 결의가 그것이다. 이러한 절대적인 사랑에 '이유'나 '이정표'가 있을 까닭이 없다.

> 나는 기꺼이 너의 그림자가 되어줄 수 있다
> 만일 그렇게 되면,
> 네 그림자의 기원은 희생이라는 빛이 될 것이고
> 그 희생의 기원은 그보다
> 드넓고 환한 사랑이라는 빛이 되겠지
> 하지만 아직 난
> 너의 마음을 잘 모르겠다
> 그림자 없이도
> 스스로 충분히 빛날 수 있으리라 믿는 너
> 그 믿음 바깥에서
> 너의 마음을 헤아리다 지친 나는

돋보기로 빛을 모은다
전혀 해독할 수 없는
상형문자가 새겨진 종이가 타오르고
그래도 기꺼이 네 마음에 걸려 넘어지려는 각오가
마음속에서 빨갛게 타오르고 있다
그래, 나에겐 지금
독심술이 필요하다
네 마음에 잘 걸려 넘어지기 위한

— 이근일, 「독심술」(『시사사』, 2014.5~6)

사랑하는 대상을 위해서라면 서정적 자아는 기꺼이 그의 "그림자가 되어줄 수 있다." 그러나 이 시의 서정적 자아는 뒤이어 "아직 난/너의 마음을 잘 모르겠"고, "너의 마음을 헤아리다 지쳐"간다고 토로하고 있다. 바르트에 의하면 사랑하고 있는 이는 사랑의 대상을 아토포스로 인지한다. 사랑에 깊이 빠진 이에게 사랑하는 대상이란 "전혀 해독할 수 없는/상형문자"와 같은 존재인 것이다.

'돋보기', '빛' 등은 각각으로는 대상을 시각적으로 인식하는 데 도움을 주는 역할을 하지만 '돋보기'에 '빛'이 모이면 위 시에서와 같이 종이를 태워버리기도 한다. 시인은 이러한 현상을, 사랑하는 대상의 마음을 '해독'하고자 하는 욕망의 증폭으로 절묘하게 환치시키고 있다. "상형문자가 새겨진 종이"는 서정적 자아의 마음이다. '돋보기'와 '빛'은 사랑하는 이의 마음을 '해독'하고 싶어 하는 '나'의 강렬한 욕망을 드러내는 상관물들이다. 그러므로 '돋보기'와 '빛'의 결합은 사랑하는 대상의 마음을 '해독'하고자 하는 욕망의 증폭으로 볼 수 있다.

그런데 위 시에서 보면 욕망의 증폭으로 '해독'이 가능해지는 것이 아니라 오히려 '나'의 마음이 "빨갛게 타오르고" 만다. 마치 "지나침, 피로, 기억의 긴장으로 죽어"갔던 베르테르처럼 말이다. 또한 화자는 독심술이 필요하다고 토로하고 있는데 이 독심술이 필요한 이유는 '너의 마음'을 정복하기 위해서가 아니라 "네 마음에 잘 걸려 넘어지기 위한" 것이다. 아토포스 속에서의 헤맴, 그 고통과 구속을 스스로 욕망하도록 추동하는 정체가 바로 사랑인 것이다.

2. 순정, 그 낯설고 그리운 이름

고은 시인이 어느 강연 자리에서 김소월의 「초혼」의 내용을 언급하며 이런 말을 했다. 예전엔 "사랑하던 그 사람"을 잃게 되었을 때 그의 이름은 "설움에 겹도록 부르"는 이름이었고, "선 채로 이 자리에 돌이 되어도/부르다가 내가 죽을 이름"이었는데 이제는 '내가 죽는 것'이 아니라 '너를 죽이는', 가서 칼로 찌르는 시대가 되었다는 내용이었다.

위에서 인용한 이중도의 「사랑의 전설1 – 파도의 소리」나 이근일의 「독심술」에서는 영원한 기다림도, 그의 그림자가 되는 것도 마다 않는 절대적인 사랑을 구현하고 있다. 이러한 유형의 낭만적 사랑은 절대적이고 헌신적이라는 점에서 일면 종교적인 감정과도 유사해 보인다. 사랑의 부재와 결핍으로 인한 고통 속에서도 고상한 영혼을 유지할 수 있는 까닭도 여기에 있는 셈이다.

그러나 점점 가속화되어 돌아가고 있는 자본주의적 삶이라는 톱니바퀴에서 감정은 소모적인 것일 뿐이다. 특히 그 감정이 사적인 행복 내지 자기 긍정과는 거리가 먼 결핍감, 상실감에 기반하고 있을 경우 합리적 주체는 그로 인해 주체로서의 구심성을 잃고 궤도에서 이탈하게 될까 불안해지는 것이다. 끊임없이 이어지는 경쟁적 상황에서 불안과 분노, 원한에 노출되어 있는 주체는 이러한 상실감을 견딜 여력이 없다. 또 하나의 분노, 원한의 계기가 될 뿐이다.

신작시들 중에서도 변화한 사랑의 세태를 감각적으로 그리고 있는 작품을 만날 수 있었다.

한때 이 지구에
순정이라는 동물이 살았다고는 하지만
아무도 그를 본 사람은 없다
화석이나 발자국으로
그 모양이나 크기를 추정해야 하는
공룡 같은 건지도 몰라
쿵쿵쿵
지축을 울리며 환청처럼 다가왔다
사라지는 상상 속의,
가장 높은 가지에 달린
여리고 푸른 잎만 골라먹는
고고한 초식동물이라고도 하지만
이빨이 사나운 육식동물이라는 설도 있다
흘러간 시인들의 자서전이나
헌 책방의 고서 속에서 가끔
그가 살았던 흔적을 발견하기도 한다는데
살아 있는 선배 시인들의 눈동자에서 설핏
추억 같은 그 동물의 그림자를
엿본 사람도 있다고 한다
그러나 확실한 건 지금은 없다는 거다
베스트셀러 시집에도
쉬! 쉬! 떠들썩한 연애 사건에도

자취를 감춘 지 이미 오래
몸집에 비해 머리통이 작아
머리가 나빠 멸종했다는 그는 정말 공룡일까
저 낯설고 그리운 이름을
그냥 공룡이라고 불러도 되는 걸까
지금은 없지만 분명 한때는 있었던,

— 이화은, 「순정 또는 공룡」(『유심』, 2014.6)

이화은의 「순정 또는 공룡」은 이 세계에서 '순정'이 사라졌다는 사실을 제목만큼이나 발랄하고 경쾌하게 그리고 있는 작품이다. '순정'은 낭만적 사랑의 또 다른 이름이라 할 수 있다. 위 시에서 '순정'은 "지금은 없지만 분명 한때는 있었던" 동물로 상정되어 있는데 바로 이 점이 아무 관련성 없어 보이는 '공룡'과 '순정'을 묶는 공통분모가 되고 있다.

'순정'은 이제 "흘러간 시인들의 자서전이나/헌 책방의 고서 속에서", 혹은 "살아 있는 선배 시인들의 눈동자에서 설핏" 그 흔적을 엿볼 수 있을 뿐이다. "베스트셀러 시집"이나 "떠들썩한 연애 사건"에도 정작 있어야 할 '순정'은 "자취를 감춘 지 이미 오래"다.

시인의 상상력이 돋보이는 부분은 '순정'이 멸종한 이유를 제시한 부분이다. "몸집에 비해 머리통이 작아/머리가 나빠 멸종했다"는 시구가 그것이다. 멸종의 원인으로 제시한 "몸집에 비해 머리통이 작다"는 성질은 '순정'에도 '공룡'에도 해당되는 것으로 물질과 비물질, 정신과 육체의 경계를 넘나들며 의미의 확장을 이루고 있어 이채로운 경우라 할 수 있기 때문이다.

"몸집에 비해 머리통이 작다"는 언표의 의미는 '공룡'의 경우 신체적 특징 중 하나로, '순정'의 경우 이성보다 감성에 의해 구동된다는 특징으로 연결될 수 있다. 일반적으로 이성과 감성이 머리와 가슴으로 환유된다는 점을 상기하면 해석은 보다 분명해진다. 또 다른 한편으로는 '머리가 나쁘다'는 것에서 '바보'를 떠올릴 수 있다.

'바보'는 사전적으로는 지능이 부족하여 정상적으로 판단하지 못하는 사람을 이르는 말이지만 흔히 계산적이지 않고 자신보다 다른 사람을 더 생각하는 착하고 순진한 사람이라는 의미로도 통용되고 있다. '순정'의 주체 또한 이러한 성질에서 크게 벗어나는 사람이 아니다. 중의적으로 쓰이는 '바보'의 의미망 안에서 '머리가 나쁘다'는 것과 '순정'이 나란히 자리할 수 있는 것이다. 중요한 것은 '순정'의 이 두 가지 속성, 즉 감성적이라든가 바보스러운 면모는 모두 우리가 살고 있는 지금 여기의 현실에서는 궤도 이탈, 혹은 도태의 조건이 될 수 있다는 사실이다. '순정'이 멸종한 이유가 바로 여기에 있는 셈이다.

'순정'이 멸종된 세계, 이러한 세계에서의 사랑법을 보여주고 있는 작품으로 허연의 「좌표평면의 사랑」이 있다.

> (좌표평면 같은 아일랜드의 보도블록 위를 노면전차가 지나가고 있었다. 이백년쯤 된 마찰음이 빈속을 긁고 세상은 싸구려 박하사탕을 빨고 있었다)
>
> 사랑은 언제나 숫자를 믿어왔다
>
> 사랑은 노래가 아니라 그래프다. 환각의 정도를 나타내는 그래프. 두명의 상대값이 어떤 관계에 있는지 보여주는 그래프. 머릿속에서는 수식이 흐르지만 그래프에서는 눈물이 흐른다. 좌표평면위의 사랑법.

힘들게 찾아온 사랑이라고 힘들게 가라는 법은 없다. 아무리 어렵게 온 사랑도 그래프 위에선 순식간이다. 정점에 선 순간 소실점까지 내리꽂는 자멸.

좌표평면에선 모두가 가지려고 했던 건 아무도 갖지 못한다. 소중한 것을 너무나 빨리 내려놓는 재주. 이곳의 미덕이다. 북서계절풍이 불었다.

— 허연, 「좌표평면의 사랑」(『현대시』, 2014.6)

'빠진다', '눈이 먼다', '미친다' 등등 사랑과 연결되는 서술어들만 보아도 사랑이 객관적 인지에 속하는 개념들과는 거리가 멀다는 것을 알 수 있다. 그런데 위 시에서는 사랑을 아예 '좌표평면' 위의 '그래프'로 그리고 있다. 사랑은 이제 더 이상 "노래가 아니라 그래프다." "두명의 상대값이 어떤 관계에 있는지 보여주는 그래프", 즉 '누가 얼마큼 더'라는 '정도'가 한 눈에 드러나는 그림이라는 의미이다. "머릿속에서는 수식이 흐르지만" 정작 '그래프'로 표상되고 있는 사랑에서는 "눈물이 흐른다."

사랑의 주체에게 사랑의 대상은 아토포스이다. 사랑이 깊으면 깊을수록 사랑의 대상은 더욱 알 수 없는, 해독이 불가능한 존재가 된다. 주체는 '알 수 없음'을 인정하고 사랑하는 이를 '그 자체'로 받아들이는 수밖에 없다. 결국 사랑의 주체란 주체이기를 포기하는 자인 것이다. 이러한 사랑이 '좌표평면위'에서 가능할 리 없다. "알 수 없는 대상 때문에 자신을 소모하고 동분서주하는 것은 순전히 종교적인 행위"(196쪽)라 할 수 있는데 이러한 맹목적인 행위가 '숫자'나 '수식'으로 '정도'를 나타낼 수 있는 "좌표평면위의 사랑법"에서 가능할 리가 없다는 의미이다.

사랑의 주체는 아이러니하게도 자신의 사랑의 서사에서는 주체가 되지 못하며 따라서 사랑의 대상뿐 아니라 그 줄거리나 결말 또한 알 수 없는 존재이다. 그러므로 "두명의 상대값이 어떤 관계에 있는지"를 볼 수 있는 주체는 메타적인 시선을 확보한 자로 사랑의 서사 속의 주체가 아니라 지극히 합리적인 주체에 해당되는 것이다. 맹목의 상태에서 벗어났거나 그렇지 않다 해도 이미 그 상태로 들어설 수 없는 존재라는 의미도 된다. 주체이기를 포기할 수 없는 '좌표평면' 위의 사랑의 주체는 "소중한 것을 너무나 빨리 내려놓"을 수밖에 없는 존재인 셈이다.

3. 사랑의 향유와 지속

사랑의 주체는 사랑하는 대상과의 '완전한 결합'을 끊임없이 꿈꾼다. 분리되었던 반쪽과 결합하여 온전한 하나가 되고자 하는 욕망의 발현인 셈이다. 바르트는 사랑하는 대상과의 완전한 결합을 "분리되지 않은 휴식", "소유권의 충족"이라 표현했으며 "사랑의 향유"라고도 했다(321쪽). '완전한 결합'이 가능하기나 한 것일까? 그것이 가능하든 그렇지 않든 분명한 것은 결혼이 사랑하는 대상과의 완전한 결합에 대한 욕망, 사랑하는 대상을 온전히 전유하고자 하는 욕망에서 비롯되었다는 점이다.

결혼이 '완전한 결합'의 기표라 할 때, 이때 낭만적 '사랑의 구조'에 변형이 있을 것이라는 점은 어렵지 않게 유추할 수 있다. 사랑의 대상이 아토포스에 계속 머물러 있게 된다면 결혼 생활은 지속되기 어렵게 되기 때문이다. 필연적으로 사랑의 주체와 사랑의 대상과의 관계에 변위가 있게 마련이다.

『사랑의 단상』에 재미있는 예화가 나온다. 중국에 기녀를 사랑한 선비가 있었다. 기녀는 선비에게 제 집 정원 창문 아래 의자에 앉아 백 일 밤을 기다리며 지새운다면, 그때 선비의 사람이 되겠노라 약속했다. 그런데 아흔아홉 번째 되던 날 밤 선비는 자리에서 일어나 의자를 팔에 끼고 그곳을 떠났다. 선비는 왜 기녀가 제 사람이 되기 바로 직전 기다리는 것을 멈추었던 것일까. 왜 의자를 들고 그 자리를 떠났던 것일까.

> 능소화 핀 후원 담장을 몰래몰래 넘어가
> 심장의 숨소리 죽이고
> 걸음은 공기를 밟듯 나아가
> 오동나무에 걸린 달 하나
> 훔치는 밤을 갖고 싶다
>
> 어둠의 보자기에 달빛 환한 사랑을 서리해서
> 바람소리도 풀빛소리도 그친
> 지름길을 돌아
> 애틋한 귀밑머리 풀어
> 오동나무 꽃씨를 터뜨리고 싶다
>
> 잔잔한 호숫가 촛불 그림자 아래서
> 물결 소리처럼 철없는 천년 가약을 맹세하는
> 어리석은 사내가 되고 싶다
>
> 정분(情分)의 소문 하나 훔치고
> 이름을 감춘 사내가 되고 싶다
>
> 상현달과 하현달처럼
> 얼굴 마주 보며 사위는
> 새벽녘 하나 갖고 싶다

— 박무웅, 「밀월(蜜月)」(『지상의 붕새』, 작가세계, 2014)

박무웅의 「밀월(蜜月)」은 모든 연이 '~싶다'로 종결되는 특징이 있다. '~싶다'라는 종결어의 반복은 시적 자아의 갈급하는 심정을 강조하는 장치가 되고 있다. 그러나 「밀월」의 사랑의 주체는 "끊임없이 부재하는 너 앞에서만 성립"되는 낭만적 주체와는 거리가 있다. 「밀월」에서 격정적이거나 자기 파괴적인 심상을 찾아보기 힘든 이유이기도 하다. 표층적 언표의 층위에서는 결핍, 갈망 등이 표출되고 있지만 언표와 언표의 간극에서는 충족, 유희, 향유 등의 심상이 출현하는 형국이다.

이러한 구조의 변화는 사랑의 주체와 사랑하는 대상과의 관계 변화에서 기인하는 것이다. 잘 알려져 있듯 '밀월'은 결혼 직후의 달콤한 짧은 시기를 일컫는 단어이다. 이 시의 사랑의 주체는 이미 "부재하는 너 앞에서만 성립"되는 '유보된 자'가 아니다. 위 시에서의 갈망의 제스처는 오히려 '완전한 결합'이라는 기표에 안착한 주체가 욕망의 실현을 유보하려는 것으로 해석할 수 있다. 사랑의 주체는 사랑을 지속하는 요인이 결핍임을 아는 까닭이다. '완전한 결합'의 충일된 만족감은 욕망을 폐기시켜버릴 것이며 욕망이 없으면 낭만적 사랑의 지속도 불가능해지기 때문이다.

한편 각 연의 상황은 사랑하는 대상과의 결합의 순간, 혹은 그 언약의 순간으로 볼 수 있다. "심장의 숨소리 죽이고 오동나무에 걸린 달 하나/훔치는 밤"이라든가 "오동나무 꽃씨를 터뜨"린다는 것, "천년 가약을 맹세"한다는 것 등이 그러하다. 즉 '~싶다'라는 갈망의 반복은 '완전한 결합', 혹은 그 언약의 순간을 끊임없이 재현하는 행위라 할 수 있는 것이다. 사랑의 주체에게 있어 이 순간은 절정에 해당한다. 충일된 만족감이 절정에 달한 황홀한 순간이다.

그러나 또 한편으로 이 절정의 순간은 결핍이 삭제되는 순간, 욕망이 폐기되는 순간이기도 하다. 기녀를 사랑한 선비가 아흔아홉 번째 날 밤

기다림을 멈추었던 까닭, 그것은 바로 이 절정의 순간을 유보하기 위해, 결핍의 상태를 지속하기 위해서였던 것이 아닐까. 선비는 그냥 떠난 것이 아니라 그가 늘 앉아 기다리던 의자를 팔에 끼고 떠났다. 다시 기다리기 위해 기다림을 멈추었다는 해석이 가능해지는 대목이다.

절정은 지속될 수 없다. 지속된다면 그것은 절정이 아닌 것이다. 절정이 지난 후의 사랑은 어떠한 모습일까. 이 또한 사랑이라 이름할 수 있을까. 절정이 지난 후, 오랜 시간 지속된 사랑의 일면은 이진욱의 「검은콩」에서 확인할 수 있다.

> 소반에 서리태를 쏟고 쭉정이를 고릅니다
>
> 뙤약볕에 타들어 간 콩
> 벌레에게 먹힌 콩
> 딱새에게 쪼여 반만 남은 콩
> 채 자라지 못하고 말라 버린 콩
>
> 못난 콩이 눈에 먼저 들어온다고
> 침침해진 손으로 뒤집을 때마다 실한 콩은 달아나기 바빴습니다
>
> 콩을 고르다 문득,
> 며칠째 아랫목을 지키고 있는 아내가 눈에 들어왔습니다
> 콩꽃 같은 모습은 간데없고
> 호미에 이끌려 타 버린 아내가
> 쭉정이처럼 누워 있습니다
> 물이 들지 않을 만큼 단단하던 저 몸속으로 나는 차마 들어갈 수 없었습니다
> 손 댈 수 없을 만큼 푸석해져 버린 아내

내 손에 까만 물이 들도록 콩을 고릅니다
쭉정이라고 생각했던 콩도 함부로 버릴 수 없습니다
눈물이 까매지도록 고르고 또 고릅니다

— 이진욱, 「검은콩」(『문예바다』, 2014 여름)

"나는 그 사람이 아프다."(90쪽)

바르트가 "그를 압박하지도, 정신을 잃지도 않으면서 그와 더불어 괴로워하"는 것, "아주 다정하면서도 통제된, 애정에 넘쳐흐르면서도 예의 바른 처신"(92쪽)이라 표현한 것은 바로 '연민'이다. 이렇게 보면 연민이란 주체가 스스로나 사랑하는 대상을 거리화할 수 있을 때 가능해지는 것이라 할 수 있겠다. 낭만적 사랑의 주체가 자신보다 우월한 위치에 있는 사랑의 대상을 연민할 수는 없기 때문이다.

열병과도 같았던 지독한 사랑앓이도 지나고, '완전한 결합'의 설레고 황홀했던 순간도 지나 오랜 시간 지속되어온 사랑에 앙금처럼 가라앉아 있는 것이 있다면 바로 이 연민이 아닐까 한다. 위 시의 부부처럼 말이다.

위 시에서 대상은 낭만적 사랑의 대상과는 거리가 멀다. "콩꽃 같은 모습은 간데없고", "쭉정이처럼 누워", "며칠째 아랫목을 지키고 있는 아내"가 그 대상이기 때문이다. 이 시에서 '아내'는 '검은 콩', 더 구체적으로는 "못난 콩"에 동일화되어 있다. 또한 "물이 들지 않을 만큼 단단하던 저 몸속으로 나는 차마 들어갈 수 없었"다는 시구에서도 낭만적 주체의 욕망의 대상과는 거리가 멀다는 것을 알 수 있다.

화자인 남편은 "서리태를 쏟고 쭉정이를 고"르고 있다. 이진욱의 「검은 콩」에서는 이 '고르는' 행위에 주목할 필요가 있다. '고르는' 행위가 포지하고 있는 진의, 이것이 바로 이 시의 주제라 할 수 있기 때문이다. "콩을 고른다"는 것은 한마디로 '쭉정이'를 가려내어 버린다는 의미이다. 그런데 화자에게 '쭉정이'는 "손 댈 수 없을 만큼 푸석해져 버린 아내"와 동일화된 대상이기에 "쭉정이라고 생각했던 콩도 함부로 버릴 수 없"게 된다. 쭉정이를 버리지 못함에도 화자는 콩을 고르고 또 고르고 있다.

그렇다면 버리지 않으면서 고르고 또 고른다는 것은 무슨 의미인가. 우선은 말 그대로 가려내기는 내야 하는데 버리지는 못하니 망설이면서 고르고 또 고른다는 의미로 볼 수 있다. 그런데 또 한편으로 그것은 어루만지는 행위로도 해석이 가능하다. "내 손에 까만 물이 들도록" 잡았다 놓았다 한다는 것은 버리기를 망설이는 행위라기보다 '못난 콩'에 대한 애틋한 손길로 볼 수 있기 때문이다. 따라서 서정적 자아의 "눈물이 까매지도록" 콩을 고르고 또 고르고 있는 행위는 푸석해질 대로 푸석해져 "쭉정이처럼 누워" 있는 아내를 눈물 어린 손길로 어루만지고 있다는 의미에 다름이 아닌 것이다.

여기에서 우리는 또 하나의 '사랑의 단상'과 마주하게 된다. 불타오르는 절정을 지나 그 어느 즈음에는 이처럼 서로를 애틋하게, 가엾게 여기는 '연민'이 사랑의 또 다른 이름일 수 있다는 것이 그것이다.

사랑의 주체는 결핍을 섬세하게 감각하고 욕망하는 존재다. 그런데 이 결핍은 외부로부터 채워지는 결핍이 아니다. 내부로부터 끊임없이 내어주어야 채워지는 결핍이다. 또한 이러한 사랑의 주체의 말은 사랑의 대상에게 있어서는 들어도 들리지 않는 말이다. 주변화된 말이자 소외된 말이다. 물론 이는 구조적인 측면에서의 언술이지만 바르트가 『사랑의 단상』을 쓴 이유로 사랑의 담론이 '지극히 외로운 처지'에 놓여 있다는 인식에서 비롯되었다고 밝힌 점은 눈여겨볼 만하다. 어찌 보면 바르트에게 있어 사랑은 은유인지 모른다. 소외된 주체의 목소리, 그 파편적인 말의 자리를 만들어주기 위한.

지금 우리의 현실에서도 사랑의 담론이 소외되고 있기는 마찬가지이다. 그러나 이는 사랑의 구조적 차원의 문제가 아니다. 이 시대는 결핍에 대한 감각 자체를 삭제해가기를 강요하는 시대이기 때문이다. 이미 욕망의 대상은 주어져 있으며 그 자리는 사랑의 주체의 자리가 아니라 모두의 욕망이 향한 자리, 빈자리일 뿐이다. 현대의 합리적 주체가 스스로를 잉여의 존재로 규정하는 현실도 이와 무관한 것이 아니다.

최근 현대시들에서 잊혀져간 사랑의 주체와 마주할 수 있었다. 시인들은 여전히 사랑의 주체를 호명하고 있었고 그 흔적을 더듬어도 보고 그의 쓸쓸한 독백을 들려주는가 하면 그의 빈자리를 보여주기도 했다. 지금 여기의 현실은 보다 빠르고 정확한 판단과 합리적이고 날카로운 비판, 강하고 힘 있는 목소리가 요청되는 때로 인식된다. 그러나 그러한 때일수록 인간 본원에 대한 감각의 환기 또한 절실하게 요구되어야 한다는 판단이다. 바르트식으로 의미를 확장하자면 소외된 주체의 목소리, 혹은 주체의 소외된 말이 각인되는 '장소'가 되는 것. 이 또한 문학의 주요한 책무 중 하나라는 생각에서 그러하다.

"왜 지속되는 것이 타오르는 것보다 더 낫단 말인가?"(44쪽) 지속되든 불타올라 사라져버리든 그 어떤 것도 사랑의 완성이 아님은 자명하다. 그것은 단지 또 하나의 '사랑의 단상'이 되어 다시 회귀할 것이다. 그리고 그것은 끊임없이 새롭게 읽히고 또 새롭게 쓰일 것이다.

삶 자체를 넘어서는 삶, 실재와의 조우

자아가 대상을 이미지로 만나는 세계가 상상계라면 이 이미지에 대한 명명이 이루어지는 세계, 즉 자아가 대상을 추상화된 관념으로 만나는 세계가 상징계이다. 상징계는 언어로 매개되는 세계이자 법의 세계이다. 상징계로 구조화되지 않는, 혹은 언어로 말해질 수 없는 무엇을 실재계라 한다. 견고한 상징화의 질서에 균열을 가져오는 '상징계의 구멍'이 바로 실재계인 것이다.

'구멍'은 만져지지 않지만 없는 것은 아니다. 부재로 존재하는 것이 바로 '구멍'인 것이다. 닿으려야 닿을 수 없는, 그것을 지시해줄 기표가 없는, 그 '없음'으로 존재하는 것이 실재계라는 점에서 '구멍'과 동일한 의미망에 자리한다고 할 수 있다. 본질적인 것, 본연적인 것이 있다면 그것은 아마도 상징계로 구조화되지 않는 영역에 있을 터이다. 우리는 특정한 경험에 대해서는 말할 수 있지만 가장 본질적인 측면에 대해서 기술할 수는 없다는 비트겐슈타인의 언표 또한 동일한 맥락에서 이해해볼 수 있다.

이러한 맥락에서라면 시인은 실재계에 기투하는 존재라 할 만하다. 감각된 이미지들을 구조로 번역하는 것이 언어이며 상징계라 한다면 재현할 수 없는 대상, 상징화되지 않은 잔여들, 상징화에 저항하는 기의들을 심미적 대상으로 발현해 내는 것이 시인의 존재의미 중 하나이기 때문이다.

여기 『발견』이 뽑은 시인들, 즉 『발견』 출신 시인들의 작품이 있다. 시인들이 문학잡지의 성격을 고려하며 창작을 하는 것은 아니지만 동인들의 작품 모음이라 하면 의식적으로든 무의식적으로든 그 다양한 빛깔의 시들을 관류하는 공통적인 무엇을 찾게 마련이다. 내용이나 형식, 소재와 기법, 어조와 시적 분위기 등등 모든 면에서 개성적이면서도 원심적인 방향성을 보여주고 있지만 이들의 공통적인 기류를 실재와의 조우라는 측면에서 찾아볼 수 있었다.

『중세의 가을』에서 요한 하우징아가 말하지 않았던가. "현자가 관념과 용어를 다루다가 적절한 표현을 찾지 못하고 벽에 부딪칠 때마다, 시인이 등장하여 구출해 주었다"라고. 관념과 용어로는 수렴되지 않는, 상징계의 구멍이자 결여인 실재계를 『발견』의 동인들은 어떠한 시선으로 응시하고 어떠한 방식으로 구현하고 있는지 살펴보았다.

1. 자아, 타자, 그리고 욕망

라캉은 주체의 구성을 거울상 단계로 설명한다. 인간이 최초로 주체를 구성하게 되는 것은 거울에 비친 자신의 신체 이미지를 통해서라는 것이다. 이 신체 이미지는 자아가 최초로 경험하게 되는 통일체로서의 자아이기 때문에 이상화된 자아상이라 할 수 있으며 주체는 이에 대한 나르

시시즘적 동일시를 통해 구성되는 것이다. 그러나 이 이미지는 자아에서 분리된 대상이라는 점에서 '타자'이자, 이미지일 뿐이라는 점에서 가상이다. 주체란 오인을 통해 구성되는 것이라는 언표가 가능해지는 것이다. 결코 통일체로서의 자아와 합일될 수 없는 운명을 지닌 존재가 주체인 셈이다.

이면도로 같은 찬 마룻바닥에 홍가시 나무의 눈물 자국이 입체를 입었다

밤새 누가 울어 평평한 봉분을 곧추세우는 샛별이 되었다지

묻고 싶다, 새벽의 내부를 핥는 오래된 혀끝의 언어

나만 아는 길이 바다로 나 있다 바위의 옆얼굴은 함박눈처럼 쏟아진다
거울을 이해한 여자가 검은 돌을 주워 물을 털어내고 비쳐보는 홍가시

바람의 각도는 해가 진 다음 알 수 있어서 오후의 정원에 심겨진 홍가시 나무에게 밤을 알려줄 요량이다

온도를 달리하며 물드는 홍가시처럼 바람의 앞가슴은 좌표로 낭자하다

시차를 놓친 물음은 내성이 날카로운 생의 변방을 기웃거리다가, 또 한 번 얼굴만 붉히고/다가오는 허기진 저녁을 보았다

자라지 않는 발톱을 깎는 가위질에 안쓰러운 홍가시의 시선은 안쪽으로 기운 너의 엄지발가락을 닮았다

— 박병란, 「홍가시 나무」

그렇다면 '나'와 '너', 자아와 타자의 구별은 분명한 것인가. 거울에 비친 '나'는 '나'이기도 하면서 '나'는 아니다. 스스로 자아를 의식하는 순간 자아는 이미 대상화된 자아, 또 하나의 낯선 타자로 마주하게 된다. 동일한 맥락으로 타자를 의식하는 순간 타자 또한 절대적인 타자로 존재할 수 없다. 자아가 투영된 타자, 자아에 스며든 타자이기 때문이다. 이러한 자아와 타자가 세계를 구성하는 관계망인 것이다.

이 시에서 "거울을 이해한 여자"란 바로 낯선 타자로서의 자아, 그러한 자아가 투영된 타자, "온도를 달리하며 물드는 홍가시처럼" 끊임없이 변하는 자아와 타자를 응시하는 존재이다. 결국 이 시에 등장하는 '거울을 이해한 여자'와 '나', '너'는 모두 동일한 자아일 수도 각각의 타자일 수도 있다. 이 시는 존재의 근원적인 것에 대한 물음에서 비롯되었다. 가령 삶과 죽음, 자아와 타자 등과 같은. "새벽의 내부를 핥는 오래된 혀끝의 언어"가 그것인데 이 물음에 대한 답은 언제나 "생의 변방을 기웃거리"며 유보되고 있고 시적 자아는 "또 한 번", "허기진 저녁"을 맞이할 뿐이다. 이러한 물음은 "자라지 않는 발톱을 깎는 가위질"처럼 허무한 것일지 모르나 멈추지 않을 기세다.

본질적인 것, 말로 표현할 수 없는 무엇, 상징계에 포섭되지 않는 초월적인 영역 등에 몰입하는 자, 이 실재의 영역을 응시하고 포착해내고자 끊임없이 고투하는 자가 시인이기 때문이다.

> 너를 바라보는 것은 벽의 내부를 찾기 위해서다
> 나를 만나기 위해서다
> 빤히 쳐다보다 뺨이라도 맞으면 다른 쪽을 내줄 수 있다

너를 그린 적 있었지
그 그림 속에서 나를 보고 놀란 적 있다

얼굴을 그리다 검정 크레용으로 뭉개버리곤 하던 아이는
우울을 먼저 흉내냈고,

아직 나는 숨은 그림이다

자신을 그려낼 수 없었으므로 램브란트와 고흐는
수많은 자화상에 골몰했다

허영과 허구가 눈과 코와 입을 먹여 살렸으므로
벽은 더욱 두꺼워져가고,

나는 헝크러진 침상을 벗어나지 못한 검은 색이다

어느 짧은 순간,
바람과 햇살과 어둠속에서 수시로 변하는
얼룩들이 소란을 밀어내는 밤에는

천천히 몸속에 흐르는 물소리를 들을 뿐이다

그 음률 속으로 침몰한다

네 눈빛속에 엎어진 검은 바위가
그 모든 것이 쓸리고 난 바닥을 지켜줄 수 있을 때.

— 김근희, 「밀회」

주체가 스스로를 발견하고 구성해내는 것은 타자를 통해서다. 그것이 타자화된 자아, 즉 거울상이든 실제 타자이든 말이다. 의미를 확장하면 인간은 타자를 통해 자신을 확인하는 존재이자 타자의 욕망을 자신의 욕망으로 내면화하는 존재이다. "나를 만나기 위해" "너를 바라보는" 행위나 "너를 그린 …(중략)… 그림 속에서 나를 보고 놀란" 장면은 이러한 맥락에서 설명될 수 있다. 그러나 '나'는 '나'를 만날 수 없다. "램브란트와 고흐가 수많은 자화상에 골몰했"던 까닭도 "자신을 그려낼 수 없었"기 때문이다. 타자의 욕망을 욕망하는 '나', 그러한 '나'의 "눈과 코와 입"이 감각할 수 있는 것은 "허영과 허구"일 뿐이다. "벽은 더욱 두꺼워져가고" '나'는 여전히 "숨은 그림"이다.

이 시에서 '검정', '검은 색', '밤' 등은 '우울'과 긴밀한 관계에 있는 시어들임에도 부정적 의미를 함의하고 있지 않음에 주목할 필요가 있다. '검은 색', '밤' 등은 시각적 감각을 용해시키는 요인이 되기 때문이다. 외부로 투영된 자아의 이미지, 혹은 자신의 것으로 오인하고 있는 타자의 욕망에 대한 자아의 시선을 차단하게 된다는 의미이다. "어느 짧은 순간"일지언정 "수시로 변하는 얼룩들이 소란을 밀어내는 밤에 천천히 몸속에 흐르는 물소리를" 듣게 되는 것은 이러한 까닭에서이다. 이 때에서야 자아는 비로소 외부에 투영된 자아가 아닌 자신의 내면에 '침몰'할 수 있게 되는 것이다.

모든 것이 경제적인 가치로 환산되는 현대사회에서 이러한 '침몰'의 시간은 비생산적인 소모로 인식될 수 있다. 그러나 자아로 하여금 끝없이 오인된 욕망만을 좇게 하는 자본주의 현대사회는 허공에 지어진 '공중도시'일 뿐이다.

조간신문을 펼쳐들고

잃어버린 시간 속 마추픽추를 읽는다
살아 숨 쉬던 자의 심장을 신의 제단 앞에 바치고
날마다 몸을 부풀려가던 공중도시
폭풍우가 쏟아지는 바다 위 배 한 척
화염에 휩싸여 불타오른다
내가 오를 공중은 이미 오래전에 누군가 지나간 적 있는
디딜 곳 없는 허공이다
멀리 난파선에서 구조된 사람들이
비릿한 새우냄새를 풍기며 급식소 앞에 줄지어 서있고
역사 속으로 사라져간 미래가 주검 냄새를 풍기며
오래된 박물관 안에 갇혀 있다
허리 굽은 백발의 할머니가 폐지처럼
흩어져 있는 구름들을 줍고있는 동안,
이미 죽은 아기의 울음 같은 화석 하나
내 치마폭 아래로 굴러 떨어진다

— 윤옥주, 「공중도시」

시적 자아가 '조간신문'에서 '마추픽추'를 읽는다는 것에서도 간취할 수 있듯 위 시에서 '마추픽추'는 현대사회, 구체적으로는 욕망에 의해 구동되는 자본주의적 현대사회를 표상한다고 할 수 있다. 먼저 '마추픽추'가 '공중도시'로 불린다는 사실에서 시인은 불안하고 위태로운 현대사회를 떠올렸을 터이다. 또 하나, 그 안에서의 실질적인 삶은 이미 사라져 알 길이 없고 외벽, 즉 껍데기만 남았다는 점에서, 실체는 은폐되거나 폐기된 채 타자의 욕망이라는 외피를 통해 끊임없이 새로운 결핍을 생산해내는 우리 사회와 상동의 관계에 있다고 하겠다.

높이 우뚝 솟아 있는 '공중도시'는 허공에 지어진 위태로운 공간임에 틀림없지만 그것을 인지하고 있든 아니든 누구나가 오르고자 하는 욕망

의 대상이기도 하다. "내가 오를 공중은 이미 오래전에 누군가 지나간 적 있는 디딜 곳 없는 허공"이라는 대목에서 이를 확인할 수 있다. 인간이 욕망하면 할수록 '공중도시'는 더욱 비대해지면서 높아만 가고 아이러니하게도 '공중도시'가 높아갈수록 '공중도시'에 입성하고자 하는 인간의 욕망은 더 강렬해진다.

이러한 욕망의 메커니즘이 구동되는 공간에서 미래는 더 이상 아직 오지 않은, 도래할 시간이 아니다. 이미 "역사 속으로 사라져간" 시간이자 "주검 냄새를 풍기며 오래된 박물관 안에 갇혀" 있는 시간이다. 미래의 절망을 선취하고 있는 셈이다. '공중도시'는 여전히 "살아 숨 쉬던 자의 심장"을 제물 삼아 "날마다 몸을 부풀려"가고 있고 우리를 태운 욕망의 폭주 기차가 "주검 냄새를 풍기"는 미래를 향해 달려 나가고 있는 것이 지금, 여기의 현실임을 현현하고 있는 것이다.

2. 상징계의 구멍, 명명되지 않는 자

견고한 상징화의 질서에 균열을 가져오는 '상징계의 구멍'이 실재계라 하였다. 그런데 상징계의 구조에 포섭되지 않음으로 인해, 더 구체적으로는 그 구조에서 배제됨으로 인해 상징계의 질서를 더욱 공고히 하는 인간군이 있다. 이들은 상징화의 질서에서, 법의 보호로부터 추방당한 '벌거벗은 생명'들이다. 이와 같이 육체적으로는 살아 있지만 사회적 · 법적 인격은 말소당한 '벌거벗은 생명'을 아감벤은 호모 사케르라 하였다. '부재'로 실존한다는 점에서 이들을 '상징계의 구멍'이라 명명할 수 있을 터이다.

이를 가장 적실하게 현현하고 있는 시가 이철경의 「신의 자녀」이다.

'신의 자녀'란 인도의 카스트 사회에서 신분의 틀 밖에 놓인 아웃 카스트(Out Caste), 불가촉천민을 지칭하는 단어이기 때문이다.

> 하시시(hashīsh)에 찌든 온갖 신들이
> 쓰레기더미 옆에 누워있다
> 가끔 보이는 돼지무리 사이로
> 긍휼에서 비켜간 아이들이
> 어린 들개처럼 이리저리 휩쓸리며
> 먹이를 찾아 골목을 헤맨다
>
> 쓰레기를 뒤지는 들개 무리 너머
> 젊은 여자 품에 아이가 웅크리고 있다
> 조만간 걷게 될 저 아이도
> 들개처럼 쓰레기 더미로 올라갈 것이다
> 소, 아닌 동물로 산다는 것은 치욕이다
> 그중에서 사람으로
> 산다는 것은 다음 생을 기약해야만 한다
>
> 저 까맣게 타들어 가는 아이의 눈망울에서
> 해맑은 표정이 붉은 햇살에 타들어 간다
> 발가락이 잘려나간
> 검은 발이 뒤를 쫓아오고 있다
> 등 뒤로 손 벌린 여자의 눈빛이
> 내 유년의 허기를 핥기라도 하듯
> 자꾸만 목덜미를 끌어당긴다.
>
> — 이철경, 「신의 자녀」

'신의 자녀'라는 명명에는 신성/저주의 양가성이 내포되어 있다. "긍휼에서 비켜간 아이들", "어린 들개처럼 이리저리 휩쓸리며 먹이를 찾아 골목을 헤매"는 아이들, "산다는 것" 자체가 '치욕'이 되는 이들, '소'보다도 못한 인간군이 '신의 자녀'이기 때문이다. 이들이 바로 호모 사케르다. 호모 사케르는 '벌거벗은 생명'이라는 뜻과 함께 '신성한 생명'이라는 의미도 동시에 함의하고 있는데 이러한 양가적 의미 또한 '신의 자녀'와 동궤에 자리하는 맥락이다.

이들은 아웃 카스트(Out Caste), 즉 카스트라는 상징계의 질서에서 배제된 계층이다. '접촉해서는 안 되는' 부정성으로서 상징계의 '구멍'이라 할 수 있다. 그러나 이 '구멍'은 상징계에 균열을 일으키는 것이 아니라 오히려 그 구조를 더 견고하게 하는 기제로 작용한다. 카스트의 정체성과 의미는 '부재'로 존재하는 '신의 자녀'라는 계층에 기반을 둘 때 비로소 성립되는 것이기 때문이다.

이처럼 '신의 자녀'는 공동체에서 배제됨으로써 공동체에 포함되고 있다. 이는 신분 질서라는 외연적 측면에서뿐만 아니라 각 신분에 속하는 개별적 주체의 내면에서도 작동하게 된다. "사람으로 산다는 것은 다음 생을 기약해야만 한다"라는 대목에서 이를 간취해볼 수 있다. 이들은 '신의 자녀'를 터부시함으로 배제하지만 '다음 생'에서 '신의 자녀'로 태어나기를 두려워하여 현재의 삶을 규율하게 된다는 점에서 '신의 자녀'는 이들 삶 속으로 깊숙이 개입해 있는 것이다.

> 송진에 뭉개진 저녁 어스름
> 아기를 잡아먹는다는 길 끝에 앉아 너는 무엇을 하느냐
> 햇빛이 삭아 들 때까지
> 나이를 세어 보고

살의 깊이를 생각하고
그러면 날카로운 붉은 동공
움푹 파인 초승달이
내게로 흘러
들죽 날죽한 물길을 놓고
갈라지는 어둠의 밑바닥을 흘러간다
그들은 진눈깨비였을까
진심어린 축복인양 버터 향에 오마도 간척지를 바라보다
몸이 느려지거나 녹아 없어지거나
바람의 싹을 베어낸 위력적인 턱을 생각하면 축축한 이마가 얼어붙고
엇박자로 뛰는 사슴, 저 숲은 또 무언가
습한 눈에 밀려 안개가 지워진다
다만 그들에겐 오늘도 올빼미 저녁
고사목이 숨을 쉬는

오후 다섯 시, 나는 섬을 떠나간다
붉은 벽돌위에 뭉개진 붕대를 감고 쓸쓸한 밤을 보내야지
내 어린 사슴이 살아나는 밤을

— 윤혜옥, 「소록도」

이주 노동자나 결혼 이주 여성, 노숙자, 성소수자, 비정규직 등 우리 사회에서 호모 사케르를 찾는 것은 어려운 일이 아니다. 쉽게 떠올릴 수 있다는 것은 이들이 그만큼 차별과 피해에 노출되어 있다는 뜻이기도 하지만 또 한편으로는 사회에 그러한 사실에 대한 담론은 형성되어 있다는 의미도 된다. 그런데 배제되고 있다는 사실조차 잊혀진 존재, 그러한 존재들만의 '예외 공간'이 있다. 바로 한센병 환자들과 그 가족, 그리고 그들의 유배지 '소록도'가 그것이다.

우연일까. '소록도'라는 명명에서도 신성/저주의 양가성을 확인할 수 있다. '사슴'은 보편적으로 신성, 생명 등을 상징하지만 실질적으로 '소록도'는 천형으로 인식되는 한센병 환자들이 격리되어 생활해오던 공간이기 때문이다. "아기를 잡아먹는다는", 전설처럼 떠도는 말에서도 드러나듯 이들에 대한 태도는 터부를 넘어 공포에 가까운 것이었다. '진눈깨비', '고사목' 등으로 표상되고 있는 이들은 살아 있으되 살아 있는 것이 아닌 '벌거벗은 생명'이다.

뭉개지고 삭아들고 움푹 파이고 녹아 없어지고…… 위 시에서 '소록도'는 그대로 이들과 동일화되어 있는 공간이다. "오후 다섯 시", 이방인인 시적 자아가 "섬을 떠나" 상징계의 질서 속으로 편입되어 들어가는 시간이다. 그런데 시적 자아는 단순히 몸만 빠져나가는 것이 아니라 이들로 인한 "쓸쓸한 밤", "내 어린 사슴이 살아나는 밤"을 보내겠다는 의지를 드러내고 있다. '진눈깨비'처럼 흔적도 없이 녹아 사라져버리던 존재가 비로소 상징계의 구멍으로 '포함'되고 있는 것이다.

우리는 잊는다는 것의 폭력성, 잊혀진다는 것에 대한 두려움을 이미 경험한 바 있다. 윤혜옥의 「소록도」는 말소된 이들 존재와 공간을 호명하고 있다는 점에서 의미가 있는 작품이다.

3. 실재의 귀환

거울을 통해 최초로 통합된 자아를 이미지로 만나기 이전, 자아는 자신의 몸이 조각나 있는 것으로, 그리고 외부 대상과는 카오스처럼 한데 뒤엉켜 있는 것으로 인식한다. 아직 자아와 타자 사이의 경계나 구분이 생기기 이전 상태라 할 수 있다. 아담과 하와가 먹었다는 선악과의 의미 또한 동일한 맥락에서 짚어볼 수 있다. '선악과'라는 명명에서도 간취할 수 있듯 선악과의 정체는 바로 분별이었다. 에덴 동산에서 아담과 하와는 하나였으며 다른 대상들과도 마찬가지였다.

선악과를 먹은 후 아담은 자신의 행위에 대한 책임을 하와에게, 하와는 뱀에게 전가하게 된다. 또한 아담이 나무 사이에 몸을 숨긴 것은 벌거벗었다는 수치심에서이기도 했지만 더 큰 이유는 '악'을 행하였다는 인식, 그로 인해 발생하게 될 하느님의 질책에 대한 두려움 때문이었다. 다시 말해 선악과를 먹은 후 아담과 하와에게는 자아와 타자, 남자와 여자, 신과 인간, 선과 악, 쾌락과 고통 등과 같은 대상 간의 경계와 구분, 즉 분별이 생기게 된 것이다. 낙원에서의 추방을 상징계로의 진입으로 설명하는 것이 가능해지는 지점이다.

근원적인 합일에 대한 욕망, 결코 충족될 수 없는 이러한 욕망을 실재라 할 때 한현수의 「하와의 불면」은 내용적인 층위에서 김이현의 「나비문신의 당신」은 형식적인 층위에서 실재계의 의미와 그 귀환의 방식을 현현하고 있는 작품이라 할 수 있다.

> 잠으로 분리되는 밤이 두려웠다
> 둘이서 사랑했고 충분했지만
>
> 아담, 네가 어디 있느냐
> 식도역류처럼 아래에서 올라오는 말 같았다
>
> 잠 밖에 누워있는 그녀 옆에서
> 또렷하게 들렸다
> 돌발성 난청을 앓는 그녀에게
> 잠을 떼어주려다 잠든 나의 꿈속에서

무화과 잎으로 밤을 감춰보려고 했지만
네가 어디 있느냐,
부끄러움을 환하게 비추는 말에

잠을 깼다

그녀가 날 사랑하느냐고 물었다

그런 일이 있은 후
그녀는 매일 밤 내 잠을 노크했다

— 한현수, 「하와의 불면」

통합체로서의 자아가 이미지일 뿐이듯 "둘이서 사랑했고 충분했"다는 것 또한 '나'의 욕망이 투영된 이미지일 뿐이다. '둘의 충분한 사랑'이라는 언표와는 상반되게 "돌발성 난청을 앓는 그녀"라든가 "잠 밖에 누워있는 그녀" 등등 '나'와 '그녀'의 단절, 혹은 분리를 드러내는 상황이 이어서 등장하고 있기 때문이다. '잠' 내지 '꿈'은 무의식의 세계이자 상상계의 표상이며 현실은 의식의 세계이자 상징계의 표상이라 할 수 있다. '그녀'와 '나'는 꿈과 현실, 무의식과 의식, 상상계와 상징계의 경계에서 서로 분리되어 있다.

이 시에서 실재계의 출현은 "그녀가 날 사랑하느냐고" 묻는 순간에 이루어진다. 이 물음의 연원은 결핍이며 "둘이서 사랑했고 충분했다"라는 기호를 산종시키고 있기 때문이다. 이들 사이의 사랑이 상징계에 포섭되지 않는다는 사실은, 설령 시적 자아가 이 물음에 대한 대답을 한다고 해도 그것이 '난청'을 앓고 있는 '그녀'에게 결코 가 닿을 수 없다는 데서 확실해진다. "그녀가 매일 밤 내 잠을 노크"하는 이유가 바로 여기에 있는 것이다. 사랑, 더욱이 '충분한 사랑'이란 상징화될 수 없는, 실재에 속하는 대상이다. 혹은 절대적인 일체감과 향유가 가능했던 상상계에 대한 선험적 감각이라 할 수도 있겠다. '불면의 하와'란 바로 견고한 상징계의 질서에 균열을 일으키는 실재계의 표상인 셈이다.

한현수의 「하와의 불면」이 내용적인 층위에서 실재계의 출현을 현현하고 있다면 김이현의 「나비문신의 당신」은 형식적인 층위에서 그 출현 방식을 보여주고 있는 경우이다.

> 벽에서 떨어져 나간 혈흔이 자궁을 키울 줄 몰랐어요 (손톱만한 당신의 자궁이 자라요) 간간이 허리가 아팠을 뿐, 어쩌다 진통제 한 알로 당신의 전생을 떠올렸을 뿐인데 (달이 자라고 있어요) 당신의 허벅지에 전라의 나비를 타투하고 싶을 뿐
>
> 숨이 차요 방금 끝낸 것처럼 호흡이 가파른 이유, 아직 당신을 향한 성장판이 닫히지 않아서인가요?
>
> 자궁이 눈꺼풀을 달고 출하되기만을 기다리고 있군요 당신, 피뢰침에 마구 찔려 해명할 기회도 없이 괴사해야 해요 몰래 나비를 훔친 자궁이 움찔거려요
>
> 부러진 연애에서 당신이 흘러내리면 정액을 위한 추도식을 준비할 게요 당신이 좋아하는 나비문신의 은잔을 특별히 준비 하죠 노쇠한 장미의 마지막 입맞춤도 한 송이 꺾어 화병에 꽂을 게요
>
> 화석이 돼 버린 나비문신의 당신, 장미의 숨결 위에 마리화나가 내려앉고…

인조눈썹을 단 자궁들이 기를 쓰고 가랑이를 벌려요 발칙한 날개들은 지금 날아가는 중이군요 당신에게로 (세상은 참 공평해요)

적갈색 조명 아래 음울한 침대보, 하나 둘 내려앉는 자궁들

옆구리가 아파요 분간할 수 없는 허공에 나비가 파닥거려요, 내 태곳적 나비가 당신의 자궁을 적출하려 해요 나비, 분탕질은 그만둬요
내 모가지 비틀고 흘린 장미유로 당신, 나비문신을 한번 그려봐요 (세상은 그지없이 자애로울 거예요) 자궁에서 변태한 나비들의 군무가 시작될 즈음,

과다 출혈된 내가 울고 있어요
허벅지 사이로 생기 없는 환멸이 날개를 펴요
당신이 나비를 사모한다한들 당신, 꽃이 될 수 없어요

나비문신의 당신, 이… 름이…

— 김이현, 「나비문신의 당신」

언어로 표현할 수 없는, 상징계의 질서에 포섭되지 않는 실재가 시에 현현될 수 있는 방법은 바로 '환상'을 통해서이다. 이는 두 측면에서 설명이 가능한데 첫째는 환상의 기본 단위가 되는 것이 이미지라는 사실이다. 둘째는 환상이 리얼리티를 위반하는 형식으로 구축된다는 점이다. 환상은 꿈, 변신, 대상 간의 이미지의 혼융 등의 방식으로 발현되는데 이는 모두 안정적이고 관습적인 상징계의 관계에 균열을 일으키거나 파기하는 방식으로 수렴된다. 환상은 낯익은 것을 낯선 것으로 안전하고 확정적이라 인식되었던 것을 불안하고 불확실한 것으로 만든다. 환상 속에서, 익숙하고 친숙한 상징 체계 속에 감추어져 있던 불안한 욕망들이 표

면으로 드러남으로써 사회질서가 의존하고 있는 일원적인 구조와 의미는 분열되거나 해체된다. 이를 잘 보여주고 있는 시가 김이현의 「나비문신의 당신」이다.

먼저 이 시의 마지막 연에서도 드러나듯 "나비문신의 당신"의 정체는 '이름'으로 명징하게 밝혀지지 않고 이미지로만 제시되고 있다는 점에서 그러하다. "나비문신의 당신"은 이 시의 제목이기도 한 만큼 시를 이끌어가는 중심 대상이라 할 수 있는데 이 '중심' 자체가 모호하여 의미망의 구축을 방해하고 있다. 행과 행, 연과 연의 연결 또한 의미화와는 거리가 멀다. 둘째 결코 충족되지 않을 욕망으로서의 실재계를 들 수 있다. "아직 당신을 향한 성장판이 닫히지 않"았지만 '적출되는 자궁', '화석이 되어버린 당신', '나비를 사모해도 꽃이 될 수 없는 당신' 등에서 결코 충족되지 않을 결핍이 상정되어 있음을 알 수 있다.

마지막으로 낯선 이미지 생산이나 의미의 충돌을 일으키는 괄호의 사용으로 익숙하고 안정적인 상징 체계에 균열을 일으키고 있다는 점에서 그러하다. 위 시에서는 '혈흔'을 매개로 '타투' 과정과 '자궁'의 생리현상이 오버랩되어 낯설고 이질적인 이미지를 생산하고 있다. 또한 불쑥불쑥 괄호가 등장하여 흐름을 단절시키고 있으며 '자궁과 달이 자라고 세상은 참 공평하고 자애롭다'는 괄호 속 내용 또한 "분탕질", "과다 출혈", "생기 없는 환멸" 등의 이미지로 구축되고 있는 이 시의 분위기와는 배치되는 언표이다. 이처럼 위 시는 환상을 차용하여 낯섦, 불합리, 불확정성, 의미망의 파기 등을 유발하는 방식으로 실재계를 출현시키고 있다.

4. 가볍게 가로지르기 혹은 미끄러지기

문저온의 「아디다스 삼선 츄리닝」과 이승예의 「The.......라면 1」은 제목에서도 엿볼 수 있듯 유희의 지평에서 인스턴트적이고 획일적인 욕망의 장이라 할 수 있는 우리 사회의 단상을 그리고 있는 작품들이다. 문저온의 「아디다스 삼선 츄리닝」이 주로 이미지의 연쇄와 의미의 전이를 통해 우리 사회의 획일적 욕망과 방관자적인 태도를 보여주고 있다면 이승예의 「The.......라면 1」은 언어유희라는 시적 의장을 통해 근대적 시간 속에서 인스턴트화되어가는 존재와 삶을 그려내고 있다.

삼선이 간다
앞뒤 버리고 옆을
골라 그은 예술이

100미터 트랙
옆과 옆과 옆이 우리는 필요하니까
경주마들의

정면은 거참
거창한 육박일 테니까
튀어
피해야 하니까

세계는 옆모습을 보이며 지나가고 충돌하고 침몰하고
일시정지
모니터에 우리는 세로선을 긋고 원을 그리고 부분을 확대하고

직면은
날아드는 새의 앞얼굴 같은 거니까

나는 관람한다 측면에서
사태의 추이를 사건의 종결을 또는 미결을
지지부진한 나의 연애를
행인1, 2, 3 올해의 검은 흰 선 츄리닝을

정면은
그어보면 거참 난감한 중심일 테니까

— 문저온, 「아디다스 삼선 츄리닝」

"아디다스 삼선 츄리닝"은 타자의 욕망을 맹목적으로 욕망하는 현대인의 표상이다. 이 '츄리닝'의 '삼선'은 2연에 가면 "100미터 트랙"으로 전이되고 있는데 이는 이미 획일적으로 움직이도록 시스템화되어 있는 현대사회를 표상하는 것으로 볼 수 있다. 이 세계에서 '우리'는 기준이 되거나 비교의 대상이 될 "옆과 옆과 옆"을 필요로 한다는 것이다. '정면'이라는 시어의 등장으로 '옆'은 다시 의미의 전화를 이루게 된다. "충돌하고 침몰"하는 세계를 우리는 정면으로 마주할 수 없다. 정면은 "거창한 육박"이자 "날아드는 새의 앞얼굴 같은 것"으로 피하지 않는다면 자칫 "난감한 중심"이 될 수 있기 때문이다.

"난감한 중심"은 "100미터 트랙"에서 이탈한 타자로 더 이상 "옆과 옆과 옆"이 있을 수 없기에 "난감한 중심"이라는 것이다. 그러므로 그저 운동복이 아닌 "아디다스 삼선 츄리닝"을 입는 '우리'는 "측면에서 사태의 추이"를 '관람'할 뿐이다. 그러나 그러할 때 '우리'는 '자아'라는 기표를 미끄러져가는 "행인 1, 2, 3"일 뿐이며 "100미터 트랙"의 한 라인을 차지하고 있는 '경주마'에 지나지 않는 존재로 자리하게 될 것임을 위 시는 경쾌하게 그러나 날카롭게 경고하고 있는 것이다.

파김치가 먹고 싶은 날 파장을 보러 집을 나섰죠
차를 세워둔 곳에 견인딱지 대신
민들레가 피어 노랗게 웃고 있었죠

차를 찾은 돈은 사려고 했던 파 넉 단 값보다
정확하게 네 배의 오늘을 발생 시켰죠
미래는 기하학적으로 늘어난 욕망을 지불해야 하므로
장을 보러 가면 나는 되도록 과거를 쓰죠

흐드러지게 핀 벌개미취 색깔로 물들고 있는 차의 모습이
조금만 더 진지했더라면
차키를 잃어버리지 않았더라면

이 순간 택시를 탄다는 것은
전진만 하는 시간의 구조에 별 수 없이
바람이 햇살을,
햇살이 꽃을,
꽃이 스스로 생성한 봄 낮을 지워가는 일이죠

바깥 풍경들은 모두 시든 파가 되어
창 안을 들여다보는데
생의 방향을 멋대로 그어 온 손금들이 꽁꽁 묶어놓고 있는
차키를 미리 보았 the라면

농산물 시장은 어느새 파장 이었죠

시간과 비례하던 생의 질주가 곱셈이 되는 날
파김치가 된 파의 시간이 덧셈이었더라면

금세 찾아 온 어둠을 파 꽃 같은 봄밤이라고
명명 해 줄 수 있었더라면

— 이승예, 「The.......라면 1」

"전진만 하는" 근대적 시간관에서 과거는 지나간 시간일 뿐이고 현재는 미래를 위해 끊임없이 유보되어야만 하는 시간이다. 이러한 시간관에서 미래를 향한 "생의 질주"는 기하급수적으로 가속화되고 '미래'는 과거와 현재에서 유보되어온 "기하학적으로 늘어난 욕망을 지불해야" 한다. '차', '택시', 'the라면'은 이러한 근대적 시간의 질서를 내면화한 우리 사회의 가속성, 휘발성을 표상하는 상관물들이다. "택시를 탄다는 것"이 '바람, 햇살, 꽃, 봄 낮' 등의 의미를 지워가는 일이 되는 이유가 바로 여기에 있다. 이러한 대상들은 자연의 속도대로 천천히 걷고 오래 들여다보아야 느낄 수 있고 의미화되는 것들이기 때문이다.

'파', '파김치', '농산물 시장' 등은 이와는 대척되는 지점에 위치하는 시적 대상들로 자연의 속도, 순환하는 시간성을 표상한다. 이러한 시간관에서는 "금세 찾아 온 어둠"도 "파 꽃 같은 봄밤"이라는 고유한 이름으로 명명될 수 있다. 위 시에서 시적 자아는 끊임없이 과거를 호출하고 있다. "장을 보러 가면 되도록 과거를" 쓴다는 직접적인 진술도 그러하거니와 '~더라면'이라는 표현의 반복적인 사용으로 과거를 수정해나가는 작업도 그러하다.

위 시는 '파장(파場)'과 '파장(罷場)', '더라면'과 'the라면'과 같은 동음이의어나 유사 음운의 사용으로 놀이를 하듯 과거와 현재, 미래를 가로지르며 시간성을 탐색하고 있다. 「The.......라면 1」은 가볍고 일회적이고 빠른 속도로 지워나가는 우리 사회의 특성을 언어유희라는 방법적 의장을 통해 형식적으로도 그대로 구현해내고 있는 것이다.

위 시들은 상징계의 구멍, 결여에 대한 응시가 없다면 존재는 그리고 세계는 이토록 가벼워질 수 있음을, 의미는 계속 미끄러져갈 뿐임을 현현하고 있어 의미가 있다고 하겠다.

5. '쓸모없는 것'에 대한 열정

『발견』이 뽑은 시인들의 작품들에서 이성과 욕망 사이, 그 균열의 틈으로 풍부하면서도 다면적인 이미지와 의미들을 마주할 수 있었다. 실재와의 조우를 탐색하는 작업은 어쩌면 자본주의 현대사회에서 가장 중요한 가치로 인정되는 이윤 창출과는 거리가 먼, 당장에는 '쓸모없는' 것에 해당될는지 모른다. 그러나 장석주 시인의 말처럼 "지금 당장 써먹을 수 없는 것들, 시가 지닌 이 쓸모없음이 인간을 구원한다."

'쓸모없는 것'에 대한 열정은 "삶 자체를 넘어서는 삶"에 대한 열정에 다름 아니다. 금번에 『발견』이 뽑은 시인들과 그 작품의 의미 또한 동일한 맥락에서 찾을 수 있다. 『발견』의 시인들이 천착한 상징계의 구멍, 실재에 대한 탐색은, 맹목적인 욕망이 표류하는 물신주의 세계에서 올곧게 자아를, 타자와의 관계를, 나아가 세계를 이해해가는 과정이자 "삶 자체를 넘어서는 삶"을 추구하는 몸짓이기 때문이다.

현대 문학 속의 사랑의 담론들

롤랑 바르트 (Roland Gérard Barthes)의『사랑의 단상』을 다시 펼쳐본다. 제목에서 밝히고 있듯이 이 책은 사랑에 관한 단편적인 생각을 모은 것으로 그 텍스트가 되고 있는 것은 괴테의『젊음 베르테르의 슬픔』이다. 바르트는 이 단상을 '문형(figure)'이라 언표했다. 바르트에 의하면 '문형'이란 "사랑하는 내내 주체의 머릿속에 순서 없이 떠오르는 그런 것"이다. 가령 '기다림', '부재하는 이', '나는 그 사람이 아프다' 등과 같은 것으로, 이러한 '문형'이 바로 각 장의 제목이 되고 이에 대한 설명이 본문이 되는 형식이다.『사랑의 단상』은 모두 80개의 '문형'으로 구성되어 있다.

기호학자인 바르트에게 있어 사랑의 주체는 하나의 기표이다. 사랑의 구조 속에 자리하고 있는 빈 기표. 불연속적, 파편적 담론의 양태인 '문형'들이 바로 미끄러져가는 기의의 편린이자 주체의 '말(parole)'이 되는 셈이다. 바르트가 "사랑하고 있는 나"는 아직 결정되지 않은 "유보된 자"이자 "끊임없이 부재하는 너 앞에서만 성립"되는 존재라 한 까닭도 이러한 맥락에서이다.

주체의 '말', 즉 기의는 가변적인 것이다. 끊임없이 다른 것으로 건너가기 때문이다. 그러나 "끊임없이 부재하는 너 앞에서만 성립"되는 존재인 사랑 주체의 자리는 정해져 있다. '부재하는 이의 앞'이 그것이다. 사랑의 주체에게는 결여가 존재 요건이 되는 셈이다. 또한 주체의 '말'은 일방향적인 것이 될 수밖에 없다. "말하지 않는 그 사람(사랑하는 대상) 앞에서 혼자 마음속으로" 말하고 있는 누군가가 바로 사랑의 주체이기 때문이다.

우리 문학에서 이러한 사랑의 주체를 찾아보는 일은 그렇게 어려운 작업이 아니었다. 다만 작가의 예민한 감각에서 기인하는 심미적 층위의 차질성을 '주체의 자리'라는 범주로 범박하게 동일화하고 있는 것이 아닌가 하는 우려는 없지 않았다. 장르의 경계를 넘나드는 형식 또한 동일한 맥락에서 염려가 되기는 마찬가지였다.

그러나 바르트가 사랑 혹은 사랑의 주체를 관찰하고 있는 관점이 구조주의적인 것이고, 구조주의의 속성이 개별적인 것의 의미를 체계 내로 환원하여, 대상과의 관계를 통해 파악하는 것이라 할 때 우리 문학에 드러나는 사랑, 혹은 그 관계의 단면을 바르트의 언어로 조망해보는 것도 의미가 있다고 판단했다. 사랑의 주체를 바라보는 바르트의 시선은 다분히 구조주의적이면서도 정작 담론화하고 있는 것은, 형식적 층위에서건 내용적 층위에서건 구조에 환원되지 않는 '비실제적인 것', '다루기 힘든 것'에 초점을 맞추고 있기 때문이다.

우리 문학 속에 드러나는 다양한 양상의 사랑의 주체를 바르트의 '문형'에 기대어 살펴보았다.

1. 알 수 없는 것—사랑하는 이를 '그 자체로서' 이해하고 정의하려는 노력

인간에게 있어서 '모름'은 두려움으로 연결된다. 인간이 자연의 일부였을 때 자연은 숭배의 대상이자 공포의 대상이었다. 인간이 자연에서 분리되어 자연을 정복 · 지배하게 된 데에는 자연에 대한 '앎'이 전제가 된 것이다. 사랑의 구조에 있어서도 다르지 않다. 사랑하는 대상의 마음을 알 수 없을 때 사랑의 주체는 불안해질 수밖에 없으며 불안이 깊어지는 만큼 사랑하는 대상에 대한 욕망 또한 커지게 되는 것이다.

사랑의 주체와 사랑하는 대상 사이의 이러한 관계는 권지예의 소설, 「꽃게무덤」의 한 대목에 잘 현현되어 있다.

> 한밤중에 게를 파먹는 그녀의 모습은 좀 괴기스럽고 엽기적이지만 또 몹시 에로틱한 느낌까지 준다. 그 순간 그녀는 자신의 온 존재를 집중시키고 집약한다. 그녀의 표정은 어딘가 절실하고도 진실해 보인다. 그 순간은 또 그가 지독히 외로운 순간이기도 하다. 상대가 하찮은 게다리일망정, 순간적으로 그는 이해하기 힘든 서글픈 질투까지도 느끼는 것이다. 좀 전까지 그녀와 한몸으로 껴안고 물고 빨고 했던 섹스의 모든 행위가 하나의 과장된 거짓 제스처였을 뿐이라는 생각이 드는 것이다.
>
> "잠이 안 와. 왠지 속이 허해서……"
>
> 그가 뚫어지게 바라보는 것을 그제야 안 그녀가 변명 삼아 말하며 웃었다. 허하다니…… 잠자기 전에 그녀를 채우며 스스로도 충일감에 빠져 잠들었던 그는 맥이 빠진다. 섹스로도 채울 수 없는 그녀의 허전함을, 그 비어 있음을 아득하게 느낄 수밖에 없어 현기증이 날 지경이다. 그럴 때 그는 그녀에게서 보이지 않는 각질을 느끼게 된다. 갑각류의 껍질처럼, 속이 빈 대나무의 외피처럼 단단한 껍질로 싸여 그가 닿지 못하는 그녀의 내부엔 무엇이 있는 걸까. 그녀를 만약 사랑했었다면, 그것은 끊임없이 단단한

외피 속의 그곳에 닿고 싶다는 안타까운 호기심의 몸짓이었을까.

— 권지예, 「꽃게무덤」에서(『꽃게무덤』, 문학동네, 2005)

'그'와 '그녀'는 모두 사랑의 주체이다. '그녀'는 또 다른 '그'로 인해 바다에 뛰어들었던 인물이고 그런 '그녀'를 구해준 인연으로 주인공 '그'는 '그녀'와 살고 있다. '그녀'는 한밤중에 혼자 깨어 '게'를 파먹고 있고 잠에서 깬 '그'는 이 모습을 보고 있다. 위 소설에서 '게'는 사랑의 대상을 표상하는 것으로 볼 수 있다. 따라서 '게'를 파먹는 행위는 육체적으로나 정신적으로 대상과의 합일을 이루고자 하는 행위와 상동의 관계에 놓이게 되는 것이다.

사랑하고 있는 자, 그는 "자신의 온 존재를 집중시키고 집약"하게 되며 그녀와의 완전한 합일을 꿈꾸게 된다. 그러나 완전한 합일, 완전한 소유는 상상계에서나 가능한 일이다. 사랑하면 할수록, 집착하면 할수록 주체의 외로움도 깊어지는 까닭이 여기에 있다. 마치 게를 파먹고 나면 결국 속이 빈 게 껍질만 남는 것과 같이, 대상과의 완전한 합일에 대한 욕망으로 깊이 파고들면 들수록 오히려 '비어 있음'을 확인하게 되는 것이다.

그 비어 있는 곳은 주체에게로 환원되지도, 주체가 채워줄 수도 없는, 대상만의 고유한 영역인 셈이다. 즉 주체가 아무리 사랑해도 가닿을 수 없는 '그곳', 영원히 '알 수 없는 것'으로 남아 있는 '허(虛)'의 공간이 사랑의 대상에게는 있다는 것이다. '그녀'가 한밤중에 게를 파먹는 괴기스러운 모습을 보이는 것도, '그'가 그러한 그녀로 인해 지독한 외로움에 휩싸이게 되는 까닭도 모두 사랑의 주체와는 무관한 '허'의 존재에서 기인하는 것이다. '그'는 '그녀'의 '비어 있음'에 더욱 집착하게 되고 소설은 '그녀'가 결국 다시 바다로 돌아가는 파국으로 끝을 맺게 된다.

> 해가 지면 외롭단다. 달이 뜨면 그립단다. 어쩔 수 없는 외로움 그리움이란다. 아무도 대신해 줄 수 없단다. 아내인 내가 곁에 있어 덜어주고 채워 주긴 하지만 이 세상 올 때부터 가져온 것이라 어쩔 수 없단다. 섭섭해 하지 말란다. 이럴 땐 엄마가 너무 보고 싶단다.
>
> 자신의 속내를 보여주는 그가 고맙다. 그 맘을 알 것 같다. 나도 그와 비슷한 속말을 품고 있기 때문이다. 밖으로 드러내지 않을 뿐 세상사람 모두 비슷한 외로움과 그리움을 지니며 살고 있는 게 아닐까.
>
> — 이양주, 「그리움의 자리」에서(『수필과 비평』 155, 2014.9)

바르트는 사랑하면 할수록 더 잘 이해하게 된다는 말은 사실이 아니라고 말한다. 사랑하는 행위를 통해 체득하게 되는 지혜는 오히려 사랑하는 그 사람은 '알 수 있는 사람이 아니라는 것', 알 수 없는 것은 알 수 없는 것인 채로 남겨두고, 알 수 없는 그 사람을 사랑해야 한다는 것이다.

위에서 인용한 이양주의 수필, 「그리움의 자리」에서 이러한 지혜를 엿볼 수 있다. 위 글에서 남편은 인간의 근원적인 고독과 마주하고 있다. 인간 존재는 모체와의 완전한 합일을 선험적 기억으로 간직하고 있다. 인간의 근원적 고독이란 이 완전한 합일의 영원한 상실에서 연원하는 것이다. 인간이 끊임없이 대상과의 동일화를 욕망하는 것은 어쩌면 무의식 속에 떠다니는 완전한 합일에 대한 아련한 기억 때문인지 모른다.

"어쩔 수 없는 외로움 그리움"은 바로 이 근원적 고독에서 오는 것으로 사랑의 주체가 가닿을 수 없는 '비어 있음'의 자리이다. 이는 또한 사랑의 주체에로 환원되지 않는다는 점에서 '알 수 없는 것'이자 주체가 소외되는, 대상만의 내면 공간에 해당한다. 이를 잘 아는 까닭에 남편은 아내가 섭섭해 하지 않을까 염려하는 것이다. 그러나 작가는 남편 내면의 '비어 있음'을 그대로 받아들인다. 오히려 외로움을 표출해준 남편에게 고마워하고 있다.

이양주의 「그리움의 자리」는, '알 수 없음'은 '알 수 없는 것'인 채로 남겨 두는 것, "사랑하는 이를 '그 자체로서' 이해하고 정의하려는 노력", 이것이 바로 사랑임을 발현하고 있는 작품이라 할 수 있다.

2. 다루기 힘든 것–왜 지속되는 것이 타오르는 것보다 더 낫단 말인가?

사랑의 주체는 사랑으로 인해 행복하면서도 동시에 불행하다. 되돌아오지 않는 사랑, "불안 · 의혹 · 절망"으로 때로는 그만 빠져나오고 싶은 욕구에 사로잡힐 때도 있다. 세상은 충고한다. 현명하게 사랑해라, "사랑에 빠지지 말고 사랑해라" 등등. 이것이 상처받지 않고 사랑하는 방법이자 사랑의 존속 가능성을 높여주는 전략쯤이 될 것이다. 그러나 바르트의 사랑의 주체를 추동하는 것은 이러한 전략적인 것이 아니다. 주체가 사랑하는 방식은 사랑하는 대상의 진실과 거짓, 사랑의 성공과 실패 여부를 떠나 우발적인 모든 것을 "그냥 받아들이며 긍정"하는 것이다. 베르테르처럼 말이다.

곧추 선 사람
제발 비틀거리세요
비틀거리는 사람
아예 쓰러지세요
쓰러진 사람

세상모르고 주무세요

시퍼렇게 깨어 있는 사랑도 있나요?

취기 올라 비틀거려야
겨우 하는 사랑이지
비틀거리다 쓰러져야
제법 하는 사랑이지
아주 취해
마음 뿌리까지 단풍 들어야
설악산 천불동 단풍으로 끓어야
폭 하는 사랑이지

— 이중도, 「설악산 천불동 단풍으로 끓어야」(『새벽시장』, 시학, 2014)

위 시에서 이중도 시인은 사랑의 밀도를 취기의 정도로 환치하여 표현하고 있다. 즉 곧추서 있다가 비틀거리고 비틀거리다가 아예 쓰러져 잠이 드는 과정이 사랑에 빠지는 그것과 상동의 관계라는 것이다. 2연에 이르면 다소 건조하게 느껴지는 비유에 색채가 입혀지면서 분위기의 전화가 이루어지고 있다. 비틀거림의 정도를 "시퍼렇게 깨어 있는" 것에서 "아주 취해 마음 뿌리까지 단풍"드는 것으로 형상화함으로써 감각적인 분위기와 함께 풍성한 의미 또한 함께 획득하고 있는 경우라 할 수 있다.

시인은 "시퍼렇게 깨어 있는 사랑"은 없다고 단언한다. "쓰러져야 제법 하는 사랑"이고 아예 세상모르는 지경에 이르러야 "폭 하는 사랑"이라 말하고 있다. 그러나 경쟁과 자본주의가 톱니바퀴처럼 맞물려 숨 가쁘게 돌아가고 있는 현대사회에서, 이와 같은 사랑은 그야말로 자신을 포기하는 행위가 될 수도 있기에 합리적 주체인 현대인에게 있어서는 망설여지지 않을 수 없다. 이러한 염려에 시인은 “푹 하는 사랑”, “아주 취해 마음 뿌리까지 단풍 드는” 사랑이 많아진다면 그것이 때로 아픔의 빛깔일지언정 세상은 단풍으로 물든 ‘설악산 천불동’처럼 좀 더 아름다워질 수 있을 것이라 대답하는 듯하다.

사랑의 주체에게 있어 사랑은 미래를 위한 저축이나 보상을 염두에 두지 않는 순수소비에 해당한다. 전언한 바와 같이 현대사회에서 어쩌면 종국에는 아무것도 아닌 것이 되어버릴 수도 있는 무엇을 위해 자신을 소모한다는 것은 매우 어리석은 행위로 인식될 수 있다. 그러나 사랑의 주체는 합리적 주체일 수 없다. 사랑의 주체에게 있어 사랑은 그저 던져진 주사위와 같은 것이다. 그것을 합리적으로 다루려 할 때 주체의 자리 또한 사라지고 만다.

바르트의 사랑의 주체는 묻는다.

“왜 지속되는 것이 타오르는 것보다 더 낫단 말인가?”라고.

나뭇잎 한 장의 무게로 앉아
저 여자 선풍기 바람에 머리를 말리고 있다
어디에서 누구의 이름을 부르다 왔나
등의 반은 젖어 있고
나머지 절반도 빗소리로 채워졌다

지금은 번개의 시간
오지 않을 사람의 눈빛을 닮은
빗소리 건너가기 무섭다
아무도 얼씬거리지 않는 갤러리, 나는
뒹구는 우산
하수구로 휩쓸려 들어가는 쓴웃음

사랑이든 슬픔이든 끝까지 따라가 본 적 없다

고개를 왼쪽으로 젖히고 앉아
사선 거리 저 여자 나를 꿰뚫어본다
눈도 깜박이지 않고 입도 씰룩이지 않는
반쪽 얼굴
내 눈과 귀가 순간에 멀어버렸다
버린 사랑과 낡은 수첩 지워진 낱말과 하모니카
흑백사진과 오지 않을 이름
나를 다 읽어버린 긴 머리 여자
붉은 비가, 오늘은 천둥의 시간

— 고명자, 「비가」(『술병들의 묘지』, 서정시학, 2013)

위 시의 시적 자아는 어쩌면 사랑으로 '타오르는 것'보다 '지속되는 것'을 택했는지도 모르겠다. "사랑이든 슬픔이든 끝까지 따라가 본 적 없다"는 대목에서 그러하다. 시적 자아는 그림 속의 '여자'에 자신을 투사하고 있다. 빗속에서 오지 않을 사람의 이름을 부르다 들어와 멍한 눈빛, 표정 없는 얼굴로 선풍기 바람에 머리를 말리고 있는 여자의 모습이 시적 자아의 모습인 셈이다. "뒹구는 우산", "하수구로 휩쓸려 들어가는 쓴웃음"은 "사랑이든 슬픔이든 끝까지 따라가 본 적 없"는 스스로에 대한 냉소의 표상으로 볼 수 있다.

사랑에 푹 빠져버린 주체의 세계가 '설악산 천불동'이라면 주춤거리다 사랑을 버린 시적 자아의 세계는 "아무도 얼씬거리지 않는 갤러리"쯤 될 것이다. 이 시의 제목인 '비가'는 중의적 의미로 읽을 수 있다. 시적 배경으로 등장하는 자연현상으로서의 '비'가 그 하나이고 '슬픈 노래'라는 의미의 '비가(悲歌)'가 다른 하나이다. 고명자의 「비가」는 "사랑이든 슬픔이든 끝까지 따라가 본 적 없"는 존재의 낡고 공허한 시간을 예각화하여 감각적으로 그리고 있는 작품이다.

3. 대답 없음—이런 '사막 속에서' 계속 말을 해야 할까?

바르트의 사랑의 주체는 하나의 기표라고 하였다. 부재하는 이 앞에서만 성립하는, 끊임없이 유보되는 존재. 의미를 확장하면 사랑의 주체는 소외된 존재라 할 수 있다. 주체의 '말'을 들어야 하는 대상은 부재이며 따라서 대답도 기대할 수 없기 때문이다.

바르트는 서문에서 『사랑의 단상』을 쓴 이유를 밝혔는데 그것은 "말의 자리를 읽게 해"주기 위해, "말하지 않는 그 사람(사랑의 대상) 앞에서 혼자 마음속으로 말하는 누군가의 자리"를 읽게 해주기 위해서라 하였다. '말'이 아니라 '말의 자리'로 "혼자 마음속으로 말하는" '누군가'가 아니라 '누군가의 자리'로 언표한 것에 주목할 만하다. 이러한 관점에서라면 말의 내용이 무엇인지, 말을 하고 있는 주체가 누구인지는 그다지 중요한 것이 아니게 되기 때문이다. 중요한 것은 '자리', 즉 구조나 관계에서의 위치인 것이다.

> 얼마나 갔을까. 물끄러미 쳐다보던 이놈이 내 발목을 덥석 물어 버렸다. 기겁해서 들판이 들썩이도록 고함을 쳤다. 가슴이 쿵쾅거린다. 공포심으로 의식이 하얗게 바랜다. 되돌아가서 사무실에 알리고 조치를 취해야 한다는 생각이 스친다. 서로의 믿음은 무너져 버리고 두려움만 커져 갔다. 고함 소리에 놀란 녀석이 숲 속으로 뛰어 들어가 나를 보고 있다. 슬픈 눈빛이다. 호소하고 있다. 소통하려고 용기를 낸 거라고. 누렁이가 고개를 젖히고 하늘을 향한다. 울부짖는다. 처절한 절규다. 오싹하다. 오늘도 함

께할 사람이 없다는 것을 알게 된 것이다. 거듭되는 기대와 절망은 외로움 만 더할 뿐이라는 것도.

이상한 일이다. 시간이 갈수록 심연 깊숙이 박혀 있던 놈들의 눈빛이 되살아난다. 울부짖던 통곡 소리는 점점 더 가슴을 파고든다. 내 눈빛, 내 절규. 마침내 내 고독이 되고 만다. 황량한 벌판에 홀로 선 내 영혼이기에.

— 윤석희, 「들개」에서(『바람이어라』, 수필과비평사, 2008)

윤석희의 「들개」는 작가가 인도 여행 중 들개를 만났던 경험을 그린 작품으로 이를 통해 작가는 소통이 차단된, 고독한 존재의 절규를 극명하게 표출해내고 있다. 작가는 스리랑카의 어느 절까지 찾아가는 여정 중에 들개를 만나게 된다. 처음엔 들개도 작가도 서로의 존재에 대해 놀랐지만 시간이 흐르면서 경계를 풀게 되자 작가는 친근함까지 느끼며 서로 우호의 약속을 한 것으로 간주하게 된다. 그런데 이 들개가 작가의 발목을 물어버린 것이다. 이미 여행객들에게 들개에 물리는 것을 조심하라는 주의가 내려진 터였다.

이 글에서 '들개'를 소외된 존재의 표상으로 볼 수 있을 것이다. 타자와의 관계에 있어 처음부터 믿음이 형성될 리도 없지만 그렇다고 경계부터 하는 것도 자연스러운 일은 아니다. 배타적이든 우호적이든 관계에 임하는 태도는 이전 관계에서의 축적된 경험으로부터 형성되는 것이다. 거듭된 거부와 단절을 경험한 주체는 타자와의 관계에 있어서 본능적으로 방어기제를 작동하게 된다. 서툰 소통의 시도 또한 의도와는 관계없이 타자에게는 위협으로 여겨질 수도 있다. 이것이 작가가 들개의 행동과 눈빛, 울음을 해석한 방식이다.

그런데 주목할 점은 이러한 들개의 심정이 작가의 것으로 전이되었다는 것이다. 이를 동일화나 투사로 설명할 수도 있겠지만 '소외된 존재의 자리'로도 설명이 가능하다. 바르트식으로 말하면 위 글에서 '소외된 존재의 자리'에 있는 '누군가'는 '들개'였다가 작가 자신이 된 것이다. 또한 그 '자리'는 또 다른 누군가로 채워질 수 있다. 그것이 누구인가가 중요한 것이 아니라 그러한 '자리'가 있다는 것이 중요한 것이다.

세계가 어떠한 구조로 이루어져 있다고 할 때 들을 수 없거나, 들어주지 않거나, 들어도 대답 없는 이를 대상으로 말하고 있는 주체와 그 말의 '자리'가 있다는 뜻이다. 그 '자리'의 주체는 베르테르와 같은 낭만적 사랑의 주인공일 수도 있고, 치열한 경쟁의 사지로만 내몰리고 있는 청소년일 수도 있다. 사회적 약자나 소수자 등, 각기 다른 사연을 가진 여러 계층의 사람들일 수도 있다. 그리고 그것이 바로 우리 자신일 수도 있는 것이다.

그 '자리'에 드는 익명의 '누군가'들이 말한다.

"이런 '사막 속에서' 계속 말을 해야 할까?"

> 몰래, 아무도 모르게 사랑한다는 말, 그 말 한마디를 아끼려 일생을 벙어리로 살다간 사람이 있듯이
>
> 유월의 수평선이 팽팽하게 들리는 해안선을 따라가다 보면 작은 무덤이 있고 노란 나비 한 마리가 나풀나풀 쓰다듬는 묘비명을 읽어보니
>
> '우편배달부는 제 집의 주소를 모른다'
>
> 옥상엔 이불을 쫙 펼쳐 널고
> 연잎 위 물방울들이 동글동글 노는 마을에 모여

눈멀고 귀먹어 살아도 이웃으로 배달하고 싶은 호박덩이 같은 마음 하나 있다면, 삶은 곧 신성이며 모독은 아니란 듯이 들꽃이 또 만발한 여름의 시작이다.

— 서규정, 「우편배달부는 제 집의 주소를 모른다」
(『그러니까 비는, 객지에서 먼저 젖는다』, 작가세계, 2013)

'우편배달부'는 왜 '제집'의 주소를 모를까. '우편배달부'가 우편물을 배달하기 위해 필요한 것이 주소이다. 그러나 '제집'으로 돌아올 때만큼은 주소가 필요 없다. 공간을 구획하여 번호를 부여한 번지수가 아니라 숫자로는 표기할 수 없는 그만의 느낌과 정서, 감각의 기억으로 찾는 것이 '제집'이기 때문이다.

'벙어리', '우편배달부', '눈멀고 귀먹음' 등 위 시에는 '말' 혹은 소통과 관계된 시어들이 많이 등장한다. 특히 '벙어리'나 '눈멀고 귀먹음'은 모두 소통에 어려움을 주는 장애에 속한다. 그러나 시인은 상관없다고 말한다. '말'을 하고 그 '말'을 듣는 것은 입이나 눈, 귀가 아니라 '마음'이기 때문이다. '우편배달부'가 주소 없이 제집을 찾는 것처럼 말이다.

"아무도 모르게 사랑한다는 말, 그 말 한마디를 아끼려 일생을 벙어리로 살다간 사람"은 한 번도 말한 적 없지만 매 순간 말해온 것이다. "눈멀고 귀먹어 살아도" 삶이 곧 '신성'일 수 있는 까닭은 "이웃으로 배달하고 싶은 호박덩이 같은 마음 하나" 있기 때문이다. 이러한 '마음'들이 모여 사는 곳이 바로 "옥상엔 이불을 쫙 펼쳐 널고 연잎 위 물방울들이 동글동글 노는 마을"일 터이다. 시인이 생각하는 유토피아는 이처럼 소박한 일상이 이어지는 따듯한 시공간일지 모른다. 마치 우편배달부가 힘겨운 배달 일을 마치고 돌아가는 '제집'과 같은.

바르트는 사랑의 주체의 목소리에서 '비실제적인 것', '다루기 힘든 것'을 들어야 한다고 말한다. 획일적 기준에 의해 계측 혹은 규정될 수 없는 것, 때로는 '말'로 다 표현될 수 없는 것, 이를테면 '마음' 같은 것이 바로 '비실제적인 것', '다루기 힘든 것'이 의미하는 바가 아닌가 한다.

이처럼 바르트의 『사랑의 단상』은 좁게는 베르테르와 같은, 혼자 하는 사랑의 주인공과 그 심리를 드러내 보여주는 것으로 볼 수 있지만 넓게는 일방적인 관계의 주체, 즉 실존적인 차원에서든 존재론적인 차원에서든 대상으로부터 소외된 존재를 예각화하고 있는 것으로도 해석이 가능하다.

우리 사회에도 이러한 존재의 '자리'가 있음은 부인할 수 없는 사실이다. '자리'가 있는 한 그 '자리'는 끊임없이 '누군가'에 의해 채워질 것이다. 우리 사회에 일련의 크고 작은 사건이 일어날 때마다 '누군가'와 그 사연에 관심이 집중되어왔지만 이젠 좀 더 근본적인 차원에서 그러한 존재의 '자리'에, 그리고 다른 '자리'와의 관계에 주의를 기울여야 할 때로 보인다. '자리'가 사라지기 위해서는 구조가 바뀌어야 한다. 대상들 간의 관계가 바뀌어야 하는 것이다.

어느 시에서처럼 우리의 하루가 아름다운 풍경이 될 수 있다면 그 어떤 '자리'에서든 살아볼 만한 세상도 기대할 수 있을까.

> 바닷가에 와서 보니
> 해는 매일 아름답게 지고 있었다.
>
> 우리의 하루와
> 한 생도
> 몸을 낮출수록

더 아름다운 풍경이 된다는 것을

모든 사람들이 알게 될 때까지
멈추지 않을 기세였다

— 권정우, 「저물녘, 변산」(『허공에 지은 집』, 애지, 2010)

제2부

광장과 밀실, 그리고 시

시의 영역 또한 다르지 않다는 생각을 해본다. 건강한 사회가 그러하듯, 좋은 시를 이루는 요건 중 하나가 바로 '밀실

소통이 아닐까 하는 것이다. 그것이 '밀실'에만 머물 때 자족적 감정 소비의 시가 되기 쉽고 '광장'에만 서 있을 때 공허한 외침이

렵다. 시가 '밀실'을 포획하고 있는 광장, '광장'으로 열려 있는 '밀실'일 때 깊이와 감동이 있는 울림을 담보하게 될 것이란 의미이다

동일성에 대한 감각의 회복을 위하여

모든 현상이 생기(生起) 소멸하는 법칙을 불교에서는 '연기(緣起)'로 설명한다. 즉 이 세계에 일어나는 모든 현상은 무수한 원인과 조건의 상호관계 속에서 성립되는 것으로 독립적이고 자존적인 것은 하나도 없다는 것이다. 모든 생명의 탄생부터가 모체 혹은 다른 생명으로부터 연하는 것이며 존재의 지속 또한 무수한 생명과 환경적 요인에 기대어 있다는 점을 상기하면 이는 너무도 자명한 이치로 여겨진다. 모든 존재가 서로서로에게 의존하고 있는 셈이니 이 세계의 현상 유지는 존재들 간의 조화에 근거하고 있다고 할 수도 있겠다.

먼저 인간 존재의 원초적 관계라 할 수 있는 '어머니'와의 관계를 보자. 이는 '훔치다'라는 시어를 중의적으로 사용하면서 자식들을 위한 '어머니'의 헌신을 절절하게 그리고 있는 작품인 장진영의 「훔치다」에 잘 드러나 있다.

몸뚱이마저 쓸모없다 푸념이시다, 걸레를 주신다, 먼지를 훔치면서 구석구석 흘리셨던 한숨까지 훔쳤다. 올겨울 자식 집에 머물면서 인색했던 공경이나 훔치시라 했으나 홀로 피고 지는 자괴화(自塊花)를 피우셨나 홀대(忽待)꽃을 보셨나 "머니머니해도 살던 집이 조아야" 하시면서 떠나셨던 어머니,

온기 남은 자리를 훔치다가 반들반들 꿰인 108염주를 보았다, 반야의 빛이었다, 얼마나 많은 날이 손끝에서 흘러갔을까, 새벽빛 합장으로 몸을 일으킨 곡진한 두 무릎은 근심으로 수척해졌을 것인데, 그 누구도 눈물 한 점 훔쳐 주지 못했다.

몸에 고인 물기를 다 쏟으시고 지문은 모두 저 염주에게 내주었다, 지문이 길을 만들고 자식들 뿔뿔이 그 빛을 따라 떠났다, 어머니를 훔쳐 나 여기까지 왔구나, 눈마저 살점마저 나눠줘 버리고서 잡히지 않는 머리칼을 줍고 계신 앙상한 어머니, 박제되어 가는 한 마리 새 같다, 손바닥에 얹으시면 잠드시겠다, 날아가시겠다.

— 장진영, 「훔치다」(『시와사람』 61호, 2014 겨울)

"몸뚱이마저 쓸모없다 푸념"할 정도로 쇠약해진 '어머니'를 시적 자아는 "박제되어 가는 한 마리 새 같다"고 표현하고 있다. '어머니'가 이토록 앙상해진 까닭은 바로 '자식들'에 대한 헌신에서 기인하는 것으로 드러나 있다. "구석구석 흘리셨던 한숨"이라든가 '근심으로 수척해졌을 두 무릎', "눈마저 살점마저 나눠줘 버"렸다는 표현이 그것이다. '어머니'의 헌신에 대한 묘사는 "몸에 고인 물기를 다 쏟으시고 지문은 모두 저 염주에게 내주었다"는 대목에서 절정에 이른다. 지문이 다 닳을 정도로 염주를 돌리는 곡진함, 그 과정에서 흘렸을 땀과 눈물, '어머니'는 결국 생명성까지 소진하여 손바닥에 얹으면 날아갈 정도로 앙상해진 것이다.

위 시에서는 이러한 '어머니'와 '자식들'이 맺고 있는 인연에 주목할 만하다. 시적 자아는 이를 "어머니를 훔쳐 여기까지 왔"다고 단적으로 표현

하고 있다. '자식들'이 '빛을 따라 떠난 길'은 바로 '어머니'의 생명성의 소진을 통해 이루어진 것이기 때문이다. 그럼에도 불구하고 '어머니'를 향한 자식들의 '공경'이나 위무는 '인색'할 따름이다. 시적 자아가 '어머니를 훔쳤다'고 표현한 까닭이 여기에 있는 것이다.

위 시에서 '어머니'의 헌신은 사랑하는 '자식들'이 있음에 발현되는 것이고 '자식들'의 성공은 '어머니'의 곡진한 보살핌이 있었기에 가능했다는 점에서 '연기'의 이치를 되짚어볼 수 있다. 그런데 '어머니를 훔쳤다'는 표현에서 보듯, 부모자식이라는 천륜의 관계를 차치한다면 이 관계는 무언가 불공정한 느낌이 드는 것이 사실이다. 이러한 관계가 사회적 층위에서 이루어진다면 '불공정함'은 느낌이 아닌 명백한 사실에 속하게 될 터이다.

여기에서 의미를 더 확장해보면 이 세계가 존재 간의 상호 조화에 의해 구동된다고 할 때 '조화'의 의미가 의심스러워지게 된다. 누구를 위한 '조화', 누구에게 유리한 '조화'일 수 있기 때문이다. '땅콩 회항'이니 '열정페이'니 우리 사회에 연일 회자되고 있는 소위 '갑과 을'의 관계에서 비롯되는 사건들이 동일한 맥락에서 운위될 수 있는 문제가 아닐까.

이에 대해서는『대승기신론 강해』의 저자 한자경의 글을 눈여겨볼 만하다. 그는 "연기의 상호의존성이나 음양의 상대성은 다양한 개체가 빚어내는 아름다운 조화를 찬양하기 위한 개념이 아니라 우리의 연기적 현실의 고통을 야기하는 참담한 불평등성을 폭로하기 위한 개념"이라 말한다. 가령 "인간 문명의 번창은 뭇 자연생명의 정복과 살육 덕분이고, 강대국 사람들의 비만은 아프리카 사람들의 기아와 무관하지 않다"는 것이다.

조화가 가져다주는 즐거움과 고통은 각각 다른 계층의 몫이라는 의미이다. 그는 현실에서 만들어지는 개체의 차이가 실은 걸치고 있는 의상의 차이에 지나지 않음을, 심층에서 우리는 하나임을 깨달아야 우리가 사는 세계가 좀 더 공정하고 인간적이 될 것이라 설파한다. 너무도 자명한 이치임에도 현실과는 동떨어진 관념적인 말로 들리는 것도 사실이다. 그러나 다음 시를 보면 이러한 다름, 차이, 분별에 경도되어 있는 사회의 위험성을 상기할 수 있게 된다.

"사람이 아니라고 생각했습니다. 그래서 버렸어요."
"사람이 아니면 버려도 됩니까?"
"사람이 아니잖아요."
"키우던 개를 버릴 수 있다는 건 사람도 그렇게 버릴 수 있다는 거겠죠."
"개는 개고 사람은 사람입니다."

"사람이 아니라고 생각했습니다. 그래서 죽였어요."
"사람이 아니면 죽여도 됩니까?"
"사람이 아니잖아요."
"키우던 개를 죽여 버릴 수 있다는 건 사람도 그렇게 죽일 수 있다는 거겠죠."
"개는 개고 사람은 사람이라 하지 않았습니까!"

사람이 아니면 죽여도 된다고 생각하는 사람의
마음을 쓰다듬을 수 있는 누군가 있다면 그것은
사람이 아닌 존재들-
보드라운 풀밭, 산들바람, 미루나무의 반짝임, 숲의 향기, 푸른 하늘, 뭉게구름, 끝없는 바다, 따스한 햇살 개나 고양이의 두툼한 앞발 같은

인간이 의식주의 모든 것을 기대고 사는 非 인간

— 김선우, 「非인간」(『신생』 61호, 2014 겨울)

위 시에 등장하는 두 화자는 서로 다른 인식의 프레임을 보이고 있다. 하나는 차이의 프레임이고, 다른 하나는 동일성의 프레임이다. 즉 전자의 판단은 '개'와 '사람'이라는 종의 차이에서 출발하고 있고 후자의 인식은 '개'와 '사람'은 둘 다 생명이 있는 존재라는 동일성에서 출발하고 있는 것이다. 이 둘은 교집합이 없는 관계로 발화는 수신자 없는 상태로 각자의 프레임 안에서만 되풀이되고 있을 뿐이다.

"개는 개고 사람은 사람이다"라는 명제는 의심할 여지 없는 분명한 참이다. 오히려 "키우던 개를 버릴 수 있다는 건 사람도 그렇게 버릴 수 있다는 거"라는 말이 논리적으로는 비약의 오류를 범하고 있는 경우로 보인다. 그러나 존재에 대한 인식이 동일성이 아닌 차이와 분별로 방향 지어질 때의 극단적인 위험성을 우리는 여러 현상에서 목도한 바 있다. 아우슈비츠가 그 대표적인 예가 될 것이다.

아우슈비츠 생존 작가 프리모 레비(Primo Levi) 가 그 극한의 폭력 속에서 체득한 것은, 아우슈비츠에서의 유대인의 생명보다도 더 연약하고 위태로운 것이 바로 '인간성'이라는 사실이었다. "이것이 인간인가"라는 물음은 그의 저서 『이것이 인간인가』의 표제명이기도 하면서 이 책을 관류하는 주제이기도 하다. 이 물음은 분노하지 않고도 인간을 구타할 수 있는 폭력 주체와, 인간의 존엄성을 포기한 채 동물적인 수준에서 현재만을 살아낸 객체 모두에 해당하는 것이었다.

분노하지 않고도 사람을 때릴 수 있고, 보다 합리적이고 효율적인 '처리'를 위해 총살에서 독가스 살포로 '해결' 방식을 바꾼 폭력 주체의 인식층위 또한 "사람이 아니라고 생각했습니다"라는 언표로 대변될 수 있지 않을까. "키우던 개를 죽여 버릴 수 있다는 건 사람도 그렇게 죽일 수 있다는 것"이라는 논리가 비약적으로 보이지만 차이와 분별의 프레임은 이처럼 종의 경계 안에 한정되지 않는다는 것을 우리는 상기할 필요가 있다.

또한 이러한 '비인간'적인 행위가 히틀러 한 사람이나 이에 동조하거나 적어도 방관한 독일 국민들에 국한되는 문제가 아니라는 작가의 인식은 한나 아렌트 (Hannah Arendt)의 '악의 평범성'과 동궤에 놓이는 것이라 할 수 있다. 프리모 레비나 한나 아렌트 모두 우리가 생각하기를 멈출 경우 우리 또한 언제든 나치가 될 수 있음을 경고하고 있다. 프리모 레비가 그의 마지막 저서 『가라앉은 자와 구조된 자』에서 "사건은 일어났고 따라서 또다시 일어날 수 있다. 이것이 우리가 말하고자 하는 것의 핵심"이라고 결론지은 것 또한 동일한 의미망에 자리하는 언표인 것이다.

구분과 분별에 기반을 둔 폭력의 문제가 세계적으로 점차 심화되고 있다. 분별이 아닌 동일성에 대한 사유가 절실하게 요구되는 때이다. "사람이 아니면 죽여도 된다고 생각하는 사람의/마음을 쓰다듬을 수 있는 누군가 있다면 그것은/사람이 아닌 존재들"이라는 인식에서와 같이, 인간이 인간으로 남기 위하여서는, 우리가 보다 '인간적'인 세계에 살기 위하여서는 분별 너머의 세계에 대한 각성이 필요하다는 의미이다.

시의 본질이 서정성에 있다고 할 때 이 서정성이야말로 분별 너머의 세계를 구현한 것에 다름이 아니다. 서정성이란 시적 자아와 세계가 동일화되는 물아일체(物我一體)의 순간에 발현되는 것이기 때문이다.

> 눈멀면
> 아름답지 않은 것 없고
>
> 귀먹으면
> 황홀치 않은 소리 있으랴

마음 버리면
모든 것이 가득하니

다 주어버리고
텅 빈 들녘에

눈물겨운 마음자리도
스스로 빛이 나네.

— 홍해리, 「가을 들녘에 서서」(『시와 시학』 96호, 2014 겨울)

아름답고 아름답지 않은 것, 황홀하고 그렇지 않은 것은 대상 자체가 그러하기 때문이 아니라 보고 듣는 주체의 분별하는 '마음'이 작용했기 때문이다. 위 시에서 눈멀고 귀먹는다는 것을, 분별심을 버린다는 의미로 해석해볼 수 있다. 그러할 때 아름다운 것과 추한 것, 황홀한 소리와 소음의 경계가 사라지고 있는 그대로를 투명하게 바라보게 되는 경지에 이르게 되는 것이다.

분별하는 마음으로 볼 때 나 이외의 존재는 나 아닌 것이 되지만 그러한 '마음', 즉 분별심을 버리고 심층의 동일성으로 나아가게 되면 나와 네가 다르지 않고 나와 세계의 구분이 없으므로 내가 전체이자 전체가 곧 나인 것이 된다. 이것이 "마음 버리면 모든 것이 가득"해지는 이치라 할 수 있다.

심미적인 층위에서 동일화는 '마음'을 비운 시적 자아와 "다 주어버리고 텅 빈 들녘"이 등가를 이루는 것에서 찾을 수 있다. "텅 빈 들녘"이 주는 쓸쓸함과 마음을 비운 시적 자아의 충만함이 오버랩 된 이미지를 시인은 "눈물겨운 마음자리"가 "스스로 빛이 나"는 것으로 그리고 있다. 쓸쓸한 듯하면서도 충만하고 슬픈 듯하면서도 아름다운 복합적인 정서를 잘 그려내고 있는 작품이다.

> 코를 통해 들어온 공기가 나를 돌아 빠져나간다
> 내 숨은 누군가의 호흡이 되어 그의 속으로 들어가고 나온다
> 첫 사람으로부터 지금까지 숨은 그렇게 사람들을 거치며 살아왔다
>
> 시나브로 닳는 숨, 다시 재생되어
> 꼭 그만큼의 무게로 들락거리는 사이
> 누구는 호흡이 끊기고 누구는 호흡을 이어받는다
> 죽은 자의 몸에서 뛰쳐나온 마지막 숨은
> 어떤 몸을 숙주로 붙잡고 면면히 살아간다
>
> 모든 길을 속속들이 휘돌고 나온 숨,
> 산 자의 몸은 피가 돌고 살이 오른다
>
> 내 숨을 나눈 것이 어디 사람뿐이랴
> 저 나무는 탁한 숨을 걸러주는 필터
> 이파리를 가볍게 흔들며 오염된 숨을 받아들여 푸르다
> 저 고양이, 꼬리를 사리고 방금 내 숨을 물고 달아났다
>
> 결국, 아무도 쌓아 둘 수 없는
> 끝내 내주고 마는 숨
> 숨을 탕진한 사람들은 모두 사라졌다
> 방금 내가 들이마신 숨은 누가 준 선물일까
>
> — 류인채, 「숨」(『문학청춘』 22호, 2014 겨울)

위 시에서 '숨'은 삶과 죽음, 과거와 현재, 인간과 동식물의 경계를 허

무는 매개제이다. '숨'을 매개로 어떠한 한계와 경계가 무화되고 모든 존재 내지는 시공간이 유기적으로 연결되고 있기 때문이다. '숨'은 "산 자의 몸에 피가 돌고 살이 오"르게 한다. 즉 '숨'을 나눈다는 것은 생명을, 삶을 나눈다는 것과 동일한 의미이다. '나무'든 '고양이'든 이 세계에 있는 모든 존재는 '숨'을 나누며 살고 있는 것이다. 그러므로 '인간', '나무', '고양이'라는 개체의 차이를 지워나가게 되면 '처음'의 '숨'을 나누어 쓰는 존재로서의 동일성에 이르게 된다. 여기는 적어도 "개는 개고 사람은 사람이다"라는 분별이 통하지 않는 세계인 셈이다.

또한 이 '숨'은 "아무도 쌓아 둘 수 없고 끝내 내주고 마는" 성질의 것이다. "누가 준 선물"인 '숨'을 사는 동안 잘 나누어 쓰고 "시나브로 닳는 숨", 죽음에 이르렀을 때 또 기꺼이 내어주면 되는 것이다. 자신의 의지와는 관계없이 기계에 의지해 '숨'만 붙들고 있도록 만드는 '발전'된 의료 시스템의 측면에서도 생각해보아야 할 문제일 것이다.

홀로 술을 마신다

집도 절도 없이 떠도는 노숙자마냥 벌건 대낮
길바닥에 쪼그려 앉아 술을 마신다
한 잔 술에 아스팔트가 벌떡 일어서고
두 잔 술에 전봇대가 이마를 쿵 때린다

여여산방에서 홀로 술을 마실 때
천태산 다람쥐, 고슴도치, 토끼, 너구리, 오소리, 고라니, 노루, 멧돼지와 멧새, 참새, 굴뚝새, 오목눈이, 비둘기, 까치, 까마귀, 콩새, 꿩과 닭집의 망아지와 날망집 백구와 천년 은행나무 아래로 흐르는 도랑의 소금쟁이, 버들치, 가재, 개구리와 한데 어우러졌다

바람소리 함께 취해 달빛 속을 거닐다
이른 아침 꽃나무에 물을 주었다

술을 마신 날은 술을 흉내 낸다

집도 절도 없이 행복한 날 있었던가
저무는 산 젖은 나무 바라보며
낮은 지붕 아래서
사람 없어도 행복한 눈물 담던 한잔 술

홀로 술을 마신다

숲이 아닌 길바닥에서 마신 술 얼굴부터 취한다
검은 얼굴에 뜨겁게 새겨진
오랜 생의 노독(路毒)
눈 덮인 감나무 가지 끝에 매달린 홍시보다 붉다

— 양문규, 「술」(『시와 정신』 50호, 2014 겨울)

위 시는 "홀로 술을 마시"는 시적 자아를 통해 '숲'으로 표상되는 자연과 '길바닥'으로 표상되는 현대사회의 시공간을 대조하여 보여주고 있다. "길바닥에서 쪼그려 앉아 술을 마"시는 시적 자아는 스스로를 "집도 절도 없이 떠도는 노숙자"에 비유한다. 이러한 시적 자아에게 세상은 온통 벽이고 상처를 주는 무기일 뿐이다. 그러나 '여여산방'에서는 다르다. 시적 자아가 "홀로 술을 마실 때" 세계는 활짝 열려 있고 온갖 생명들이 "한데 어우러"진다. '벌떡 일어서는 아스팔트'도 없고 '이마를 때리는 전봇대'도 없다. '바람소리' 들으며 "달빛 속을 거닐다" 아침이면 또 다른 생명에게 '물'을 준다.

이성적으로 생각할 때 "집도 절도 없"고 의지할 '사람'도 없이 행복할 수는 없다. 이러한 상황에 처해 있는 사람들을 이 시에서는 '노숙자'로 대별하고 있는데, 이는 곧 사회에서 소외된 자, 낙오자로 낙인 찍힌 계층이라 할 수 있다. 그런데 이러한 분별이 무화되는 장소가 '숲'이다. '숲'에서는 "집도 절도 없"고 의지할 '사람'도 없다는 것이 낙오나 결핍의 의미가 아니다. "마음을 버리면 모든 것이 가득하다"는 것과 같은 이치로 매이는 곳 없으니 자유로울 뿐이다. 있고 없음, 많고 적음, 높고 낮음의 차이가 의미가 없는 곳, 인간과 '비인간'의 경계 없이 상호 동화되는 곳이 바로 '숲'인 것이다. '숲'이란 결국 표층의 분별이나 경계를 지워나갈 때 이르게 되는 동일성의 세계, '심층'의 세계인 셈이다.

> 누군가의 말에 저도 모르게 박수를 치며 웃음을 터트릴 때 깨달음은 거기에 있다 버스를 타고 가다 아, 그랬었구나 하는 생각이 문득 들 때 깨달음은 거기에 있다 티브이를 보다가 맞아! 하는 말이 절로 터져 나올 때 깨달음은 거기에 있다 어느 한 구절을 읽다가 마음 깊은 곳에서 밑줄을 그을 때 깨달음은 거기에 있다
>
> 깨달음은 이처럼 사소하고도 수다한 것이다 이처럼 비루하고도 천박한 것이며 이처럼 낮으면서도 비근한 것이다 깨달음은 이처럼 적막할 까닭도 이처럼 충만할 이유도 없다 깨달음은 이처럼 신비롭지도 않으며 신비로움이 다함도 없는 것이다 깨달음은 이처럼 시시각각으로 이루는 것이며 깨달음은 이처럼 시시각각으로 잊히는 것이다
>
> — 박현수, 「깨달음에 대하여」(『시산맥』 26호, 2014 겨울)

잘 알려진 대로 유대인 대량학살의 실무 책임자였던 아이히만은 비정상적인 사람이 아니라 매우 평범하면서도 오히려 성실하고 가정적인 사람이었다. 한나 아렌트가 '악의 평범성'을 말하며 삶에서 사유란 권리가

아니고 의무라 한 까닭도 비판적 사유가 수반되지 않는 성실함이 얼마나 무서운 것인지를 아이히만을 통해 깨달았기 때문이다.

계층이 뚜렷하게 분화된 사회, 이러한 계층의 차이를 기반으로 견고한 위계질서에 의해 구동되는 사회, 위치의 상승을 미끼로 끊임없이 경쟁을 부추기는 사회, 이것이 무비판적인 성실함이 만연하기 쉬운 사회의 구조이자 우리가 살고 있는 사회의 현실이기도 하다. 또한 이 무비판적 성실함은 더욱 골 깊은 차이를 생산하는 기제로 작용하게 될 터 이러한 악순환의 연결 고리를 끊는다는 것은 말처럼 쉬워 보이지 않는다. 여기에는 기득권층과 이를 떠받치고 있는 계층의 욕망이 톱니바퀴처럼 맞물려 있기 때문이다.

지금, 여기 우리의 현실을 돌아보면 공정한 조화를 바탕으로 사람이 사람답게 살 수 있는 세계를 위한 길이 요원해 보이는 것은 사실이다. 그러나 개별적으로든 정책적으로든 존재들 간의 차이를 중심으로 분별해 나가는 것이 아닌, 공통성과 동일성에 주목하는 시선을 내면화하는 것에서부터 시작하여 한걸음씩 나아간다면 전혀 실현 불가능한 것만도 아니라는 생각이다.

만일 우리가 "보드라운 풀밭, 산들바람, 미루나무의 반짝임, 숲의 향기, 푸른 하늘, 뭉게구름, 끝없는 바다, 따스한 햇살 개나 고양이의 두툼한 앞발 같은"(김선우, 「非인간」) 것들에 눈길을 주고 마음을 기댈 여유를 스스로에게 허락해줄 수 있다면 존재에 대한 깨달음이 그리 먼 곳에 있는 것만은 아닐 것이다.

위 시의 시인이 '깨달은' 바와 같이 깨달음이란 "사소하고도 수다한 것"이며 "비루하고도 천박한 것"이자 "낮으면서도 비근한 것"일 수 있는 것이다. "어느 한 구절을 읽다가 마음 깊은 곳에서 밑줄을 그을 때"와 같이 일상의 깊숙한 곳에서 아주 사소한 것들을 통해 우리의 의식 속으로 불쑥불쑥 틈입해 들어오는 것이 깨달음이라는 의미이다. 설령 그것이 "시시각각으로 잊히는 것"이라 해도 그것으로 인해 존재가 더욱 깊어질 것임은 자명하다.

현대시에 있어서의 슬픔의 역설적 힘

우리가 살고 있는 세계에서 슬픔이 사라진다면 어떠할까. 기쁨만이 가득한 세계일까. 행복이 지속되는 세계일까.

2015년 여름, 〈인사이드 아웃(Inside Out)〉이라는 애니메이션 영화가 개봉되어 큰 인기를 끈 바 있다. 기쁨, 슬픔, 소심, 까칠 등 인간의 다양한 감정을 의인화한 캐릭터들이 등장하는 이 영화가 함의하고 있는 주제 또한 이러한 질문과 동궤에 자리한다. 기쁨은 긍정적 감정으로 행복에 연결되고 슬픔은 그 대척되는 지점에 자리하는 부정적 감정으로 불행에 연결된다는, 일반적 인식을 두고 과연 그러한지를 묻고 있기 때문이다.

기쁨과 슬픔의 대립을 떠나 전통 서구 사상에서는 아예 감정 내지 정서 자체를 이성과 대립되는, 이성에 의해 통제되어야 할 가치 하위의 것으로 고려해온 것이 사실이다. 정서가 이성보다 열등한 것이 아님을 주장하고, 정서의 본성과 힘에 대한 진의를 탐구했던 이가 스피노자이다. 스프노자에게 있어 정서란 단순한 느낌이나 감각이 아니다. 그것은 인간의 정신적 변용과 물리적 변용을 동시에 포함하는 것, 다시 말해 이성의 영역과 신체적인 영역에 모두 상호관련성을 가지는 것에 해당한다.

정서에 대해 의미 있는 논의를 전개했던 스피노자 또한 슬픔을 부정적 감정으로 분류했다. 코나투스, 즉 인간 존재를 보존하고자 하는 힘을 감소시키는 감정이라는 이유에서다. 코나투스를 증진시키는 기쁨의 정서는 쾌감이나 유쾌함으로, 그 반대의 경우인 슬픔의 정서는 고통이나 우울함으로 인식하는 것이다.

그러나 이러한 이분법적인 구도는 언뜻 보아도 너무 단선적인 분류로 느껴진다. 스피노자 사상의 보다 전체적인 틀 속에서 살펴야만 그 진의가 드러날 것이나 여기서 길게 설명할 일은 아니다. 범박하게나마, 보다 완전한 행복을 위해서는 '고귀한 것'을 향해 나아가야 한다는 스피노자의 메시지를 기억하면 그만이다. 스피노자는 그의 주저 『에티카』에서 "고귀한 것은 힘들 뿐만 아니라 드물다"라고 했다. 진정한 기쁨에 이르는 길, 더 나아가 완전한 행복에 이르는 길이란 힘들고 드물지라도 끝내 고귀한 것을 향해 나아갈 때 열리는 것이라는 의미일 것이다.

이러한 맥락에서라면 슬픔은 오히려 진정한 기쁨으로 나아가는 하나의 길이 될 수 있을 것이다. 슬픔의 극복을 통한 자아 고양의 측면도 그 의미 중 하나일 것이나 가장 큰 의미는 타자와의 관계에서 찾아진다. 타자로 인한 슬픔, 더 구체적으로는 타자의 고통으로 인한 슬픔이 그것이다. 시인들이 그토록 슬픔에 천착하는 이유가 여기에 있는 것이 아닐까. 시란 근원적으로 존재에 대한, 세계에 대한 애정에서 비롯되는 것으로, 사랑하는 대상의 고통이나 슬픔에 민감할 수밖에 없기 때문이다.

"진실로 인생을 사랑하고 생명을 아끼는 마음이라면 어떻게 슬프고 시름차지 아니하겠"느냐던 백석의 언표도 동일한 맥락에서 이해해볼 수 있다. 백석은 시인을 일컬어 "슬픈 사람", "세상의 온갖 슬프지 않은 것에 슬퍼할 줄 아는 혼"으로 규정한 바 있다. 바꾸어 말하면 시인이란 슬픔의 대상이 만물에 이르는 존재라 할 수 있겠다. 성속귀천을 떠나, 생명의 유무를 떠나 모든 존재에 이르는 슬픔을 포회하고 있는 것이 시인의 혼이라는 것이다. 보통 사람에게는 슬프지 않을 일도 시인이라면 슬퍼할 줄 알아야 한다는, 아니 슬퍼하게 된다는 뜻이다. 맨 처음 울기 시작해 맨 마지막까지 우는 존재가 시인이라는 누군가의 말처럼 시인은 누구보다도 슬픔에 예민한 존재이며 또 그러한 시인의 슬픔은 넓고도 깊은 것이다.

'슬픔' 하면 빼놓을 수 없는 시인이 박재삼이다. 박재삼은 "가장 슬픈 것을 노래하는 것이 가장 아름다운 것을 노래하는 것"이라 했다. '우리 시'의 정수를 '슬픔'으로 보고 시인이란 슬픔을 오히려 '바라고 키우는' 존재로 인식하고 있는 시인이기도 하다. 흔히 가난으로 인한 한의 정서를 박재삼 시의 특징으로 꼽지만 그것은 표층적인 이해에 불과하다. 그의 시에서 슬픔은 아름다움으로 발현되기도 하고, 공동체 지향적 측면에서 윤리적 감각으로 연결되기도 하며 존재에 대한 통찰에서 비롯되는 것이기도 하다. 그의 시에서 슬픔이 스스로 의지하는 능동적 정서로 드러나고 있는 것도 특징적이라 할 수 있다. 슬픔이라는 정서를 이토록 폭넓은 음역에서 의미화하고 있는 시인도 드물 것이다.

슬픔의 바탕에 자리하고 있는 것은 사랑이다. 사랑하는 대상에 대한 결핍 내지 상실에서, 혹은 사랑하는 대상의 고통에서 슬픔이 발생하는 것이다. 슬픔이 아름다움일 수 있고 윤리적 감각과 연결되는 까닭이 여기에 있는 것이다. 가난으로 인한 서글픔을 노래하고 있는 박재삼의 시에서도 서정적 자아의 시선이 가닿아 있는 것은 주로 '울엄매', 아버지, 형, 오누이 등 사랑하는 가족의 처지와 심정이었다.

근래 들어 슬픔의 이면 혹은 그것의 진정한 의미를 다룬 영화나 책 등이 등장하고 있지만 우리 시사에서는 이처럼 일찍부터 미학적 · 윤리적 측면에서 슬픔의 정서를 고려해왔음을 알 수 있다. 이러한 시의식은 한 시대에 한정되는 것이 아니라 근래의 시에 이르기까지 면면히 이어져왔음 또한 확인할 수 있다.

현대 시인의 경우 박재삼의 시와 형식이나 분위기에서는 다르지만 가난 속에서의 혈육에 대한 사랑과 슬픔이라는 동일한 정서를 그리고 있는 이로 함민복을 들 수 있다.

> 지난 여름이었습니다. 가세가 기울어 갈 곳이 없어진 어머니를 고향 이모님 댁에 모셔다 드릴 때의 일입니다. 어머니는 차시간도 있고 하니까 요기를 하고 가자시며 고깃국을 먹으러 가자고 하셨습니다. 어머니는 한평생 중이염을 앓아 고기만 드시면 귀에서 고름이 나오곤 했습니다. 그런 어머니가 나를 위해 고깃국을 먹으러 가자고 하시는 마음을 읽자 어머니 이마의 주름살이 더 깊게 보였습니다. 설렁탕집에 들어가 물수건으로 이마에 흐르는 땀을 닦았습니다.
>
> "더울 때일수록 고기를 먹어야 더위를 안 먹는다 고기를 먹어야 하는데…… 고깃국물이라도 되게 먹어둬라"
>
> 설렁탕에 다대기를 풀어 한 댓 숟가락 국물을 떠먹었을 때였습니다. 어머니가 주인 아저씨를 불렀습니다. 주인 아저씨는 뭐 잘못된 게 있나 싶었던지 고개를 앞으로 빼고 의아해하며 다가왔습니다. 어머니는 설렁탕에 소금을 너무 많이 풀어 짜서 그런다며 국물을 더 달라고 했습니다. 주인 아저씨는 흔쾌히 국물을 더 갖다 주었습니다. 어머니는 주인 아저씨가 안 보고 있다 싶어지자 내 투가리에 국물을 부어주셨습니다. 나는 당황하여 주인 아저씨를 흘금거리며 국물을 더 받았습니다.

> 주인 아저씨는 넌지시 우리 모자의 행동을 보고 애써 시선을 외면해 주는 게 역력했습니다. 나는 그만 국물을 따르시라고 내 투가리로 어머니 투가리를 툭, 부딪쳤습니다. 순간 투가리가 부딪치며 내는 소리가 왜 그렇게 서럽게 들리던지 나는 울컥 치받치는 감정을 억제하려고 설렁탕에 만 밥과 깍두기를 마구 씹어댔습니다.
>
> 그러자 주인 아저씨는 우리 모자가 미안한 마음 안 느끼게 조심, 다가와 성냥갑 만한 깍두기 한 접시를 놓고 돌아서는 거였습니다. 일순, 나는 참고 있던 눈물을 찔끔 흘리고 말았습니다. 나는 얼른 이마에 흐른 땀을 훔쳐내려 눈물을 땀인 양 만들어놓고 나서, 아주 천천히 물수건으로 눈동자에서 난 땀을 씻어냈습니다. 그러면서 속으로 중얼거렸습니다.
>
> 눈물은 왜 짠가.
>
> — 함민복, 「눈물은 왜 짠가」
> (『모든 경계에는 꽃이 핀다』, 창작과비평사, 1996)

슬픔이 타자의 고통에서 오는 것일 경우 타자와의 관계가 긴밀할수록 감내해야 할 슬픔 또한 깊을 것임은 자명한 이치이다. 다양한 관계 중에서 어머니와 자식 간의 관계만큼 근원적으로 긴밀한 관계는 없을 것이다. 타자와의 영육의 합일이라는 불가능한 현실이 이루어지는 유일한 관계가 바로 어머니와의 그것이기 때문이다. 이 시는 그러한 관계에서 발현되는 웅숭깊은 슬픔을 잘 드러내 보여주고 있다.

"가세가 기울어 갈 곳이 없어진 어머니 고향 이모님 댁에 모셔다 드"리는 과정에서 생긴 일을 그리고 있기 때문에 이 시에서 슬픔은 가난에서 오는 것이라 할 수도 있을 것이다. 그러나 가난으로 인한 처량한 처지가 시의 배경이 되고는 있지만 그것 자체가 슬픔의 직접적 원인은 아니다.

그것은 보다 근원적으로 시적 자아와 어머니와의 관계성에서 발현되는 것이라 할 수 있다.

한평생 중이염을 앓아 고기를 먹으면 귀에서 고름이 나오는 어머니가 고깃국을 먹으러 가자고 하고 아들은 이를 따른다. 아들을 위해 자신의 육체적 고통쯤은 아무렇지 않아하는 어머니의 "마음을 읽"고 시적 자아는 기꺼이 철없는 아들이 된다. 이 시에서 슬픔은 이처럼 서로를 위하는 행위로 인해 어머니는 귀를, 아들은 마음을 앓게 되는 아이러니에서 발현되는 것이다. '가난'이 아니라 '사람'이 슬픔의 원인이라는 의미이다.

이와는 다른 차원의 슬픔을 나호열의 시에서 만날 수 있다. 시인은 이를 '타인의 슬픔'이라 이름한다.

> 문득 의자가 제자리에 주저앉았다
> 그 의자에 아무도 앉아 있지 않았으므로
> 제 풀에 주저앉았음이 틀림이 없다
> 견고했던 그 의자는 거듭된 눌림에도
> 고통의 내색을 보인 적이 없으나
> 스스로 몸과 마음을 결합했던 못을 뱉어내버린 것이다
> 이미 구부러지고 끝이 뭉툭해진 생각은 쓸모가 없다
> 다시 의자는 제 힘으로 일어날 수가 없다
> 태어날 때도 그랬던 것처럼
> 타인의 슬픔을 너무 오래 배웠던 탓이다
>
> — 나호열, 「타인의 슬픔 1」(『타인의 슬픔』, 연인M&B, 2008)

'제 풀에 주저앉은 의자'는 몸과 마음이 무기력해져버린 존재의 은유로 읽을 수 있다. "견고했던" 존재가 무너져내린 이유는 "타인의 슬픔을 너

무 오래 배웠던 탓"에 있다. 그렇다면 "타인의 슬픔"이란 어떤 의미일까. 타인으로 인한 슬픔일까, 혹은 나의 슬픔이 되지 않는, 다시 말해 공감할 수 없는 타인만의 슬픔인 것일까. "너무 오래 배웠던 탓"이라는 시구에서 그 의미를 간취해보면 "타인의 슬픔"이란 진정한 '나'의 슬픔이 아니라 무한경쟁의 자본주의적 사회구조에서 학습된, 혹은 주입된 슬픔이라 해석해 볼 수 있다. "인간은 타자의 욕망을 욕망하는 존재"라는 라캉의 언표와도 일맥상통하는 의미라 할 수 있다.

현대사회에서 인간의 욕망 대상은 진정으로 자신이 원하는 것이라기보다는 사회적으로 조작된 결핍에 의한 것이다. 경쟁적으로 타자가 욕망하는 대상을 자신의 욕망 대상으로 오인하며 살아간다는 의미다. 그러한 거짓 욕망을 충족시키기 위해 "거듭된 눌림에도 고통의 내색을 보"이지 않으며 더욱 자신을 채찍질해가는 것이 현대인의 삶이다. 끊임없이 재생산되는 '타자의 욕망', 결코 충족되지 않는 욕망 앞에서 겪게 되는 슬픔 또한 진정한 자신의 슬픔이 아닌 '타인의 슬픔'일 수밖에 없는 것이다.

전술한 바와 같이 '타인의 슬픔'은 여러 의미로 읽을 수 있다. 정호승의 대표시 중 하나인 「슬픔이 기쁨에게」는 나의 무관심으로서의 '타인의 슬픔'을 의미화하고 있는 경우이다.

> 나는 이제 너에게도 슬픔을 주겠다.
> 사랑보다 소중한 슬픔을 주겠다.
> 겨울밤 거리에서 귤 몇 개 놓고
> 살아온 추위와 떨고 있는 할머니에게
> 귤 값을 깎으면서 기뻐하던 너를 위하여
> 나는 슬픔의 평등한 얼굴을 보여주겠다.
> 내가 어둠 속에서 너를 부를 때

단 한 번도 평등하게 웃어주질 않은
가마니에 덮인 동사자가 다시 얼어 죽을 때
가마니 한 장조차 덮어주지 않은
무관심한 너의 사랑을 위해
흘릴 줄 모르는 너의 눈물을 위해
나는 이제 너에게도 기다림을 주겠다.
이 세상에 내리던 함박눈을 멈추겠다.
보리밭에 내리던 봄눈들을 데리고
추워 떠는 사람들의 슬픔에게 다녀와서
눈 그친 눈길을 너와 함께 걷겠다.
슬픔의 힘에 대한 이야기를 하며
기다림의 슬픔까지 걸어가겠다.

— 정호승, 「슬픔이 기쁨에게」
(『슬픔이 기쁨에게』, 창작과비평사, 1973)

인용한 시는 슬픔이 사랑에서 발원하는 것임을 잘 드러내 보여주고 있다. 이러한 사랑이 전제되지 않을 때 슬픔은 '타인'의 것, 즉 '타인의 슬픔'일 뿐인 것이다. 이 시에서 기쁨은 슬픔을 모르는, 세상의 온갖 슬픔들에 무감각한 인간 군상을 표상한다. 또한 슬픔은 자신의 안일만을 생각하는 이기적인 사랑이 아닌, 존재에 대한 넓고 깊은 사랑으로 의미화되고 있다. 슬픔이 "사랑보다 소중한" 까닭이 여기에 있는 것이다.

'슬픔의 얼굴'을 '평등'으로 표현하고 있는 점도 주목할 만하다. '평등'이란 주체와 대상 간의 위치의 문제이다. 다시 말해 슬픔은 주체가 위에서 내려다보듯 대상을 불쌍히 여기는 것과는 다르다는 것이다. 슬픔은 공감이고 그의 슬픔이 곧 나의 슬픔이 되는 것이라는 점에서 평등이라 할 수 있다. 슬픔의 경험은 공감을 가능케 한다. 슬픔을 가져본 적이 있는 자만이 온전히 슬픔에 공감할 수 있기 때문이다.

평등, 이것이 바로 시인이 생각하는 "슬픔의 힘"이 아닌가 한다. 우리 사회에서 작용하는 정치 · 경제 · 문화적 서열의 경계를 무화시킬 수 있는 것은 거리를 상정한 채 그저 불쌍하고 안타깝게 여기는 '연민'이 아니라 같은 높이에서 보다 직핍하게 공감하고 기투하는 '슬픔'이기 때문이다. '연민'은 쉽게 사라질 수 있는 감정이다. 아무리 슬프고 안타까운 사연도 뉴스에서 사라지고 나면 우리 기억에서도 사라지는 것처럼.

슬픔은 '타인'의 것이 아니라 이미 마음에 각인된 자신의 것이기에, 슬픔에 동참할 때 스스로도 슬픔의 주체가 되는 것이기에, 슬픔의 극복 내지 해소 또한 '슬픈 타인'과 동일한 보폭으로 이루어지는 것이다. 중요한 것은 이러한 슬픔의 차원에서 기쁨을 배제하지 않는 것이다. 이 시에서 '슬픔'은 슬퍼하지 못하는 '기쁨'과 "눈 그친 눈길"을 "함께 걷겠다"는 의지를 피력한다.

현실적으로 기쁨으로 표상되는 인간들로만, 혹은 슬픔으로 표상되는 인간들로만 이 세계가 구성되는 것은 불가능하다. 결국 둘의 조화가 중요하다는 의미이다. 이 시에서 '슬픔'이 이와 대척되는 의미의 '기쁨'을 배척하지 않고 함께 가겠다는 의지가 중요한 까닭이 여기에 있는 것이다. "슬픔의 힘에 대한 이야기"는 분명 '기쁨'에 가닿을 것이다. 사랑에는 슬픔과 함께 기다림도 포회되어 있기 때문이다. "슬픔의 힘에 대한 이야기를 하며 기다림의 슬픔까지" "너와 함께 걷겠다"는 의지가 시인이 생각하는 '슬픔'의 태도인 것이다.

정호승 시인은 슬픔의 얼굴을 평등으로 언표했지만 김수우의 시에서는 여기에서 한 걸음 더 나아가 슬픔의 주체와 객체의 위치를 전복시키고 있다.

살아있다는 것은
내 슬픔보다 더 큰 슬픔을 만나는 일

거미 먹은 개구리 삼키는 왜가리 보듯

내 것보다 더 큰 당신의 슬픔에 엎드리는 일

목불의 미소를 찾아 동으로 간 눈 깊은 승려를 기다리듯

당신보다 더 큰 너구리의 슬픔에 도착하는 일

수년 유충이다, 단 하루 하늘을 나는 하루살인듯

너구리보다 더 큰 여뀌의 슬픔을 응시하는 일

신이 가장 잘 알아듣는 언어는 침묵이듯

물든다는 건
모든 삐걱이는 슬픔에게 저벅저벅 돌아가는 일

신발이 있든 없든,
햇살이 돌아보든 돌아보지 않든,
가을이 오든 오지 않든,

— 김수우, 「단풍든다」(『시안』 54권, 2011)

김수우 시인은, 인간 존재가 진실로 살아 있다는 것은 "내 슬픔보다 더 큰 슬픔을 만나는 일"이라 단언하고 있다. '거미를 먹은 개구리', '개구리를 삼킨 왜가리', 왜가리는 또 다른 맹조류의 먹이가 된다고 할 때, 거미와 개구리, 왜가리 중 어느 것의 슬픔이 더 크다고 할 것인가. 여기에서

김수우가 인식하는 "슬픔의 평등한 얼굴"의 진의를 유추해볼 수 있다.

시인에게 있어 슬픔의 '평등'이란 결코 같은 위치에서 같은 무게를 느끼는 것을 의미하는 것이 아니다. 당신의 슬픔을 "내 슬픔보다 더 큰 슬픔"으로 느낄 수 있을 때, "내 것보다 더 큰 당신의 슬픔에 엎드"릴 수 있을 때 비로소 시인이 생각하는 '슬픔의 평등'은 이루어지는 것이다. 시가 진행됨에 따라 슬픔의 정조는 점점 고조되지만 '당신'에서 '너구리', '너구리'에서 '여뀌' 등으로 슬픔의 주체는 점점 미미해지는 양상이 바로 '슬픔의 평등'을 이루는 형식이 되는 셈이다.

슬픔은 '물드는 것'이다. '당신의 슬픔'보다 '너구리의 슬픔'이, '너구리의 슬픔'보다 '여뀌의 슬픔'이 더 클 수 있다는 것을 아는 존재에게는 강물이 바다로 흘러가 듯 "모든 삐걱이는 슬픔에게 저벅저벅 돌아가는 일" 또한 지극히 자연스러운 일일 터이다. "진실로 인생을 사랑하고 생명을 아끼는 마음이라면 어떻게 슬프고 시름차지 아니하겠"냐던 백석의 말을 떠올리게 하는 대목이다.

"신발이 있든 없든, 햇살이 돌아보든 돌아보지 않든, 가을이 오든 오지 않든" 관계없이 "모든 삐걱이는 슬픔"에 기투할 수 있다 할 때, 그것은 '타자의 욕망'과도 '타인의 슬픔'과도 거리가 먼 것이 된다. 이것이야말로 스피노자가 말하는 '고귀한 것'이자 슬픔이 진정한 기쁨으로 가는 하나의 길이 될 수 있음을 보여주는 것이 아닐까.

다시 처음 물음으로 돌아가보자. 기쁨은 긍정적 감정이면서 행복이고 슬픔은 부정적 감정이자 불행이라 할 수 있는지. 〈인사이드 아웃〉에서 결말은 행복한 기억에 기쁨이 단독적으로 작용했던 것이 아니었음을, 슬픔에 공감과 위로가 따를 때 비로소 기쁨이 자리할 수 있었음을 깨닫는 것으로 끝난다.

슬픔을 위로하는 것은 역설적이게도 슬픔이다. 이러한 의미에서 슬픔은 부정의 영역에서 그것의 극복을 통해 기쁨으로 나아가는 것일 수도 있지만 그것 자체로 또 다른 차원의 기쁨일 수 있다. 슬픔의 공유는 타자들 간의 경계를 무화시키고 평등과 연대를 가능하게 하는 위무의 행위이기 때문이다.

억압된 것은 회귀하게 마련이다. 슬픔도 예외일 수 없다. 그래서 슬픔의 주체에게는 시간이 필요하다. 충분히 슬퍼하고 애도하고 위로받으며 스스로 슬픔을 녹일 수 있는 시간이 필요한 것이다. 사회적 · 국가적 차원이라고 다르지 않다. 경제적 손익의 논리를 앞세워 이제 그만 슬퍼하라고 할 수는 없는 일이다. 그 '삐걱이는 슬픔 속으로 저벅저벅 걸어 들어가' 함께 하지 못한다면 적어도 기다려주는 것이 예의다. 우리 사회에 통곡의 역사가 끊임없이 되풀이되는 것은 슬픔을 제대로 슬퍼하거나 위무하지 못하고 없던 것으로 덮어왔기 때문이 아닌가 한다.

시의 내용을 만들어내는 정서는 매우 다양하다. 그러나 어떤 정서가 시대의 주조가 되거나 혹은 어떤 시인의 정서 깊숙이 내재하는 것은 각각의 경우에 따라 달리 구현될 것이다. 정서의 깊이가 없는 시를 두고 좋은 시라고 말할 수는 없을 것이다. 정서 가운데에서도 우리 시인들이 부단히 천착해 온 정서가 있으니 그것이 바로 슬픔이다. 이 감성은 흔히 부정적인 것으로 받아들여졌으나 우리 시사에는 슬픔의 역설적 힘을 통찰한 시인들이 꾸준히 있어왔음을 살폈다. 이러한 역설적 발상이 시의 깊이와 외연을 확산시키는 데 훌륭한 매개가 됨은 물론이다. 그러므로 현대시에 있어 슬픔이라는 정서는 통상적인 의미에서의 부정성이 아니라 인간을 인간답게 하는 감성이자 작품의 의미를 더욱 깊고 풍성하게 만드는 긍정성으로 작용해왔다는 데 의미를 둘 수 있을 것이다.

시(詩), '광장'과 '밀실'의 변증법적 공간

1.

지금 대한민국에서 가장 관심을 끄는 공간 내지 장소를 꼽으라면 '광화문 광장'이 아닐까 싶다. 그 까닭은 물론 해를 넘겨 10차 넘게 진행되고 있는 촛불 시위 때문이다. 광화문 광장에서의 촛불 집회에 대한 기억은 2002년 미군 장갑차에 의해 사망한 여중생 효순이 · 미선이 사건으로 거슬러 올라간다. 이후로 2004년 고(故) 노무현 전 대통령 탄핵 반대, 2008년 미국 쇠고기 수입 반대, 2014년 세월호 참사 추모 등등 우리 사회에 중요한 사안이 있을 때마다 목소리를 내기 위해 시민들은 광화문 광장에 모였고 촛불을 들었다. 그런데 2016년 촛불 집회가 유독 주목을 끄는 것은 대통령과 비선 실세에 의한 국정 농단이라는 사안도 사안이려니와 유례가 없는 많은 수의 참가 인원, 다양한 계층의 사람들과 다양한 목소리, 그럼에도 폭력적 마찰 없이 매회 평화롭게 진행되고 있는 시위 모습 때문이다.

'광장'하면 최인훈을 떠올릴 만하다. 그가 추구하던 '광장'의 일면이 이러한 모습이지 않을까. 최인훈의『광장』에는 '광장'과, 이에 대척되는 공간으로 '밀실'이 나온다. '광장'이 공공성과 휴머니즘이 담보되는 사회적 공간이라면 '밀실'은 개인의 실존적 삶이 보장되는 내밀한 공간이다. 주인공 '명준'은 진정한 '광장'을 찾아 헤매지만 남한과 북한 어느 곳에서도 발견하지 못한 채 결국 죽음을 택하는 것으로 끝을 맺는다. 그렇다면 '명준'이 그토록 갈망했던 '진정한 광장'이란 무엇일까. 그것은 기실 '밀실'과 이항대립적 관계에 있는 공간이 아니다. "광장은 대중의 밀실이며 밀실은 개인의 광장"이라는 대목에서 드러나듯 '광장'과 '밀실'은 어느 하나만으로는 온전할 수 없는 변증법적 관계에 놓여 있는 개념이다. '밀실'을 포회하고 있는 '광장', '광장'으로 열려 있는 '밀실', 이것이야말로 최인훈이 꿈꾸었던 이상적인 공간 내지 그것이 표상하고 있는 사회일 터이다.

실로 광화문에는 대통령의 퇴진을 요구하거나 이에 반대하는 정치적 외침만이 있는 것이 아니었다. 그곳에는 그동안 우리 사회에서 부유하거나 묻힐 뿐, 어디에도 가닿지 못했던 다양한 계층의 소외된 목소리, 타자의 말들이 회귀하고 있었다. 결국은 인권, 자유, 평등의 범주로 환원될 말들이지만 그것은 관념이 아닌 누군가의 실존을 통해, 온몸으로 부딪치고 버티고 견뎌온 과정으로 들려주는 날것의 언표들이었다.

'밀실'의 주체와 '광장'의 주체는 분리되어 있는 것이 아니다. '광장'은 '밀실'의 말들이 소통되는 곳이어야 하며 '광장'의 구호는 '밀실'에서부터 구현되어야 한다. '광장'에서 외치고 있는 정의, 민주주의 등과 같은 거대담론과 일상과의 거리를 말하는 것이다. 시민의 실존적 삶이 진실로 정치의 근간이 되었을 때 비로소 시민의 일상에서 정치는 거리를 둘 수 있게 될 것이다. 또한 진정한 변화란 정의나 민주주의와 같은 개념이 시민의 일상에서 실존적인 것이 되었을 때를 이르는 것일 터이다. 이것이 지금 이 시대에 다시 읽는 "광장은 대중의 밀실이며 밀실은 개인의 광장"이라는 언표의 의미가 아닐까.

시의 영역 또한 다르지 않다는 생각을 해본다. 건강한 사회가 그러하듯, 좋은 시를 이루는 요건 중 하나가 바로 '밀실'과 '광장'의 소통이 아닐까 하는 것이다. 그것이 '밀실'에만 머물 때 자족적 감정 소비의 시가 되기 쉽고 '광장'에만 서 있을 때 공허한 외침이 되기 쉽다. 시가 '밀실'을 포회하고 있는 광장, '광장'으로 열려 있는 '밀실'일 때 깊이와 감동이 있는 울림을 담보하게 될 것이란 의미이다. 일상적인 것이 보편적인 진리로 나아가고 보편적인 진실이 일상에서 구현되는 것을 볼 때 우리는 거기에서 구체적인 감동을 느끼고 그것이 바로 변화의 근본 동인이 되는 것이기 때문이다.

2.

『동안』의 2016년 겨울호를 중심으로 시의 장소성 내지는 장소로서의 시, 시에 드러나는 장소성 등을 살펴보고자 한다. 『동안』은 2007년 연간 무크지 형태로 출발하여 2015년 반년간지로, 2016년 계간지로 전환하는 등 꾸준한 발전을 보이고 있는 강원도의 대표 종합문학지이다. 굳이 공통적인 특성을 찾고자 한 것은 아니지만 『동안』이 꾸준히 관심을 기울이고 있는 해양시라든가, 혹은 다양한 작품에 내포되어 있는 지역적 특성이 어떠한 경로로 '광장'에 이르고 있는지, 또한 보편적 진실을 보지하는 방법적 의장이 무엇인지를 살펴보는 작업은 의미가 있을 것으로 사료된다.

먼저 기획란에 수록되어 있는 해양시 두 편을 읽는다. 해양시란 가장 넓은 의미에서 해양 즉 바다에 관한 시라 할 수 있을 것이다. 일찍이 우리 시사에는 바다가 근대와의 관련 하에서 의미화되었던 시기가 있었다. 최남선의 「해에게서 소년에게」나 임화의 「현해탄」, 김기림의 「바다와 나비」, 정지용의 「바다」 등등 해방 전의 작품들이 이에 해당한다. 해방 후에도 바다에 관한 시는 부단히 이어졌지만 『동안』에 수록되어 있는 해양시의 특성을 고려할 때 가장 먼저 떠오르는 것은 박재삼의 바다 관련 시편들이다. 『동안』의 해양시에는 소재주의적 측면에서의 바다가 아닌, 실존적 '장소'로서의 바다가 현현되고 있기 때문이다.

박재삼은 일본 도쿄에서 출생하였지만 4세 때 어머니의 고향인 삼천포로 돌아와 성인이 될 때까지 그곳에서 성장하였으니 실질적인 고향은 삼천포, 지금의 사천이라 할 수 있으며 시인 자신도 그렇게 인식했다. 이러한 영향 때문인지 그의 시에는 바다에 관한 시가 상당하다. "가장 슬픈 것이 가장 아름다운 것"이라 했던 시인의 바다에는 슬픔과 아름다움이 교호하고 있다. 특히 어머니를 소재로 하는 시에서 이러한 특징이 보다 명징하게 드러난다. 그의 대표시 「추억에서」(『春香이마음』, 신구문화사, 1962)를 보면 시인의 어머니는 갖은 고생 끝에 "진주 장터 생어물전"에서 생선을 팔아 생계를 꾸려가게 된다. 가난으로 인한 '울엄매'의 설움과 한은 "바다 밑이 깔리는 해 다 진 어스름"에 "말없이 글썽이고 반짝이는 것"으로 묘사되고 있다. 설움과 한이 그것에 매몰되는 것이 아니라 반짝임과 아름다움으로 승화되고 있는 것이다. 삶의 터전으로서의 바다에는 이처럼 가족을 위한 희생과 한, 보람과 희망이 혼융되어 녹아 있다.

이와 동일한 맥락에서 읽히는 것이 김요아킴의 「어시장을 말하다」이다.

할매들이 바다를 나간다

새벽을 틈타 빨간 고무다라이를 타고
정박 중인 남해의 큰 항구를 조업 중이다

돛대는 이미 바람에 맡기고
수런거리는 흥정으로 입질하는 고기들을
하나하나 낚아 올린다

비록 풍장 될듯한 가난이지만
퇴적한 세월에 비례하는 손놀림이 예사롭지 않다

남편들은 단 한번 바다로 나가지 않았고
오로지 독한 누룩으로 발효될 뿐이다

소금기 선명한 유전자가
다음 생의 준비를 위해 서둘러 분류되고
깊은 물길을 따라 떼 지어 유영한 푸른 꿈들이
낡은 도마 위에서 파닥거린다

쉿대 묻어나는 목소리에
비늘처럼 떨어지는 환한 햇살이
오늘을 또 비춘다
스무 해 전 이모할머니가 그 자리에
떡하니 앉아 있다

— 김요아킴, 「어시장을 말하다」(『동안』, 2016 겨울)

위 시는 박재삼의 「추억에서」와 같이 '어시장'을 공간적 배경으로 하고 있다. 차이가 있다면 시적 대상이 '울엄매'가 아니라 '할매들'이라는 사실이다. 시적 대상에 있어서 '울엄매'와 '할매들' 사이에는 화자와의 거리에 있어서나 한의 깊이에 있어서 큰 차이가 있음은 물론이다. '울엄매'의 가난이 "은전만큼 손 안 닿는 한"(「추억에서」)으로 표상되는 데 반해 '할매들'의 그것은 '풍장', '퇴적' 등으로 묘사되고 있는 점에서도 확인된다. 오랜 세월 "단 한번 바다로 나가지 않았고/오로지 독한 누룩으로 발효"되고 있는 '남편'의 존재는 '할매들'의 삶을 더욱 강팍하게 만들 뿐이다. 그러나 그것이 절망으로 떨어지지 않는다는 점에서 박재삼의 시와 공통적이다.

'어시장'에서의 퇴적한 세월은 '할매들'로 하여금 물고기를 다루는 '예사롭지 않은 손놀림'을 가지게 했을 뿐만 아니라 나아가 삶 또한 그것들과 동일화를 이루게 하였다. 다시 말해 "소금기 선명한 유전자가/다음 생의 준비를 위해 서둘러 분류되고/깊은 물길을 따라 떼 지어 유영한 푸른 꿈들이/낡은 도마 위에서 파닥거린다"는 대목은 낚인 물고기에 대한 묘사이기도 하지만 '할매들'에 대한 것이기도 하다. "소금기 선명한 유전자"란 갓잡은 물고기에 대한 비유로 읽을 수 있지만 눈물의 대유로 해석할 수도 있기 때문이다. '눈물'이 '할매들'의 것임은 물론이다. '할매들'은 눈물로 표상되는 설움, 슬픔, 한 등을 그럼에도 이어질 '생'을 위하여 "서둘러 분류"한다. 그리고 "낡은 도마 위"에 "푸른 꿈들"을 그려본다. 이 "낡은 도마 위"의 "푸른 꿈"은 매일 스러져나가지만 '햇살'은 "오늘을 또 비추"고 '할매들'의 삶은 그렇게 또 이어지고 있는 것이다.

'울엄매'에 비하면 '할매들'과 화자와의 심적 거리는 멀다고 할 수 있다. 이러할 경우 그것은 그들의 삶일 뿐이며 그들의 일상이 반복되는 '어시장'은 시적 주체에게 하나의 스쳐지나가는 풍경 혹은 경관으로 자리할 뿐이다. 그런데 시인은 마지막 연의 "스무 해 전 이모할머니가 그 자리에/떡하니 앉아 있다"는 시구를 통해 과거와 현재, 시적 대상과 주체의 거리를 무화시키고 있다. '할매들'의 일상이 반복되는 '어시장'은 이로 인해 그저 한순간의 풍경, 텅 비어 있는 물리적 '공간'이 아니라 '스무 해'만큼의 무게로 화자의 삶에 육박해 들어오는 '장소'[1]로 의미화되고 있다.

이 시에서 '어시장'은 과거와 현재, 강함과 약함, 삶과 죽음, 희망과 절망이 교융하며 지속되는 '장소'로 기능한다. 시인은 '말한다.' 그곳에서 슬프지만도, 영화롭지만도 않은 삶이 또 그렇게 이어지고 있다고. "지나간 것은 지나간 대로 그런 의미가 있다"는 어느 노래 가사처럼 '할매들'의 "퇴적된 세월"이 그저 흘러간 것은 아니라고 말이다.

해양시 한 편을 더 보자.

> 심장에 고인 어둠과 엉키는 해무, 목울대에서 바닷새 울음 흘러 나온다
>
> 나를 알고 있는 이들은 거의 해풍과 함께
> 사라져 갔다 내 전생은 수연(水煙)이었고
>
> 해무 안쪽에서 비가 떠다니다 쏟아진다 휠체어에 얹힌 아들과 휠체어를 미는 노인이 풍랑 속에서 허우적거리고 먼 곳에서 아이 울음소리가 들려온다
>
> 내가 지워질 지점은 어디 즈음이며
> 떠난 사람들은 모두 안녕할 것인지?

1 이푸 투안은 '공간(space)'과 '장소(place)'를 명확히 구분하고 있는데 그 기준이 되는 것은 인간의 경험이다. 그에 따르면 "무차별적인 공간에서 출발하여 우리가 공간을 더 알게 되고 공간에 가치를 부여하게 됨에 따라 공간은 장소가 된다."(이푸 투안, 『공간과 장소』, 구동회 · 심승희 역, 대윤, 2007, 39쪽)

묘지가 흘러간다 섬이 둥둥 떠다닌다 내가 경험한 바다엔 태양이 없었다 가을이 없었다

고적한 섬, 가시나무 숲에서는 눈물 냄새 가득하고

어떤 사내가 마비된 오른손을 저으며 마비된 오른쪽 다리를 질질 끌며 트랙을 돈다 수평선이 기울고 사내의 눈동자에 파도가 친다

흐려지고 있는 이가 자신의 얼굴마저 지운다

— 안민, 「표류」(『동안』, 2016 겨울)

위 시의 첫인상은 매우 '밀실'적이라 할 수 있겠다. 바다를 배경으로 시가 진행되고 있다는 점에서는 김요아킴의 「어시장을 말하다」와 다르지 않지만 쉽게 그 의미가 와 닿지 않고, 의식의 흐름대로 이미지를 나열한 것 같다는 것이 이 시에 대한 첫인상이기 때문이다.

이 시를 읽는 열쇠는 바로 화자인 '나'의 정체에 있다. 꼼꼼하게 읽으면 이 시에서 화자인 '나'란 의인화된 태풍임이 드러난다. "내 전생은 수연(水煙)이었고", "나를 알고 있는 이들은 거의 해풍과 함께 사라져 갔다"는 대목에서도 그러하거니와 "내가 경험한 바다엔 태양이 없었다 가을이 없었다"는 시구에서도 동일한 유추가 가능하다. 저위도 부근의 따뜻한 공기가 바다로부터 수증기를 얻으며 비와 바람을 동반하게 되는 것이 태풍이며, 이것이 우리나라에서는 주로 여름에 발생하고 있기 때문이다.

시의 화자가 태풍이라 하면 '밀실'적이라는 시의 이미지는 매우 달라질 수밖에 없다. "풍랑 속에서 허우적거리고" 있는 "휠체어에 얹힌 아들과 휠체어를 미는 노인"은 그저 의식의 과잉으로 현상된 스쳐가는 이미지가

아니라 태풍으로 인한 상처의 실존적 묘사가 되기 때문이다. "마비된 오른손을 저으며 마비된 오른쪽 다리를 질질 끌며 트랙"을 도는 '사내'는 태풍으로 인해 삶의 기반을 상실한 존재의 표상이 된다. 우리 사회에서 '바른손'이라고도 일컬어지는 '오른손', '오른쪽'의 위상을 상기하면 '오른손'과 '오른쪽'이 마비되었다는 것은 실상 삶의 모든 기반을 상실했다는 의미에 다름이 아닌 것이다.

그렇다면 그저 해안에서의 삶, 태풍으로 인한 피해가 이 시의 주제인가. 그렇지 않다. 따스한 "태양이 없었"고 결실의 "가을이 없었"던 것은 태풍에 한정된 사정이 아니다. 태풍과 동일화되어 있는 시적 주체의 삶 또한 그것과 다르지 않았던 것이다. 풍랑 속에서 허우적거리는, 휠체어에 앉은 아들과 그것을 끄는 노인이 보이고, 아이의 울음소리가 들리지만 시적 자아는 그저 오른손과 오른쪽 다리가 마비된 존재로 무력할 뿐이다. 때가 되면 잠잠해지고 사라지는 태풍처럼 "내가 지워질 지점은 어디 즈음"인지 자조적으로 묻고 있는 까닭이 여기에 있는 것이다.

현대사회에서 우리는 발전의 과잉된 속도에 발을 맞추지 못한 채 '표류'하고 있는 존재는 아닐까. 속도에 맞추고자 하는 노력에 주변은 소외되고 타자화되고 있는 것은 아닌가. 시인은 이러한 질문을 던지면서 독자들로 하여금 조금 더 느리게 꼼꼼하게 이 시를 읽어주기를 요청하고 있는 것으로 보인다.

지금까지 해양시라는 범주에 속한 시들을 살펴보았다. 다음은 이러한 소재의 제약에서 벗어나 인식의 '광장'을 구현하고 있는 작품 두 편을 골라보았다.

미소가 예쁜 그녀는 무슬리마

이란이란 잠깐 두려웠던 것은 미국이란 세뇌 탓이었을까
사나스 박사는 동해안의 넙치 연구에 푹 빠져
젊은 연구자상도 받았는데, 알고 보면 양탄자 위를 걷는 고양이
이란이란 무슬림의 금기를 깨고, 밤늦도록 폭탄주를 즐긴다는
그녀의 달콤한 말투가 시를 읊는 것 같다
집집이 코란을 두듯, 집집이 시집을 둔다는 이란이란

단풍이 짙어갈 무렵, 그녀의 부모가 양탄자를 타고 왔다
테헤란에서 날아온 알리와 파트메 부부

카타르에서 중간 기착 한 번, 열여덟시간의 공중 비행 끝에
한국에 와서야 루싸리를 벗은 파트메 여사
사나스 박사가 예쁜 까닭을 알겠다
강릉에서 처음 만나던 날, 알리 선생은 루미의 시를 낭송했다
우리의 언어는 달라도 웃음이 같은 걸 보니
신은 지금까지도 하나란 걸 알겠다
꿀보다 달콤한 이름 페르시아, 그리고 사나스
제국의 후손들과 만난 밤, 쿠쉬나메를 읽는다
이란 왕자와 신라 공주가 낳은 이란의 영웅 페리둔 이야기
우리는 만나기 전부터 이미 오래 알던 사람이었을 것이다
딸만 남겨두고 알리와 파트메 부부는 되돌아갔지만
신라에서 만난 우리 이야기를 페르시아에서 잇기로 했다
이란이란

— 정연수, 「이란이란」(『동안』, 2016 겨울)

'무슬림', '이란'이라는 언표는 우리에게 정확한 실체는 알지 못하지만 막연한 공포, 기피의 대상이 되어왔던 것이 사실이다. 위 시의 시적 자아는 이러한 현상의 원인이 '미국'의 '세뇌 탓'은 아닌가 하는 물음을 넌지시

던져놓고 있다. 시가 진행됨에 따라 '미소가 예쁜 무슬리마'라는 익명의 대상은 '사마스 박사'라는 구체적 인물로 전화된다. 이름을 밝히는 것으로 구체적이라 할 수는 없을 것이다. "동해안의 넙치 연구에 푹 빠져/젊은 연구자상도 받았"던 연구자이자 무엇보다도 "무슬림의 금기를 깨고, 밤늦도록 폭탄주를 즐긴다"는 것에서 우리는 '무슬리마', '이란 사람'을 넘어 '사마스 박사'라는 특수자로서의 면모를 알 수 있다. 이 구체적 정보가 막연히 가지고 있던 우리의 어떤 견고한 편견을 깨트리는 기능을 하고 있음은 물론이다.

위 시에서 무슬림의 율법이든 그것에 대한 우리의 편견이든 견고한 무엇이 깨어지는 것이 시(詩)에 연결되고 있다는 점에 주목할 만하다. '사마스 박사'의 아버지 '알리 선생'은 "루미의 시를 낭송"한다. 이를 통해 언어가 통하지 않는 사람들이 '우리'가 되어 '웃음'이라는 공용어로 소통하게 되고 여기에서 더 나아가 이질적이었던 신의 영역까지 하나였음을 인식하기에 이른다. 또한 "집집이 코란을 두듯, 집집이 시집을 둔다"는 것에서 결코 깨어져서는 안 되는 견고함과 결코 종속되지 않는 아나키함의 공존을 보게 된다. 부정하지 않으면서 초월하는 것, 반드시 어느 한편으로 동일화되어야 한다는 폭력을 인정하지 않는 것, 그럼으로써 서로 다른 것이 공존할 수 있는 것, 이것이야말로 시적인 것이자 진정한 '광장'의 모습이 아닌가.

"우리는 만나기 전부터 이미 오래 알던 사람이었을 것"이라는 동일성의 감수성은 바로 관념을 전복시키는 체험에서 가능해진 것이었다. 이러한 경계를 초월할 수 있는 인식이야말로 대한민국과 이란의 간극을 무화시키고, 신라와 페르시아를 연결하는 매개가 될 수 있는 것이다. 주체적인 판단과 체험이 배제되고 주입된 이데올로기만이 판단의 근거가 되어 인식 자체가 폐쇄적인 것이 될 때 우리는 출구가 없는 '밀실'에 칩잠하게 된다는 것을 이 시를 통해 되새겨보게 된다.

나는 뼈대 있는 가문의 후손이 아니어서
뼈가 있는 것은 별반 좋아하지 않는다
뼈가 많은 생선도 싫고, 말[言]에도 뼈가 있으면 싫다
대를 잇는 것도 그닥 좋아하지 않는다
그래서 족보도 소중히 챙기지 않고
따라서 자식도 살뜰히 돌보지 않는다
족보는 어디에 처박혀있는지도 모르고
하나뿐인 아들은 저 알아서 잘 살라고 한다
조상 운운하는 자는 왠지 곰팡이 내가 나서 피하고
자식 자랑하는 자는 왠지 구린내가 나서 멀리한다
자식이야 분명코 내 코피의 산물이긴 하지만
이 세상에 나와 제 이름을 갖는 순간,
나에게 종속된 유일한 핏줄이 아니라
푸른 지구에 소속된 유한한 명줄이어서
굳이 돌보려면 나 혼자만이 아니라
전 인류가 합심해 돌봐야 한다고 생각한다
비유를 더 하자면 자식이란,
조롱 속 앵무새가 아니라 산천에 널린 뭇 새 중의 하나여서
해와 달과 비와 바람의 품안에서
자유스럽게 날다 자연스럽게 가는 것이라 생각한다
이걸 자식이 알면 정신이 어떻게 될지도 모를 일이지만
사랑하는 아들아! 생각이 그렇고 그렇다는 것이니 부디
미워하려거든 되지 못한 이 애비 생각이나 미워하거라

— 김영삼, 「불온한 생각」(『동안』, 2016 겨울)

정연수의 「이란이란」이 종교나 국가에 대한 편견과 고정관념을 다루고 있다면 김영삼의 「불온한 생각」은 '가문', '족보' 등으로 표상되는 전근대적 사고방식에 대한 전복을 전면화하고 있다. 우리 사회에서 민족이나 국가, 가문과 족보 등은 신성시되고 있는 영역에 속하는 것이 사실이다. 이는 일부분 본능적인 감각에 연결된 것으로 지극히 당연한 인식일 수도 있다. 그러나 이것이 민주적이고 정의로운 감수성에서가 아닌 이기주의적인 프레임에서 작동된다면 유대적 통합은 기대하기 어렵게 된다. 세계 곳곳에서 일어나고 있는 내전, 그리고 그에 대한 소위 강대국의 대처, 우리 사회에서 이주 노동자나 다문화 가정에 대한 편견 등도 이러한 맥락에서 이해될 수 있는 사안들이다.

'가문', '족보' 등은 이상이나 오장환도 그들의 시에서 부정한 바 있는 전근대의 표상이라 할 수 있을 것이다. 그런데 근대를 넘어 현대라 하는 오늘날에 이르러서도 그 영향은 크게 달라진 것이 없는 듯하다. 다른 점이 있다면 김, 이, 박 등의 성씨로 구분되는 것이 아니라 금, 은, 동, 흙이라는 수저의 재질로 대별된다는 것이 아닐까. 무한경쟁의 시대라 일컬어지고 사회경제적 계급이 뚜렷한 현대사회에서 '가문', '족보' 등은 부와 권력의 대물림을 위한 지도쯤으로 기능하고 있다는 뜻이다.

"조상 운운하는 자는 왠지 곰팡이 내"가 나고 "자식 자랑하는 자는 왠지 구린내"가 난다는 시인의 언표 또한 동일한 맥락에서 비롯되는 것일 터이다. 조상의 가려진 부끄러움과 책임은 회피하고 물질적인 이익과 기득권만을 취하려고 하는 것이 우리 사회 권력층의 행보였다. 또한 이렇게 획득된 혜택이 사회가 아닌 '자랑스러운 자식'을 만드는 데 환원되고 있는 현실에서 '금수저', '흙수저'라는 언표가 회자되는 것이 아닌가 한다. 그러나 시인은 이러한 문제의식에 대해 해결 방안을 멀리에서 찾지 않는다. 바로 '지금, 여기, 나'에서부터 출발하고 있는 것이다.

'돈도 실력이다 부모를 원망하라'고 누군가가 당당히 말했다는데, 이 시의 화자와 같이 '자식'을 "이 세상에 나와 제 이름을 갖는 순간,/나에게 종속된 유일한 핏줄이 아니라/푸른 지구에 소속된 유한한 명줄"이라 말한다면 우리 사회에서는 무책임한 부모로 비칠 수도 있을 것이다. 시인이 "불온한 생각"이라 한 것도 이러한 까닭에서다. 인간이라면 "해와 달과 비와 바람의 품안에서 자유스럽게 날다 자연스럽게 가는 것"이 가장 상식적이고 자연스러운 삶일 터인데 '자식' 문제에 있어서 이것은 오히려 현실과 가장 동떨어진 이상으로 여겨지는 것이 사실이다. 그러나 "나에게 종속된" 자식, "나 혼자만이" 돌보아야 하는 것이 아니라 "전 인류가 합심해 돌봐야 한다"는 시인의 이 "불온한 생각"이 보편화된다면 국가 간이건 사회계층 간이건 뿌리 깊게 만연해 있는 계급의식은 사라지게 될 것이다. "조롱 속 앵무새"가 아닌 "산천에 널린 뭇 새"로 자란 아이들이 만들어가는 이 사회는 또 얼마나 건강할 것인가.

시인은 이를 두고 교육이니 경제니 기득권이니 들먹이지 않는다. 오로지 화자인 '아비'와 그의 '아들' 간의 담론으로 한정하고 있다. 직접적인 진술은 없지만 개개인의 일상 속에서의 변화, 그것의 확장이 결국 거대한 변화의 흐름을 이루어내는 것임을 우리는 유추해낼 수 있다. "광장은 대중의 밀실이며 밀실은 개인의 광장"이라는 언표를 다시 한 번 상기하게 된다.

3.

다시 『광장』으로 돌아가보자. "어떤 경로로 광장에 이르렀건 그 경로는 문제될 것이 없다. 다만 그 길을 얼마나 열심히 보고 얼마나 열심히 사랑했느냐에 있다." 그렇다. '무엇'이 아니라 '어떻게'의 문제인 것이다. '태극기'이건 '촛불'이건 그것이 삶에 대한, 타자에 대한, 세계에 대한 진정성과 사랑을 바탕으로 하고 있다면 다른 '경로'일지언정 궁극적으로 배척적인 관계는 아닐 것이다. 시(詩)의 세계라고 다르지 않다. "가장 슬픈 것이 가장 아름다운 것"일 수 있는 세계가 시라는 것은 절실함에서 좋은 시가 나온다는 의미로 읽을 수 있다. 이러할 때 이 절실함이란 바로 사랑, 삶에 대한, 타자에 대한, 세계에 대한 사랑에서 발로하는 것임에 틀림이 없기 때문이다.

『동안』의 시편들 또한 시의 배경이나 소재, 주제는 각기 달랐지만 그 기저에 '우리'에 대한 성찰과 타자에 대한 따듯한 시선, 세계에 대한 사랑이 자리하고 있다는 점에서는 다르지 않았다. 지역적 특수성을 강조하면서도 한 발 한 발 '광장'으로 나아가고 있는『동안』의 비결이 있다면 그것은 바로 "그 길을 얼마나 열심히 보고 얼마나 열심히 사랑했느냐"에서 찾을 수 있지 않을까.

가장 어울리지 않는 장소, 상황에서도 끝내는 사랑이어야 함을 노래하고 있는 시 한 편을 소개하는 것으로 이 글을 마칠까 한다.

> 영장 기각되고 재조사 받으러 가니
> 2008년 5월부터 2009년 3월까지
> 핸드폰 통화내역을 모두 뽑아왔다
> 난 단지 야간 일반도로교통법 위반으로 잡혀왔을 뿐인데
> 힐금 보니 통화시간과 장소까지 친절하게 나와 있다
> 청계천 탐앤탐스 부근…

다음엔 문자메씨지 내용을 가져온다고 한다
함께 잡힌 촛불시민은 가택수사도 했고
통장 압수수색도 했단다 그러곤
의자를 뱅글뱅글 돌리며
웃는 낯으로 알아서 불어라 한다
무엇을, 나는 불까

풍선이나 불었으면 좋겠다
풀피리나 불었으면 좋겠다
하품이나 늘어지게 불었으면 좋겠다
트럼펫이나 아코디언도 좋겠지

일년치 통화기록 정도로
내 머리를 재단해보겠다고
몇년치 이메일 기록 정도로
나를 평가해보겠다고
너무하다고 했다

내 과거를 캐려면
최소한 저 사막 모래산맥에 새겨진 호모싸피엔스의
유전자 정보 정도는 검색해와야지
저 바닷가 퇴적층 몇천 미터는 채증해놓고 얘기해야지
저 새들의 울음
저 서늘한 바람결 정도는 압수해놓고 얘기해야지
그렇게 나를 알고 싶으면 사랑한다고 얘기해야지,
이게 뭐냐고

— 송경동, 「혜화경찰서에서」(『사소한 물음들에 답함』, 창비, 2009)

서정의 '한밭', 대전(大田)

1.

마미신탄(馬尾新灘) 지나서 대전(大田)이르니
목포 가는 곧은 길 예가 시초라
오십 오척 돌미륵(彌勒) 은진(恩津)에 있어
지나가는 행인의 눈을 놀래오

최남선의 「경부철도가」 중 '대전'이라는 지명이 나오는 대목이다. 대전(大田)이라는 지명은 우리말 '한밭'을 한자로 옮긴 것으로 '큰 밭'이라는 뜻이다. '대전' 하면 교통의 요지라는 수식어가 첫 번째로 따라붙는데 1908년 최남선의 시선이 포착한 지점도 교통의 맥락이라는 점에서 주목을 끈다. 「경부철도가」에는 신탄진에서 대전, 증약, 옥천으로 이어지는 철도역과 '오십 오척 돌미륵'이나 '마니산성 남은 터' 등과 같은 이 지역 풍경이 소개되고 있다.

철도가 근대 산업문명의 상징이자 근대화를 이끌어가는 중요 동력이었음에는 틀림이 없다. 최남선 또한 철도의 개통을 이러한 근대문화의 수용이라는 관점에서 예찬하고 있는 것이다. 그러나 이 시기 우리 민족에게 있어 철도가 근대의 긍정성만을 담보하고 있는 문물이 아님은 잘 알려져 있는 사실이다. 일제에 의한 철도 부설은 아시아 전역으로 세력을 뻗쳐나가던 일제의 제국주의적 욕망의 상징이자 식민지 수탈의 상징이기도 했던 것이다. 실상 일제는 1905년 한밭마을을 거쳐 경부선 철도를, 1913년 한밭을 기점으로 하는 호남선 철도를 완공시킨 후 대륙 침략을 위한 거점으로 삼았다. 시골마을 '한밭'이 교통의 요지 대전으로 발전한 데에는 일제의 대륙 침략에 대한 야망이 한몫을 한 셈이다.

흔히 대전을 '철도와 함께 생긴 근대도시'라 일컫기도 한다. 대전을 소개함에 있어 철도에 관해 이토록 장황하게 늘어놓게 되는 까닭도 여기에 있는 것이다. '철도'로 표상되는 타자에 의한 근대화, 그러한 근대문명의 진보성과 폭력성의 역사를 모두 함의하고 있는 공간이 바로 대전이다. 이러한 배경이 대전의 속성이랄까 지방색과도 긴밀하게 연결되어 있는 것은 물론이다. 대전의 특성이라 하면 특별한 지방색이 없는 것이 특성이라 할 수 있을 것이다. 현대사회에서 어느 지역이라고 그렇지 않으랴마는 대전은 특히 유동하는 인구도 많고 외지인들이 거주하고 있는 비율도 높은 편이기 때문이다.

대전은 1900년대 초 철도 부설로 대전에서 거주하는 일본인들이 많아지면서 급속하게 커졌고 6 · 25전쟁 때 대전을 지나던 피난민들이 그대로 눌러살면서 또 한 번 인구가 크게 늘게 되었는바 이것이 대전에서 특별한 지역색을 찾기 힘든 까닭 중 하나가 아닌가 한다. 이를 개성이 없는 것이라 보는 경우도 있을 수 있겠지만 달리 말하면 배타적이지 않은 성질, 타자와의 사이에 견고한 경계를 세우지 않는, 동화적 · 융합적인 속성으로 규정할 수도 있을 것이다.

이러한 공간에서 시의 역사를 써왔던, 그리고 쓰고 있는 시인들은 누가 있을까.

2.

요강원을 지나
머들령

옛날 이 길로 원님이 나리고
등짐장사 쉬여넘고
도적이 목 직히든 곳

분홍두루막에 남빛 돌띠 두르고
하라버지와 이재를 넘었다
뻑꾹기 작고 우든 날

감장 개명화에
발이 부리트고
바랑 갑사 댕기
손에 감고 울었드니

흘러간 서른 해
六月 하늘에 슬픔이 어린다.

— 정훈, 「머들령」(『머들령』, 계림사, 1949)

작고 시인들 중에 먼저 정훈(丁薰, 1911~1992) 시인이 있다. 호는 소정(素汀), 대전에서 태어나 휘문고보(徽文高普)를 나오고 일본 메이지 대학 문과를 중퇴한 시조 시인이다. 1940년 시조「머들령」이『가톨릭 청년』에 추천되어 문단에 나왔으며 민족적 서정을 직유적인 방법으로 노래한다는 평가를 받고 있다. 광복과 더불어 발간된 대전의 향토문예지『향토』와 1946년 2월에 창간된『동백』의 동인으로 참여한 바 있다. 시집에『머들령』(1949),『파적』(1954),『피맺힌 연륜(年輪)』(1958),『산조(散調)』(1966),『정훈시집』(1973) 등이 있고 시조집으로『벽오동(碧梧桐)』(1955),『꽃 시첩(詩帖)』(1960)이 있다. 호서중학(湖西中學)과 호서대학을 설립, 교장과 학장을 지냈고, 충남 예술위원회 위원장 · 문총(文總) 충남지부장 등을 역임하였다(『국어국문학자료사전』, 1998, 한국사전연구사). 2015년 7월 대전에서는 여러 문학단체의 노력에도 불구하고 결국 정훈 시인의 고택이 인근 요양병원에 매입된 후 바로 철거되어 많은 문학인들이 안타까워하고 있다.

머리가 마늘쪽 같이 생긴 고향의 小女와
한여름을 알몸으로 사는 고향의 少年과
같이 낯이 설어도 사랑스러운 들길이 있다

그 길에 아지랑이가 피듯 태양이 타듯
제비가 날듯 길을 따라 물이 흐르듯 그렇게
그렇게

天然히

울타리 밖에도 화초(花草)를 심는 마을이 있다
오래오래 잔광(殘光)이 부신 마을이 있다

밤이면 더 많이 별이 뜨는 마을이 있다.

— 박용래, 「울타리 밖」(『현대문학』, 1959.2)

충청의 대표적 시인이라 할 수 있는 박용래(朴龍來, 1925~1980) 시인의 생가도 공영주차장으로 바뀌면서 표지석만 덩그러니 남아 그 처지가 별반 다를 바 없다. 박용래 시인은 충남 논산에서 출생하여 강경상고를 수석으로 졸업하고 대전에서 은행원으로 근무하였다. 해방 후 은행으로 돌아가지 않고 일본에서 귀국한 김소운을 방문하여 문학을 공부하고 동인지 『동백』을 펴내며 본격적인 시 습작기를 보낸다. 박두진에 의해 1955년 「가을의 노래」, 1956년 「황토길」, 「땅」을 추천받아 『현대문학』으로 등단하게 된다. 시집으로는 『싸락눈』(1969), 『청와집』(1971, 박용래 · 한성기 · 임강빈 · 최원규 · 조남익 · 홍희표 공저), 『강아지풀』(1975), 『백발의 꽃대궁』(1979) 등이 있다. 25년이라는 창작 기간에 비하면 과작(寡作)이라 할 만하다. 그러나 박용래 시인이 시류에 휩쓸리지 않고 고집스럽게 추구하며 개척해나갔던 향토적 서정의 세계는—물론 현실 도피적이라는 비판도 있지만—현대사회가 상실해버린 가치에 생명을 불어넣었다는 평가를 받고 있다.

뒤돌아보며
뒤돌아보며
성에 올라가
바라보는 바다는
오늘의 것이 아니다
포개얹은 돌들
쓰다듬으며
쓰다듬으며

장항선(長項線)
하행열차(下行列車)
창가에서 내다본 아슬한 바다
첫사랑
내게도 첫사랑은 있었다
포개없은 돌들
쓰다듬으며
쓰다듬으며

— 한성기, 「뒤돌아보며」(『늦바람』, 활문사, 1979)

태어나기는 함경남도 정평에서 태어났지만 한성기(韓性淇, 1923~1984) 시인은 대전의 대표적 시인이라 할 만하다. 한성기 시인은 1942년 함흥사범학교를 졸업하고 1947년부터 대전사범학교에서 15년간 근무하였으며 한 해 신병으로 입산한 일을 제외하고는 타계하기 전까지 줄곧 대전 근교에서 머물며 시 창작에 전념하였기 때문이다. 1952년 『문예』에 「역」과, 1953년 「병후」를 발표하고 다시 1955년 『현대문학』에 「아이들」과 「꽃병」 등을 발표하며 등단했다. 시집으로는 『산에서』(1963), 『낙향이후』(1969), 『실향』(1972), 『구암리』(1975), 『늦바람』(1979) 등이 있다. 자연을 통해 스스로를 치유한 경험이 있는 시인은 전원시인이라 불릴 정도로 자연을 주된 모티프로 하여 창작 활동을 이어갔다. 한성기의 시는 관조를 통해 사물의 의미를 새롭게 발견하고 그 본질을 재구성해내고 있다는 평가를 받는다.

위 시인들은 대전이 철도와 함께 근대의 공간으로 태어나던 시기를 비롯하여 해방과, 6 · 25전쟁, 4 · 19혁명, 5 · 16쿠데타 등 그야말로 격동의 시대를 살았다고 할 수 있다. 이러한 시공간을 가로지르며 이들이 천착

했던 것은 향토와 전통, 소소한 사물과 같은 반근대적인 것을 기반으로 한 서정의 세계였다. 이러한 공통점을 두고 공간성과 결부시켜 일반화시킬 수는 없지만 그렇다고 또 전혀 무관하다고 할 수만도 없을 것이다. 이 글에서 세세히 밝히는 것은 불가능한 일이거니와 다만 제어되지 않는 폭주기관차와 같은 인간의 욕망이 만들어낸 세계에서 이들이 선택했던 것은 시(詩)였으며, 소멸되어가는 서정성의 세계였다는 것만 기억하면 될 것이다.

3.

그렇다면 현재 '시의 공간'으로서의 대전, 그것의 역사를 쓰고 있는 시인들에는 누가 있을까. 지극히 주관적인 소견으로 김완하, 김명원, 안현심 시인을 소개하고 싶다. 이들은 현재 대전을 중심으로 창작은 물론 비평, 후학 양성 등 문학과 관련된 제반 활동을 활발하게 하고 있는 시인들이자 문학지 발전에도 기여하고 있다는 공통점이 있다.

김완하(1958~) 시인은 경기도 안성 출생으로 현재 한남대 문예창작과 교수이자『시와 정신』편집인 겸 주간이다. 시인은 미국 한인문학 활성화에도 열정을 쏟고 있는데 그 노력이『버클리문학』창간으로 이어지게 되었으며 2016년 여름,『버클리문학』3호까지 발간된 상태다.

김완하는 1987년에 등단하여 1992년 첫 시집『길은 마을에 닿는다』를 상재했다. 이후『그리움 없인 저 별 내 가슴에 닿지 못한다』(1995),『네가 밟고 가는 바다』(2002),『허공이 키우는 나무』(2007),『절정』(2013) 등을 내며 꾸준한 창작 활동을 보여주고 있다. 김완하의 시세계에 대해서는 "관조와 명상, 성찰", "세속적 욕망과 결별하고자 하는 무구(無垢)의 집념", "버림 혹은 비움의 철학" 등으로 설명되고 있다. 그의 사유가 존재론적인 차원에 놓여 있다는 의미다.

그림자 따라 걷다가
빈집 앞을 지난다
제 그림자 볼 수 없어 매미는
땡볕 속에 소리를 쏟아낸다
소리에는 그림자가 없다
마당엔 풀들이 가득 에워싸고
집에는 그림자 풍년이 들었다
제 그늘 속에 집은
턱 하니, 또 한 채의 집을 짓고
마당 가득 풀을 키웠다
우거진 그늘 안고 누웠다
이곳에 살던 사람들
밖의 세상으로 떠나보내고
집은 비로소 집에서 벗어나
그늘 속으로 내려 앉았다
집을 세운 사람들 품고,
낑낑대는 강아지 한 마리의 밤도
아늑하게 품어 키웠다
이제 새벽 별빛만 뜰팡 위로 구른다
사람들이 떠나자 집은
비로소 허물을 벗어버리고
한 채의 그늘로 돌아가
집 속에 집을 완성하였다

— 김완하, 「그늘 속의 집」(『절정』, 작가세계, 2013)

한때 “집을 세운 사람들 품고, 낑낑대는 강아지 한 마리의 밤도 아늑하게 품어 키웠”던 ‘집’이 사람들이 떠나고 ‘빈집’이 되었다. 이때 쉽게 떠올릴 수 있는 이미지가 ‘폐가’일 것이다. 그러나 김완하의 시는 상투적인 의미를 허용하지 않는다. “비로소 허물을 벗어버리고 한 채의 그늘로 돌아가” 완성된 “집 속에 집”, 즉 본연의 존재로서의 ‘집’이, 이 시에서 ‘빈집’이 함의하고 있는 바이기 때문이다. 인간의 필요에 의해 지어진 ‘집’은 더 이상 필요가 없어지면 폐기되는 도구적 대상임에 틀림없다. 그러나 시인은 도구적 대상으로서의 ‘집’이 아니라 존재 자체에 초점을 맞추고 있는 것이다. 김완하의 시에서는 이처럼 대립적 관계의 틀이 존재하지 않는다. ‘그림자’, ‘그늘’, ‘밤’ 등은 주로 부정적 의미의 축에 드는 기표들이지만 위 시에서는 긍정과 부정의 어느 한 편에 속하는 것이 아니라 존재를 본연의 존재이게 하는 대상으로 자리하고 있는 까닭도 동일한 맥락에서이다.

김완하의 시에는 유난히 별을 소재로 한 작품이 많다. ‘별’에 함의되어 있는 의미 또한 매우 다양한데 「새벽 별을 보며」라는 시편에서는 위 시에서와 같이 인간 중심의 획일적이고 상투적인 의미화에서 벗어나 존재의 새로운 의미를 탐색하고자 하는 시인의 의지가 잘 드러나 있다. 위의 시, 「그늘 속의 집」과는 10여 년의 시간적 거리가 있는 시편이라는 점을 상기하면 이러한 의지는 시인이 초기부터 견지해온 시 창작 태도라 할 수 있을 것이다.

> 나는 그동안
> 내가 속박해 온 별들을 풀어
> 모두 제자리에 돌려놓는다
> 그 별들을 끌어와 나는 얼마나

나의 화려한 생각 속에
가두어두려 했던가

새벽이 안간힘을 쓰며 올 때
지상의 가난한 사람
마지막 잠을 비우는 순간까지
스스로 빛을 품으며 별은 어둠 속으로 잠긴다
저 숱한 별빛도 다 바라볼 수 없는
어둠이 있다는 것을 나는 헤아려 왔던가

어둠길 한 마장 질러 오기 위해
무수한 별빛은 내 발 아래로 죽고
발길에 치인다는 것을
새벽이면 풀잎 끝마다
고이는 별들의 목마름을
나 얼마나 뒤돌아보았던가

눈을 들어 다시
새벽 별을 바라본다
아직은 미루나무 버드나무 시린 손 비비며
별빛 향해 손을 뻗는다
마을마다 작은 불빛 사윈 뒤에야
마지막 저 별 하나도 깊은 잠이 들리라

이제야 나는
가슴속에 묻어온 이름 하나 꺼내
제자리로 날려 보낸다
비로소 내 집착의 그늘 걷고
말갛게 씻겨진 별빛 사이로

밝게 밝게 살아나는 얼굴

— 김완하, 「새벽 별을 보며」(『네가 밟고 가는 바다』, 문학사상사, 2002)

김명원(1959~) 시인은 충남 천안 출생으로 시집으로는 『슬픔이 익어, 투명한 핏줄이 보일 때까지』(1999), 『달빛 손가락』(2007), 『사랑을 견디다』(2010) 등이 있다. 김명원이 시인의 길을 걷게 된 데에는 사연이 있다. 시인은 약학을 전공하고 한미약품에서 근무하던 중 1995년 대장암 3기 판정을 받는다. 시인은 그제야 "주위 시선에 의한 삶이 아니라 정말 하고 싶은 걸 하며 살"기를 택했고 암 투병 중이던 1996년 『시문학』으로 등단하게 된 것이다.

현재 대전대학교에서 후진을 양성하고 있으며 『애지』, 『시선』, 『시와상상』, 『시와인식』, 『시인광장』 등의 편집위원으로 활동하고 있다. 다방면으로 왕성한 활동을 보여주고 있는데 그중에서도 주목을 끄는 것은 2009년부터 묵묵히, 그리고 성실히 해오고 있는 '시인 대담'이다. 이는 국내 시인들의 삶을 집대성하는 작업이라는 점에서 의미가 있는데 김명원은 2014년 대담집 『시인을 훔치다』로 그 첫 성과물을 내놓았으며 이후로도 웹진 『시인광장』에 '시인탐방'이라는 이름으로 꾸준히 연재해오고 있다. 그의 시는 시의 소재에 있어서든 시적 형식에 있어서든 매우 다양한 스펙트럼을 보여주고 있는데 그 밑바탕에는 타인에 대한, 세상에 대한 따듯한 시선과 사랑이 자리하고 있다는 특징이 있다.

탐조여행(探鳥旅行)에 필요하다는
조류도감을 사기 위해 교보문고로 가며
호주머니 깊숙이 삼만 원을 넣었다

내가 서 있는 지하철 첫 칸에서 왼쪽으로
창 밖의 나무들이 바람에 쏠리며 발 빠르게 지나는 사이
금정역에서 한 여인이 탔다
눈을 감고 있는 여인은 더듬더듬
노래를 한다, 주님 내 발 붙드사 그 곁에 서게 하소서…
들고 있는 초록색 바구니 하얀 은닢을 만지고 있는
그녀의 손가락만이 느리게 살아 움직이는 삼 분간
나는 삼십 번을 망설이다 오천 원을 넣었다
이제 조류도감은 살 수 없지만 읽고 싶었던 책 몇 권은 살 수 있어
나는 작게 안도했다

사당역에서 검은 안경의 부부가 탔다
남편은 앞에서 지팡이를 휘두르고
아내는 남편의 허리를 잡고 한 쪽에는
초록색 플라스틱 바구니를 들었다 그들도
노래를 한다, 나 같은 죄인 살리신 우리 주 은혜 놀라워…
나는 망설이지 않고 오천 원을 넣었다
아직도 얼마든지 책은 살 수 있어,
나는 다시 오천 원어치 마음이 가벼워졌다

서울역에 거의 다 와 아홉 살쯤 여자아이가
올라탔다, 첫돌도 지나지 않았을 아기를
업은 채 껌을 돌리며 아기가 운다고 아홉 살 아이는
버럭버럭 욕을 해댔다, 흘러내린 포대기를
올려 주는 아주머니에게도 바득바득
화를 냈다, 나는 다시 만 원을 꺼냈다
고맙다는 말조차 없는 아이를 위해서가 아니라
내 마음이 만 원어치 가벼워지기 위해서였다

만 원밖에 남지 않았다는 것을 알았을 때
이제 내 마음이 무거워지는 누구도
만나지 말기를 바랐다, 아직도 호주머니에는
만 원어치의 무거움이 남아 있으니까

조류도감은 살 수 없지만
내가 사고 싶은 시집은 살 수 있다는 희망의
종각역에서 무사히 내렸을 때
형광등이 반만 켜져 깜박이는 지하보도 끝 편
고단함과 추위에 나부끼는 할아버지와 만났다

포장용 색 테이프를 붙여 입은 해진 바지에
주름살 투성이의 파카 위로 머리칼조차
남겨져 있지 않은 대머리가 눈 시리게 빛났다
나는 벗겨진 신발 옆에 남아 있던 만 원을 놓았다

한 달을 벼르던 교보문고 행은 거기서 끝났다

돌아오는 지하철 안에서 나는 먼 여행을 마치고
이동하는 철새 떼에 섞여 있었다

아주 아주 가벼워져 날아가고 있었다

— 김명원, 「교보문고행」(『달빛 손가락』, 시학, 2007)

시에 서사가 도입되는 경우 대체로 압축된 형태의 불완전한 구조를 보이기 마련인데 위 시의 경우 도입에서 결말까지 완결성을 갖추고 있어 행연의 구분이 없다면 그대로 한 편의 짧은 수필이라 해도 무방할 듯하다. 이처럼 서사가 강조되면 서정이 위축되기가 쉬운데 위 시에서는 마지막 두 연으로 인해 서사 자체가 서정성을 담보하게 된다. 마지막 두 연은 이 시의 백미라 할 수 있다. 구체적인 진술로 자칫 느슨해질 수 있었던 긴장감이나 압축성을 마지막 두 연에서 갈무리하고 있기 때문이다.

시의 초반, '탐조여행'을 준비하고 있는 서정적 자아와 지하철에서 만나게 되는 걸인 · 노숙자와의 심리적 거리는 '조류도감' 속의 새와 실제 '철새'와의 거리만큼 멀다. 이 거리는 '조류도감'을 사기 위한 돈을 그들과 나누는 과정을 통해 점점 좁혀진다. 결국 서정적 자아의 초점은 '조류도감'이라는 물질성에서 "이동하는 철새 떼"에 동일화되는 것으로 전화되어 있음이 드러난다. '세상의 온갖 슬프지 않은 일에도 슬퍼할 줄 아는 혼'이 시인이라던 백석의 말을 상기해보면 김명원은 천상 시인이라 할 수 있겠다. 이러한 시인의 심성이 하늘에서 뚝 떨어졌겠는가. 시인이 '진짜 시인'이라 부르는 그녀의 아버지로부터 그대로 물려받은 듯하다.

> 나의 아버지인 김창하 씨는 엄마를 한 눈에 보고 반해서 밤낮 없이 극구 졸라 한 달 만에 결혼을 하고, 팔 남매나 낳아서 엄마를 제대로 제압하였으며, 연년생이던 오빠 둘을 업고 안고 학교 교장실로 출근을 하였고 6 · 25때는 목숨을 걸고 사촌에 친척 이웃까지 대식구들을 부산으로 피난시켰으며, 동란 후에는 전쟁으로 굶주린 학생들을 데려다가 밥을 해 먹이고 재우고 가르치셨다, 고 한다.
>
> 뿐이랴, 등록금을 못내는 제자들은 모두 그의 부양 받을 의무가 있는 아들딸이 되어 월급봉투는 번번이 체납고지서로 변하기도 하고, 정작 그의 팔남매는 울면서 육성회비를 보내서 학교로부터 추방 명령을 받았다고 하는데, 명절 때 교사들이 선물하는 고기 한 근에 사과 한 궤짝마저도 우리 아이들은 내가 사 먹일 터이니 선생님댁 아이들 먹이라고 고스란히 되돌려준 사건이나 출장비 십 만원을 타서 서울 가서는 여관비 아끼려고 친척

집에서 자고 남은 여비를 총무과에 반납한 수없이 소소한 일들, 더 기막힌 것, 한 번은 갈 곳 없는 술집 여자를 데려다가 집에서 재우는 바람에 엄마는 생면부지의 여자와 사십 여 일을 살며 불고기에 백숙에 탕수육에 특별요리를 해 먹이라는 아버지의 성화에 따라 할머니 생신상에도 오르지 못했던 음식을 여자 덕분에 우리가 푸지게 먹어 보았다는 것인데

평생을 퍼주기 좋아하고 내 것 네 것이 없던 아버지를, 학생들이며 학부형들이며 선생님들이며 누구도 경외해 마지않는 아버지를, 유독 우리 가족만은 존경하지도 거들떠보지도 않았던 것인데, 아버지 돌아가시던 날 아침, 중환자실 면회 시간에 내게 이르신 말, 바쁜데 왜 이런 델 부러 왔느냐, 산 사람은 죽는 사람을 마중할 필요가 없다, 사는 데 열중해라, 아이들 잘 크냐? 그리고 나에게 꽂혀 있는 저 링겔 주사기 바늘 빼다오, 내게 먹일 주사약이 있다면, 살 수 있는 다른 사람에게 놔다오. 그게 유언이었는데, 나는 왜 이 말씀이 자꾸 진짜 詩라고 여겨지는 것인지

— 김명원, 「진짜시인」(『달빛 손가락』, 시학, 2007)

안현심(1957~) 시인은 전북 진안에서 태어나 2004년 『불교문예』로 등단하였다. 시집으로는 『꽃살미 가는길』(1991), 『수숫대가 자라는 가슴』(1992), 『사랑은 눈 감을 수 없다』(1999), 『하늘소리』(2002), 『하늘사다리』(2012), 『연꽃무덤』(2015) 등이 있다. 현재 『불교문예』 주간으로 있으며 한남대학교에서 후학을 가르치고 있다. 그의 시에 대해 나태주 시인은 "안현심의 시는 대체적으로 비극적인 현실을 극명하게 보여준다. 울분이나 슬픔이나 절망을 있는 그대로 거칠게 보여주지 않고, 발이 고운 체로 거르듯 잘 거르고 정돈해서 보여준다. 전혀 격한 숨소리가 들리지 않는다. 차라리 유리알처럼 투명하기까지 하다"라고 평가하고 있다. "그의 시가 처연하도록 아름다운 것은 관념적 초월보다는 "하늘에 탯줄을 건/한

마리 애벌레"와도 같이 탈속의 공간을 엿보며 세속의 공간을 조율하기 때문일 것"이라는 강희안 시인의 분석도 동일한 의미망에 자리하는 평가라 할 수 있다.

안현심은 "어떠한 희망도 슬픔을 기반으로 하지 않고는 견고한 생명체가 될 수 없다. 슬픔을 잘 어루만진 사람만이 찬란한 정신의 집을 지을 수 있다"고 단언한다. 그래서일까. 안현심의 시선을 통과한 세계의 표정은 서러움이고 쓸쓸함이고 아픔이다. 안현심 시의 곰삭은 슬픔, '찬란한 정신'의 근원은 바로 '어머니'다. 안현심의 시에 유난히 어머니에 관한 시가 많은 까닭이기도 하다.

> 어머니의 주검을 닦아드리다가
> 짓무른 생식기에 손이 닿았다
>
> 탄탄한 자신감으로
> 생명을 피워올리던 황금빛 바다
>
> 휘파람이 피어나고 풀잎이 피어나고
> 사슴이 피어나던 연꽃 생식기
>
> 생명의 바다를 사모하다,
> 사모하다 스러진 연꽃무덤이다
>
> — 안현심, 「연꽃무덤」(『연꽃무덤』, 서정시학, 2015)

연꽃은 진흙 속에서 피어나지만 그것에 물들지 않는 속성으로 불교에서는 부처를 상징하기도 한다. 시인은 어머니의 "짓무른 생식기"를 '연꽃무덤'이라 부르고 있다. 무참한 세월이 없었으랴만 어머니라는 세계는 "생명을 피워올리던 황금빛 바다"였고 "휘파람이 피어나고 풀잎이 피어나고/사슴이 피어나던" 세계였기 때문이다. 끝끝내 "생명의 바다를 사모하다, 사모하다 스러진" 존재가 어머니이기에 그 주검을, "짓무른 생식기"를 '연꽃무덤'이라 하는 것이다. '슬픔을 기반으로' 생명을 피워올린 어머니, "슬픔을 잘 어루만진 사람"만이 지을 수 있는 '찬란한 정신'의 집이란 바로 이 어머니로부터 기인하는 것일 터이다.

자신 또한 어머니이기도 한 시인은 "순간의 몸짓이 삶을 짓는다"고 믿으며 쉼 없이 세상을 '사모하고 사모하는' 중이다.

> 당신의 삶이 고단한 것은 개미를 밟아 죽인 일, 댓돌에 신발을 가지런히 놓지 않은 일, 거리에 침 뱉은 일, 자신을 사랑하지 않은 일들이 산처럼 자랐기 때문,
>
> 당신의 항해가 빛나는 것은 노인을 부축해준 일, 꽃을 어루만진 일, 이웃과 호박을 나눠 먹은 일, 하늘 바라 웃은 일이 강물을 이뤘기 때문,
>
> 순간의 몸짓이
>
> 삶을 짓는다.
>
> — 안현심, 「나비효과」(『연꽃무덤』, 서정시학, 2015)

4.

'시의 공간'이라고 하면 시가 창작된 공간, 시에 등장하는 공간, 시인의 탄생과 관계된 공간, 시심을 키운 공간 등등 여러 의미로 해석이 가능

하다. 실제로 청탁을 받은 후 이런저런 측면에서 시인과 작품을 살펴보게 된 것이 사실이다. 시를 읽을 때 공간이란 주로 주제 혹은 시적 자아의 정서를 드러내는 장치로 의미가 있었다. 그러하기에 그것이 자아내는 분위기, 이미지를 파악하는 것이 중요하지 지명은 그리 중요한 것이 못 되었다. 그런데 이 글을 준비하면서 새로웠던 경험이라 하면 공간의 의미가 아닌 기표에 집중하게 된다는 점이었다. '머들령', '서대전역', '삼성시장' 등, 시(詩)에 대전과 관련된 지명이 등장하면 저절로 눈이 번쩍 뜨이는 것이었다. 새삼 그것 또한 의미가 깊다는 것을 생각게 되었다. 100년이 지나고 200년이 지나 시 속에서 불러보게 되는 머, 들, 령이라든지 가, 수, 원……. 그때 그 시간에 이 공간들은 무엇을 말해줄는지, 이 공간 속에서 읽게 될 시인의 몸짓, 시선, 목소리 등등이 자아낼 서정의 표정은 어떠할지.

시문학 연구에서 공간성은 이미 중요한 주제의 한 분야로 자리하고 있지만 지역의 역사와 조응하는 시, 또는 시인이라는 측면에서도 이러한 작업은 매우 중요한 의미를 갖는 것이라 할 수 있다. 하여 지역에서 역량 있는 시인들이, 그리고 그러한 시인들에 의해 '시의 공간'으로서의 지역 또한 더불어 조명되는 기회가 많아졌으면 하는 바람을 가져본다. '시의 공간'이라는 지면이 매우 소중한 '공간'이라는 생각이 드는 까닭이기도 하다.

인간, 애련(愛憐)에 물들고 희로(喜怒)에 움직이는

1. 청마시의 양가성

청마 유치환은 1931년 『문예월간』으로 등단한 이래 1967년 작고하기까지 매우 치열한 작품 활동을 보여주었으며 식민지, 전쟁과 분단, 4 · 19혁명의 체험을 거치면서 응집된 실존 의식을 부단히 시에 쏟아부은 시인이다. 그의 시는 정치, 종교, 윤리, 사상, 연정에 이르기까지 매우 넓은 스펙트럼을 형성하고 있으며 그만큼 다각적인 측면에서 특징들을 배태하고 있다. 그 특징들을 보면 청마의 시는 어떤 면에서 매우 양가적이라 할 수 있다. 강인한 남성적 어조를 바탕으로 하고 있으면서도 세심한 정서를 구현하는 연정의 시가 존재하고, 의지와 관념에 대한 직설적 표현을 그 특징으로 꼽을라치면 이미지적 상상력 또한 그의 시적 의장으로 크게 자리하고 있기 때문이다. 이러한 특징으로 하여 청마는 '의지의 시인'[2]이라는

---

2 서정주 · 조지훈 · 박목월, 「의지의 시인 유치환」, 『詩創作法』, 선문사, 1947, 128쪽.

평가와 '센티멘트의 서정시인'[3]이라는 평가를 동시에 받고 있는 것이다. 청마시의 양가적 특성은 그의 문학관에 반하는 시에 의해서도 드러난다.

청마의 문학관을 한마디로 드러낸다면 '윤리의 정신'이라 할 수 있을 것이다. 유치환은 문학이란 반드시 '윤리의 정신에서 생산'되어야 하며 이러한 '준열성'이야말로 '문학에 있어서의 정신이요 지성이요 진실'이라 판단하고 있기 때문이다. 그는 '부정불선(不正不善)'한 일에는 '견딜 수 없이 흥분'하게 된다고 하며 우리 인간 자신 속에 더 큰 어떤 모순이나 당착이 있다 하여 그 이유로서 자신의 다른 부정이나 불선을 간과한다든지 허용할 수는 없는 일'이라고 단호하게 진술한다. 이러한 진술이 단순한 진술에 그치고 있지 않음을 그의 실천적 삶 속에서 확인할 수 있다. 그는 시와 산문을 통해 정치, 종교, 사상 등의 문제를 과감하게 다루며 생의 치열한 문제의식을 부단히 보여주었기 때문이다.

그런데 그의 '빈곤'을 소재로 한 일련의 시들을 보면 이러한 문학관과는 대척되는 내용을 담지하고 있다. 「죄악」, 「이 아이를 보라」, 「인도(人道)의 허구(虛構)」, 「행복의 거부」 등의 시들이 그것인데 이 시편들에서 시인은 빈곤을 '인간사회의 최대의 죄악'으로 규정하고 '굶주림을 모면키 위하여'는 '아니치 못할 어떤 행위도 용납'(「죄악」)되어야 한다고 토로하고 있다. 심지어 시인은 '굶주림으로 인해 자식을 죽이고 죽은' 사나이를 인간 생명의 자주(自主)와 존엄함을 들어 지탄하지 말기를 주문하고 그것은 '인도(人道)의 허구'일 뿐이라 천명한다.(「인도(人道)의 허구(虛構)」) 분명 '윤리적 정신'을 그 근간으로 하고 있는 그의 문학관과는 배치되는 언술

---

3 김춘수, 「유치환론」, 『文藝』 4권 2호, 1953, 71쪽.

인 것이다.

그렇다면 이러한 청마 시의 양가적 특성을 관류하는 시의식은 무엇일까. 그것은 바로 청마의 인간에 대한 '절대' 의식에서 찾을 수 있다. 물론 청마가 생명파의 일원이었다는 점을 상기하여 생명성을 향한 의지를 근원으로 볼 수도 있겠으나 이는 그의 시의 어조와 형태, 정서의 양면성까지 어우르기에는 매우 일면적이라 할 수 있다. 그보다는 인간을 그 무엇의 가치보다도 앞에 위치시키는 유치환의 인간에 대한 절대의식에서 찾음이 타당해 보인다.

이러한 시의식은 『步兵과 더불어』의 전쟁시에서도 확인할 수 있다. 청마는 그의 시에서 북한군을 '괴뢰군', '원수', '적'으로 명명하고 있지만 인간의 실존이라는 의미망에서 '恩讐'의 구분이란 빈 기표에 불과할 뿐이라는 인식을 곳곳에서 드러내고 있다. "恩讐는 끝내 人間事"(「小憩」)라는 언표에는 전쟁은 결국 전쟁 주체의 권력욕 내지는 정치적 목적에 의한 결과라는 것과 정작 전장에서 대치하고 있는 '아군/적군'은 인간이라는 범주에서는 동일한 층위라는 시인의 인식이 내포되어 있다. 이러한 시인의 인식은 "그들이 이 전쟁에 강제로 붙들려 오고 안 왔고 간에 또는 열성분자로서 자진하여 오고 안 왔고 간에 이같이 그들을 죽인 그 罪過는 매마찬가지요 그 같은 깨닫지 못한 인간의 죄과가 그지없이 안타까울 따름"이라는 '적'의 주검에 대한 언급에서도 확인되는 바이다. 또한 「시인에게」나 「뉘가 이것을 만들었는가－포올 봐래리氏에게」 등의 시에서는 인간을 도외시한 예술에 대한 비판의식을 드러내고 있다. 이처럼 유치환에게 있어 인간은 종교, 정치, 예술, 윤리에 앞서는 '절대'의 개념이다.

2. '비정'과 '애련' 사이의 거리, 그리고 「바위」

청마시의 양가적 면모는 그에 대한 평가에도 그대로 이어진다. 서정주의 '의지의 시인'과 김춘수의 '센티멘트의 서정시인'이라는 청마에 대한 상반된 견해는 이후의 논자들에게도 이어져 '의지'냐 '서정'이냐, '의지의 시인'이냐 '애련의 서정시인'이냐 하는 평가의 기로에 서게 했다. '의지의 시인'이라 평하는 근저에는 남성적 어조와 사변적 내용, 의지와 관념에 대한 직설적 표현 등이 자리하고 있으며 그 중심적인 정서는 '비정(非情)'이라 할 수 있다. 다른 한편으로 청마를 '서정적 시인'이라 일컫는 데에는 세심하고 내밀한 연정의 시적 발현과 관련되어 있고 이 서정성에 중심이 되는 정서는 '애련'이라고 할 수 있다.

그렇다면 유치환의 시에서 '비정'과 '애련' 사이의 거리를 어떻게 설명할 수 있을까. '애련'이란 뜻 그대로 사랑하고 가엾게 여기는 것, 가엾게 여겨 사랑하는 것을 의미한다. '비정'이란 '애련'과는 이항대립의 관계에 있는 개념으로 따듯한 정이나 인간미가 없음을 의미한다. 결국 '애련'이나 '비정'은 인간에 대한 정서를 연원으로 하고 있는 개념이며, 이러할 때 '애련'은 앞에서 언급한 인간에 대한 절대의식의 연장선에 놓여 있는 개념이라 할 수 있다.

논자들 사이에서 '애련'과 관련하여 논란이 되고 있는 시는 「日月」인데 바로 3연의 '생명에 속한 것을 열애하되/삼가 애련에 빠지지 않음은/—그는 치욕임일네라' 부분이다. 대부분의 연구자들은 '—'표를 역접으로 풀이하여 '애련에 빠지는 것'이 치욕이라 해석하고 있지만 '—'표를 '그것이 바로'라는 순접의 의미로 풀이하여 '애련에 빠지지 않음'이 치욕이라 해석한 연구[4]도 있어 논란이 되고 있는 것이다. 그러나 이러한 논란의 옳고 그름에 관계없이 변하지 않는 사실은 '지금 여기'의 청마는 애련에 물드는 존재라는 것이다.

청마의 시에서 비정의 세계는 종교, 정치, 윤리와 도덕이 존재의 근거 기반으로 작용하는 규범적 사회, 이성이 지배하는 사회의 표상이다. 이때 시적 화자는 이러한 상징계의 주체로서의 페르소나이다. 애련의 세계는 이에 대응되는 이성 이전의 세계, 원초적 모성과의 분리의 경험과 그로 인한 근원적 상실이 존재하는 심층의 세계이다. 이러한 근원적 상실감을 내재한 자아, 즉 시적 화자는 끊임없이 타자와의 합일을 욕망하게 되는 것이다.

이러한 맥락에서 남성적 어조의 사변적 시, 관념과 의지를 직설적으로 표출한 시의 형태를, 규범적 사회에 적응하며 살아가는 시적 페르소나의 발현이라고 한다면, 내밀한 정서를 표출한 연정의 시, 서정적 형태의 시는 합일의 세계를 꿈꾸는 시적 자아의 아니마의 발현이라 할 수 있다. 이는 '의지의 시'에서 타자와의 분리, 규범 제시, 결의, 질책, 분노, 자학 등이 강하게 드러나고 있는 것에서 확인할 수 있으며 여기에 '애련'이 자리할 수 없음, 내지 '애련'을 배제할 수밖에 없음은 자명한 사실이다. 청마의 시에서 애련에 물들지 않으리라는 의지가 빈번히 표출되고 있지만 이는 시적 자아의 페르소나의 강조라 할 수 있으며 페르소나가 강조되면서 억압되었던 '애련'의 정서는 시적 자아의 아니마에 의해 표출되는 것

---

4 조동민, 「청마연구서설」, 『현대시연구』, 정음사, 1981, 419~442쪽.
방인태, 「한국 현대시의 인간주의 연구－유치환의 시를 중심으로」, 서울대학교 대학원 박사학위 논문, 1990.

이다. 이러한 '비정'과 '애련' 사이의 거리를 단적으로 보여주는 시가 바로 「바위」이다.

> 내 죽으면 한 개 바위가 되리라
> 아예 愛憐에 물들지 않고
> 喜怒에 움직이지 않고
> 비와 바람에 깎이는 대로
> 億年 非情의 緘黙에
> 안으로 안으로만 채찍질 하여
> 드디어 生命도 忘却하고
> 흐르는 구름
> 머언 遠雷
> 꿈 꾸어도 노래하지 않고
> 두 쪽으로 깨뜨려 져도
> 소리 하지 않는 바위가 되리라

— 유치환, 「바위」(『유치환 전집』, 국학자료원, 2008)

위 시는 유치환의 대표작 중 하나라 할 수 있는 「바위」로, '바위'는 유치환의 시에서 '비정(非情)'의 의지를 표상하는 대표적 상관물이다. 고대부터 바위는 견고, 고정, 무변을 상징하고 보호와 안전, 감정에 흔들리지 않는 강인함 등을 표상했으며 사물, 사상, 기틀 따위의 반듯하고 견고함을 상징하는 반석의 이미지 또한 내재하고 있다. 인용시에서도 이러한 바위의 성질이 부각되고 있는데, 이는 시적 자아가 지향하는 성정이자 시적 자아의 페르소나가 도달하고자 하는 지향점에 다름 아니다.

먼저, '바위'는 '애련에 물들지 않고' 슬픔과 분노에 움직이지 않는 대상이다. '비와 바람에 깎이'고 '두 쪽으로 깨뜨려 져도' '억년 비정의 함묵'으로 견디는 존재이다. 화자는 자신이 이상으로 설정한 일체의 흔들림 없는 바위와 같은 자아가 되겠다고 선언하는 것이다. 첫 행과 끝 행의 '되리라'의 반복, 의지를 나타내는 종결어의 수미상응은 이러한 화자의 강한 결의를 환기시키는 역할을 하고 있다.

공간적으로 '바위'가 지상에 기반하고 있는 대상이라면 '흐르는 구름'과 '머언 원뢰'는 지상에서 닿을 수 없는 상공에 있는 대상이다. 그러므로 '바위'가 현실에 대응하는 윤리적 자아를 표상한다고 하면 '흐르는 구름'과 '머언 원뢰'는 윤리적 자아의 심층에 내재한, '꿈꾸어 노래하'는 서정성이라 할 수 있다. '안으로 안으로 채찍질 하'여 자신을 다그치는 자아는 바로 의지적 자아, 윤리적 자아인 것이다. 이에 반해 '생명'을 열애하고 꿈꾸는 바를 노래하고 깨뜨려지는 아픔을 노래하는 자아는 서정적 자아, 애련에 물드는 자아라 할 수 있다. 화자는 이에 대척되는 '생명도 망각하고', '꿈 꾸어도 노래하지 않고', '두 쪽으로 깨뜨려 져도 소리 하지 않는' 자아가 되리라는 것이다. '바위'의 보편적 이미지를 통해 현실에 대응하는 의지적 자아, 윤리적 자아, 화자가 지향하는 이상적 페르소나를 드러내고 있다.

인간은 본연적으로 애련에 물드는 존재이다. 분리주의적이고 파편적인 현실 세계에 기투된 자아는 끊임없이 원초적 합일에 이르고자 하는 욕망을 심층에 내재하고 있기 때문이다. 인간에 대한 가치를 절대적으로 신뢰하고 있었던 유치환의 경우, 이러한 인간 본연의 욕망까지 포용하고 있음을 그의 여러 시편들에서 확인할 수 있었다. 그러나 세계와의 관계 속에서 자신을 위치시켜야 할 때, 혹은 현실에 대응하기 위해 표층에 내세우는 페르소나는 바위와 같이 애련에 물들지 않고 희로에 움직이지 않는 강인한 의지의 인간이어야 했던 것이다. 이렇게 청마의 시에 드러나는 표층과 심층이 이반되는 현상은 그의 시작(詩作)의 바탕에 지난했던 시대를 배태하고 있기 때문이라 할 수 있다. 다시 말해 내 나라에서 내 나라의 국민으로 살지 못하는, 하여 보여지는 표층과 억압되어야 하는 심층과 이반될 수밖에 없는 식민지의 모순과 상동의 관계에 있다는 것이다.

제3부

진정한 실존에 이르는 길

능동적으로 고독 속에 침잠하고자 하면서도 시인에게 고독은 여전히 두려운 존재인 것처럼 사랑하는 대상과 거리를
에도 또한 동일한 두려움이 내포되어 있을 것이다. 기실 그러한 두려움과 아픔이 없다면 고독이라든가 이별은 의미가 없게 된
독과 이별의 의미는 이 두려움과 아픔을 '스스로 감내하는 의지'를 고양하는 데 있기 때문이다. "한 순간의 만남보다도 차라리/영원한

서정성에 이르는 이성적인, 너무나 이성적인

■ 오세영론

1. 아폴론적인 것과 디오니소스적인 것

니체는 모든 예술 활동의 발전은 아폴론형과 디오니소스형의 영원한 투쟁 과정에 있다고 보았다. 아폴론적인 것과 디오니소스적인 것이라는 상이한 요소가 대립하면서 한쪽의 상승을 가져오고, 어느 시점이 되면 반대급부로서의 다른 한쪽이 상승하는, 이러한 과정의 반복이 바로 예술의 발전 과정이자 예술사의 내용이라는 것이다. 니체 자신 또한 초기 저술과는 다르게 『인간적인, 너무나 인간적인』에 오면 디오니소스적 정열로부터 아폴론적 오성으로의 시점의 전환[1]을 보인다. 그런데 중요한 것

1 가령 이 시기의 유고에서 보인 '사물의 순수한 인식'에 대한 언술이 그 한 예가 될 것이다. 니체에 있어서 '사물의 순수한 인식'이란 감정의 어떤 도취나 혼미도 없이 지성의 어떠한 허망이나 환상도 없이 과학자의 냉철한 회의의 마음으로 생성의 필연적인 면모를 파악하는 일이고 따라서 그것은 종교적 · 형이상학적 · 예술적 가장을 버리고 인습적 · 도덕적인 가치판단의 피안에 서는 것이다(프리드리

은 니체가 과학과 학문이라는 아폴론적 인식에 관련된 것을 말기의 창조적 예술 활동으로 넘어가기 위한 계기로 여겼다는 점이다.

명징한 인식의 빛 또한 삶의 파토스적인 층에 깊게 뿌리내린, 또 하나의 '정열적인 것'이라는 인식이다. 니체에게 중요한 것은 합리적이고 형식적인 실증과학이 아니고 어디까지나 내면의 역동적인 '힘에의 의지'이기 때문이다. 정열의 반대는 또 하나의 '정열'이 되는 셈이다. 그런데 그것은 "조야한 자들에게는 인식되지 않는 정열", "세련된 정열"이다. 니체는 이를 '새로운 정열(Passionova)', '성실성의 정열(Die Leidenschaft der Redlichkeit)'이라 명명한다.[2] 이는 '지적 양심'과 관계된 '정열'로 결국 아폴론과 디오니소스라는 이원적인 것, 상충되는 것의 교융 양태인 것이다.

이는 오세영의 시세계를 떠받치고 있는 정신의 두 축이라 할 수 있는 특질들과 접목되는 부분이다. 아폴론/디오니소스, 혹은 로고스/파토스적인 것이 생애를 통해 니체를 지배했던 두 개의 혼이었다면, 오세영 또한 창작 활동의 전 시기에 걸쳐 그의 시세계를 관류하는 주요 의미 중 하나가 바로 이성과 감성, 혹은 이성과 사랑의 관계성에서 비롯되기 때문이다. 또 다른 하나는 바로 이원적인 것의 공존이라는 측면에서이다. 니체의 '새로운 정열'이 아폴론과 디오니소스라는 상충되는 개념의 교융에서 나온 것이라면, 오세영의 40여 년에 이르는 시작 활동 기간 동안의 폭넓은 주제의식 또한 크게는 '모순'에 대한 통찰과 이를 통한 존재론적 완성의 지향으로 모아지고 있다는 점에서 동일한 맥락이라 할 수 있다.

히 니체, 『인간적인 너무나 인간적인』, 한기찬 역, 1983, 297쪽.

2 위의 책, 299 ~ 300쪽.

이 글에서는 전자에 주목하여 오세영 시에서 사랑이 구현되고 있는 양상, 그리고 그 과정에 있어서 이성은 어떠한 방식으로 개입하는지, 그 작동방식을 살펴보고자 한다. 오세영은 1970년 첫 시집『반란하는 빛』을 필두로 지금까지 총 20권의 시집을 상재할 만큼 방대한 시적 편력을 보여주고 있는데, 그 주된 주제적 의미망 가운데 하나가 '사랑'인 만큼, 기실 그의 시에 구현된 사랑에 대해서는 이미 많은 논자들에 의해 다각도적으로 구명되었다 할 수 있다. 그런데 또 한편으로는 오세영의 시가 감성적이면서도 이성의 제어에서 자유롭지 못하다는 점, 내지는 그의 시에서 발현되고 있는 서정성이 지적 인식과 결합하여 다층적인 의미를 구현하고 있다는 점은 적실하게 드러내고 있으면서도 그것이 표상하고 있는 시인만의 정신사적 면모랄까 그것의 고유함을 드러내는 데에까지는 이르지 못하고 있다는 판단이다.

'지성의 사유', '사변적 서정', '미학적 자율성에 대한 신념', '모순과 역설의 시학' 등, 오세영의 시세계에 대한 명명은 그의 시적 편력이 보여주는 주제의 방대함과 깊이만큼이나 다양하다. 오세영 시에 드러나고 있는 사랑과 이성의 관계망, 그리고 그것이 궁극적으로 현현하고 있는 시인만의 고유한 인식론적 세계관을 밝히게 된다면 오세영 시세계에 대한 보다 총체적인 영역에서의 조망이 이루어질 것이라 사료된다.

2. '투명한 이성', '성실성의 이성'

물과 불, 흙, 바람(공기) 등은 세계의 근원에 해당하는 원초적 물질 요소들로 오세영 시의 주조적 이미지로 등장하는 상관물들이다. 이들은 주로 물질의 상태에 따라 이성과 이념, 사랑과 욕망 등으로 표상된다. 흐름과 굳음, 부드러움과 딱딱함, 응집과 산종이라는 그 질적 특성으로, 동전의 양면과도 같은 이성/이념, 사랑/욕망의 차질성을 드러내는 것이다.

그렇다면 오세영의 시에서 이성과 이념, 사랑, 욕망 등의 관계는 어떠한 것이며 이들 관계가 드러내는 오세영 시만의 고유성은 무엇일까.

그릇에 담길 때, 물은 비로소 물이 된다.
존재가 된다.

잘잘 끓는 한 주발의 물,
고독과 분별의 울안에서
정밀히 다지는 질서,
그것은 이름이다.

하나의 아픔이 되기 위하여
인간은 스스로를 속박하고
지어미는 지아비 앞에서
빈 잔에 차를 따른다.

엎지르지 마라.
엎질러진 물은 불이다.
이름 없는 욕망이다.

욕망을 다스리는 영혼의
형식이여, 그릇이여.

—「들끓는 물-그릇 6」

그릇에 담기지 않았을 때도 '물'은 '물'이다. '물'이라 명명되기 전이라 해도 그것이 '물'로 인식되지는 않을망정 그것 자체는 변하지도 사라지지도 않고 세계에 존재하고 있는 것이다. 그러나 분별과 질서의 세계에서 인간에 의해 포착되지 않은, 명명되지 않은 "익명의 존재는 존재가 아니다./이름이 없으므로/그들은 없는 것이나 마찬가지이다."(「나는 이름을 가졌다」) 정밀한 질서 속에 편입되어 명명될 때 물은 비로소 물이 되고 존재가 된다. 그런데 인간 문명의 역사가 발전함에 따라 이 명명의 범주는 점차 세분화되어가게 된다. 그 대상에 있어서는 객체뿐만 아니라 명명의 주체인 인간 또한 예외가 아니다. 질서를 부여하는 과정, 대상에 이름을 부여하는 행위가 시적 화자에게 "하나의 아픔이 되기 위하여/인간은 스스로를 속박하"는 것으로 인식되는 이유가 바로 여기에 있다. '형식'이자 '질서'이며 '이름'인 '그릇'에서 벗어난 물, 엎질러진 물은 주체의 관리 체계에서 벗어난 '욕망'이다.

그런데 주목해야 할 점은 위 시에서 '그릇'으로 표상되는 '질서', '이름', '형식' 등속의 근대 혹은 이성의 범주에 속하는 개념들과 '이름 없는 욕망'이라는 무형식적 대상의 분별에 있어서 두 항을 대극적으로 위치시키고 화자의 시선이 어느 한편에 경도되어 있는 형식을 취하고 있지 않다는 점이다. 한편으로는 '속박'이라는 시어에서 보듯 근대 규범적 질서에 대한 부정 의식을 드러내면서도 또 다른 한편으로는 욕망을 제어하는 순기능을 말하고 있기 때문이다. 가령 "욕망을 다스리는 영혼의/형식"이 그러하다. '질서', '이름'과 등가인 '형식'이 초월적 내지는 감성의 영역에 속하는 '영혼'과 조응하고 있다는 점에 주목할 만하다.

이는 두 가지 층위에서 해석이 가능하다. 하나는 이원적 개념의 교융이라는 점에서 오세영 시의 두드러진 특징 중 하나인 모순의 내재화라는 측면이고 다른 하나는 시인의 이성에 대한 가치 판단의 부재라는 측면이다. 서정의 영역에서 근대와 결부된 이성은 부정의 대상으로 자리하는 것이 일반적인 경우에 해당되는 터라 이성과 감성, 현실과 초월적 세계가 등가를 이루고 있는 오세영의 시는 가히 특징적이라 할 만한 것이다.

잡목을 베고 지형을 다듬어
평탄하게 뚫은 길,
길은 세계를 이등분한다.

시비를 가르고
진위를 나누어
경계를 따라 달리는 너는
단순한 이념.
너에게는 풀 한 포기 살 땅이 없구나.
항상 직선만을 동경하는 길은
한 선분을 잇는 두 점을 쉽게
지도상에 찍지만
그 시작과 끝은
추상의 공간에만 있는 것,
끝나는 것은 길이 아니다.
저주할 기하학이여,
우리의 길은
끝나면서 열리는 길이어야 한다.

—「나는 기하학을 저주한다–그릇 42」

위 시에는 '길'로 표상되는 근대적 공간이 등장한다. "잡목을 베고 지형을 다듬어/평탄하게 뚫은 길"이라든가 "항상 직선만을 동경하는 길" 등이 그러하다. "시비를 가르고/진위를 나누어/경계를 따라 달리는" 행위 또한 분별하고 판단하여 그에 따라 행동한다는 점에서 이성의 영역에 속하는 것이라 볼 수 있다. 그런데 위 시에서 이 근대적 · 이성적 행위의 주체인

'너'는 '풀 한 포기 살 땅이 없'다는 것에서 드러나듯 황폐와 불모의 이미지로 그려지고 있다. 이성에 대한 가치판단이 드러나지 않았던 작품 「들끓는 물-그릇 6」과는 다른 양상이다. 이 차이는 바로 '너'의 정체가 이성과는 구별되는 이념, '단순한 이념'이라는 데서 비롯된 것이다. 끝나는 것은 '길'이 아니라 '선분'일 뿐이다. 이념은 생성 · 변화 · 창조가 가능한 열린 '길'이 아니라 획일적이고 불모적인 '선분'인 것이다.

부서지지 않으면
안 된다. 밀알이여,
고운 흙이
고운 청자를 빚듯
가루가 되지 않고서는 이루어지지 않은
빵,
한때 투명했던 이성과 타는 욕망도
고독의 절정에서는 소멸된다.
가장 내밀한 정신의 깊이로
화해되는 물과
불,
빵은 스스로
자신의 이념을 포기하는 까닭에
타인을 사랑할 줄 안다.
마음이 가난한 자의 식탁 위에
외롭게 올려진
한 덩이의 빵.

—「빵-그릇 27」

부서짐은 딱딱함을 전제로 한 개념이다. 위 시에서 '부서지지 않으면/

안 되'는 밀알은 미완의 존재를 의미하는 것이기도 하지만 '이념'이 포기되지 않으면 존재의 완성에 이르지 못한다는 점에서 '이념'을 표상하는 것으로 볼 수도 있다. 이념이 포기되지 않으면 타인에 대한 사랑 또한 불가능하게 되며 존재의 완성으로 향하는 길에는 타인에 대한 '사랑'이 필수적으로 수반되어야 하기 때문이다. 오세영의 시에서 이념에 대한 가치 판단은 매우 확고하다. 이념은 생명을 완강히 거부하면서 사랑이나 관용, 미움 등속의 감성이 끼어들 틈조차 없을 만큼 단단하게 굳어버린 것이기에(「흙의 얼음-그릇 26」) 종국에 이 맹목의 신념은 미련하다 못해 무서운 것(「벽-그릇 28」)이 되어버린다.

이 시의 제목이기도 한 '빵'은 존재의 완성과 관계된 상관물이다. '빵'이라는 존재의 완성에 이르기 위해서는 '물'과 '불'의 화해가 이루어져야 한다. 그런데 '투명했던 이성과 타는 욕망'이라는 시구에서 수식어에 주의해 보면, 위 시에서 물은 이성의 표상으로, 불은 욕망의 표상으로 상정되고 있음을 간취할 수 있다. 주목해야 할 것은 '물'과 '불'의 '화해'의 국면이다. 이는 '이성'과 '욕망'의 화해에 다름이 아니기 때문이다. 그렇다면 이 항대립적 관계라 할 수 있는 이 이성과 욕망의 화해를 가능하게 하는 요인은 무엇인가. 그것은 바로 '정신', '가장 내밀한 정신의 깊이'에 의해 화해가 가능해지는 것이다. '가장 내밀한 정신의 깊이'는 또한 '고독의 절정'과 상동의 관계에 있다. 다시 상술하겠지만 오세영의 시에서 고독은 자기 고양의 기제가 되는 정서이다. 그러므로 '고독의 절정'이라 함은 궁극의 깨달음, 혹은 자기완성의 순간이라 할 수 있겠다.

결국 '이성'과 '욕망'의 화해에는 깊이 있는 '정신'이 요구되고, 이 화해가 이루어졌을 때 비로소 존재는 완성에 이르게 된다는 것이다. "한때 투명했던 이성과 타는 욕망도/고독의 절정에서는 소멸된다"라는 시구는 존재가 완성에 이르게 되면 더 이상 '이성'과 '욕망'의 구별은 의미가 없게 된다는 뜻이다. 이렇게 보면 오세영의 시에서 '이성'과 '욕망', '이성'과 '사랑'(감성)의 관계는 대극적인 것이 아니게 된다.

니체에 기대어보면 '이성'의 반대는 또 하나의 '이성'인 셈이다. '한때 투명했던 이성과 타는 욕망'이라는 시구에 주목해 보자. '투명한 이성'과 '타는 욕망'은 모두 정제되지 않은 순수한 상태의 그것을 의미한다. 물로 표상되는 '투명한 이성'은 다른 것을 수용하거나 다른 것에 스며들 수 있는 유연함을 그 특성으로 가지고 있으며 '타는 욕망'을 통어하는 기제로 작용하기도 한다. 불로 표상되는 '타는 욕망'은 모든 것을 재로 만들어버리는 파괴력도 있지만 또 한편으로는 불이 물을 끓이는 것과 같이 '투명한 이성'을 추동하는 힘으로 작용하기도 한다.

오세영의 이성은 '투명한 이성'으로 그 반대는 서정이라든가 감성이 아니라 막힌 이성(「나는 기하학을 저주한다-그릇 42」)이고, 굳은 이성(「흙의 얼음-그릇 26」)이 되는 것이다. '굳은 이성'이란 다른 것과 상호 융해하는 '투명한 이성'이 아니라 객관적 권력이나 그 권력에 대한 인간의 욕망이 착종된 이성일 따름이다. 이는 왜곡된 이성으로 '도구적 이성'이나 맹목적 이성인 '이념' 등이 그 예가 될 것이다.

니체가 "조야한 자들에게는 인식되지 않는 세련된 정열"을 '성실성의 정열'이라 했을 때, 이때 '성실'이란 "나의 이성은 충분히 명석했는가, 나의 의지는 감각의 모든 기만에 저항했는가, 환상적인 것을 물리치는 데 용감했는가"를 자문하는 양심과 관련된 것이라 했다.[3] '도구적 이성'이나

---

3 위의 책, 300쪽.

'맹목적 이성'과 같은 왜곡된 이성은 반대로 "조야한 자들에게 인식"되는 목적적이고 획일적이며 불모적인 이성이다. 역으로, 오세영 시의 '투명한 이성'은 이러한 것들로부터 자유로운, 순수함과 양심에 관련된 '성실성의 이성'이라 할 수 있겠다. 오세영의 시가 서정성을 견지하고 있음에도 그의 시에 이성이 순기능으로 자주 등장한다는 것과, 이성에 대한 비판이나 부정 의식이 드러나지 않는다는 것은 모두 이러한 맥락에서 연원한 것이다.

3. 투명한 이성의 사랑, 그 사랑의 방식

오세영의 첫시집 『반란하는 빛』(1970)과 두 번째 시집 『가장 어두운 날 저녁에』(1982) 사이에는 12년이라는 시간적 간극이 있다. 첫 시집에서 시인은 다소 과격한 상상력과 언어미학적 실험성을 드러내며 모더니스트로서의 면모를 유감없이 보여주었으나 두 번째 시집부터는 대체로 전통 서정의 세계를 일관되게 추구해왔다. 긴 시간적 간극만큼이나 시세계의 성격에 있어서도 보폭 큰 변모가 있었다 하겠는데 그럼에도 사랑과 이성, 그리고 그 관계성에 관한 탐색은 첫 시집에서부터 그 단초를 보이고 있어 시인이 얼마나 치열하게 이 문제에 천착해왔는지를 짐작케 한다.

무엇일까,
확고한 땅 위의, 몰려오는 추위처럼
잃어가는 그것은 무엇일까.
동상의 어깨 너머 눈은 나리고
얼어붙은 섹스 위로 뒹구는 낙엽,
붙들린 도시, 뿌리치는 열차,

외투 속의 짐승들은
포켓에 식욕을 쑤셔서 집어넣고
길고도 멈추지 않는 희디 흰 겨울,
여명처럼 빛나는 어휘들을
기침한다.
싸늘히 굴러가는 노트 위의 펜 끝
흔들리는 불빛.
이유는 묻지 말아요, 글쎄
소녀는 커튼을 내리면서
쓸쓸히 머리칼을 쓸어 넘긴다.
눈동자에 잔잔히 깔리는 어둠.
눈은 나리고, 시간은 식탁에
졸고 있을 때
난로에 활활 타는 그것은 무엇일까,
글쎄 무엇일까, 사랑한다는 것은

—「가을1 –유리에게」

사실을 바라보는 눈이 어찌하여 이다지도
떳떳치 못한가, 물질과 나를 바라보는
눈이여
보이지 않는 곳에서 보이는 이 외로움
혹은 정신들에 대하여 말하라.

—「시인들」 부분

타버린 정신들은 어디 갔는가.
가령 설원(雪原)에 버려진 장미꽃 하나.
혹은 알타이에 떨어지는 햇살.
바람과 소나기. 그리고 유월은

불탄다.

내 살 속에서 희미한 불빛들이
뛰어가고, 알코올이 출렁이는 바닷가에서
이십세기는 불을 지핀다. 물질이 흘린
피. 싸늘한.
실용(實用)의 새는 날 수 있을까.
어두운 내 얼굴을 날아서, 찬 서리 내린 굴뚝과
기계들이 죽은 무덤을 넘어서
어제의 어제를 넘어서
달에 도달할 수 있을 것인가.

전선(電線)에 걸린 달. 인간의 숲 속에서
전화가 울고 아흔아홉 마리의 이리가 운다.
저것보라면서
불타는 서울의 술집들을 가리키면서
어디로 갈 것인가, 타버린 정신의 재
죽음, 혹은 창조의 불빛.

—「불 1」

첫 시집 『반란하는 빛』에 수록된 시편들이다. 의미 전달이 명확하진 않으나 '무엇일까', '날 수 있을까', '도달할 수 있을 것인가.', '어디로 갈 것인가' 등 시적 자아는 어딘가를 향해 끊임없이 묻고 있다. 첫 시집 이후의 시편들에서 자주 접하게 되는 잠언 형식이나 모순과 역설의 형태와는 매우 다른 양상이다. 이는 단순히 문체적인 측면을 말하는 것이 아니다. 잠언이나 역설의 경우 전달하고자 하는 의미, 내지는 진리에 대한 확고한 신뢰가 전제되어야 성립되는 형식이다.

그런데 위 인용시들에서 다발적으로 쏟아내는 질문들은 그 내용은 차치하고라도 질문으로 시를 전개하고 있다는 그 자체가 세계에 대한, 진리에 대한 믿음의 부재를 드러내고 있는 것이다. 질문이라는 것은 대체로 모르는 것에 대한 해답을 구하거나 짐작하고 있는 것에 대한 확인이 필요할 때 사용되는 방식이다. 위 시편들에 드러난 질문의 양태가 전자의 경우이든 후자의 경우이든 시적 자아에게 있어 진리에 대한 확고한 믿음이 없다는 것, 아직까지 뚜렷한 지향점을 발견하지 못했다는 것만큼은 분명한 사실이다.

'몰려오는 추위', '얼어붙은 섹스', '물질이 흘린 피', '기계들이 죽은 무덤' 등 시적 자아가 현상하는 세계는 따뜻함, 사랑, 생명 등과는 거리가 먼 비인간적이고 몰생명적인 이미지들로 가득 차 있다. "목적이 죽고, 싸늘한 외침조차 죽는"(「자동차」) 허무와 절망의 세계인 것이다. '장미꽃', '햇살', '바람과 소나기'와 같은 생명성의 대상이 등장하고 있지만 타고 재로 남아 있을 뿐이기에 불모의 세계라는 점은 달라지지 않는다. 그런데 「불 1」에서 이 생명성의 대상은 '정신'과 등가를 이루고 있다. '타버린 정신'이란 결국 자연, 생명, 아름다움 등속의 서정성과 관계된 의미들이라 할 수 있겠다. '잃어가는 그것' 또한 이 '정신'과 다른 것이 아님은 지극히 자명해 보인다. 결국 그 끊임없는 질문들이 향하고 있는 정점에는 '정신'이 자리하고 있었던 셈이다.

'얼어붙은 섹스', "정신들에 대하여 말하라", "타버린 정신들은 어디 갔는가"에서 보듯, 사랑과 욕망, 정신 혹은 이성에 대한 가치 정립은 아직 모색 단계에 있는 듯 보이지만 중요한 것은 이러한 가치들에 대한 예지에의 의지가 첫 시집에서부터 줄곧 이어져왔다는 사실이 될 것이다. 시적 경향이라든가 표현 기법은 변모되었을지 모르지만 시인이 "사랑 같은 것의 토대 위에서 이루어지는 어떤 정신적 가치"[4]로 규정했던 '존재의 완성', '완전한 삶'에 대한 지향성은 그야말로 시인으로서의 평생의 화두였음을 확인할 수 있다. 시인은 "참다운 사랑은 방법에서 이해된다"(「자동차」)고 하였다. '참다운 사랑'에 대한 탐구 또한 첫 시집에서부터 그 단초를 보이고 있다. 이 '방법'에 대한 모색과 성찰이 이후 시집들에서 중요한 시적 모티프가 되고 있다.

> 얼릴 수만 있다면
> 불은 아마도 꽃이 될 것이다.
> 끓어오르는 불길을
> 싸늘하게 얼리는 튤립.
> 불은 가슴으로 사랑하지만
> 얼음은 눈빛으로 사랑한다.
> 어찌할거나
> 슬프도록 화려한
> 봄날,
> 나는 열병에 걸렸어라.
> 추위에 떨면서도 달아오르는
> 내 투명한 이성(理性),
> 꽃은 결코 꺾어서는 안 되는 까닭에
> 눈빛으로 사랑해야 한다.
> 밤새 열병으로 맑아진
> 내 시선 앞에
> 싸늘하게 타오르는 한 떨기 튤립.
>
> —「사랑의 방식 – 그릇 38」

---

4 오세영, 『꽃들은 별을 우러르며 산다』, 시와시학사, 1991.

얼음, 불, 추위, 싸늘함 등 쓰이고 있는 시어는 『반란의 빛』에서 크게 달라진 것이 없어 보인다. 그러나 이들이 발현하고 있는 이미지와 의미는 그것과 정반대라고 할 수 있다. 『반란의 빛』에서는 죽음, 불모성과 관련된 이미지로 쓰였지만 위 시에서는 모두 사랑에 연결되고 있기 때문이다.

'불'은 '가슴으로 사랑'하는 것으로 '열병'을 표상하고 있고, '얼음'은 '눈빛으로 사랑'하는 것으로 '투명한 이성'을 표상하고 있다. '열병'은 '이성'에 상응하는 감성이라 할 수 있을 것이며, 열정적인 사랑이나 욕정 등으로 해석할 수도 있다. 그러므로 "얼릴 수만 있다면/불은 아마도 꽃이 될 것이"이라는 것은 '열정'을 '투명한 이성'으로 통어할 수 있다면 그것이 바로 사랑이라는 의미이다. 열정만으로는 꽃을 꺾기 쉽다. "꽃은 결코 꺾어서는 안 되는 까닭에" '투명한 이성'을 필요로 하는 것이다. 불과 얼음이 융합된 "싸늘하게 타오르는 한 떨기 튤립"이 바로 온전한 사랑, 완성된 사랑의 모습이다.

표면적으로는 '눈빛으로 사랑해야 한다'라고 이성을 우위에 두는 것처럼 보이나 완전한 사랑의 모습을 '싸늘하게 타오르는 꽃'으로 형상화한 것을 보면 둘의 조화에 초점이 맞추어져 있음을 알 수 있다. 얼음에 의한 불의 소멸이 아니라 얼음과 불이라는 모순적 성질의 결합을 그리고 있는 것은 궁극적으로 이성 속의 감성, 감성 속의 이성을 의미화하고 있는 것이다. 이것이 시인이 말하는 참다운 사랑의 방식인 셈이다.

> 불이 물속에서도 타오를 수
> 있다는 것은
> 연꽃을 보면 안다

물로 타오르는 불은 차가운 불,
불은 순간으로 살지만
물은 영원을 산다.
사랑의 길이 어두워
누군가 육신을 태워 불 밝히려는 자 있거든
한 송이 연꽃을 보여 주어라.
닳아 오르는 육신과 육신이 저지르는
불이 아니라,
싸늘한 눈빛과 눈빛이 밝히는
불,
연꽃은 왜 항상 잔잔한 파문만을
수면에 그려 놓는 지를.

—「연꽃」

위 시에서 '불'은 '연꽃'의 형상이자 사랑의 표상이다. '순간으로 사는 불'은 사랑의 불완전성을 형상화한 것이다. '물은 영원을 산다.' 그러므로 '물로 타오르는 불'은 영원과 순간의 혼융이며 물과 결합한 불은 순간성, 불완전성에서 벗어나 영원성, 완전성에 이르게 된다. 위 시에서 '싸늘한 눈빛'에 직접적으로 대응하는 시어는 드러나 있지 않지만 '눈빛'은「사랑의 방식－그릇 38」에서와 같이 '이성'을 의미한다. 시적 자아는 육체적인 사랑이나 욕정은 순간적인 것이며 투명한 이성, 정신적인 사랑은 영원한 것으로 인식하고 있다.

물과 불의 모순 관계에 있는 특성들의 환치로 사랑에 대한 이성과 감성, 정신과 육체의 조화를 그리고 있다는 점에서「사랑의 방식－그릇 38」과 동일한 구조를 보여주고 있다.「사랑의 방식－그릇 38」은 제5시집『사랑의 저쪽』(미학사, 1990)에 실린 작품이고「연꽃」은 제14시집『꽃피는 처녀들의 그늘 아래서』(고요아침, 2005)에 실린 작품으로 두 작품 사이에는 15년이라는 긴 간극이 있지만 참다운 사랑의 방식에 대한 시인의 인식은 일관되게 흘러왔음을 보여주고 있다. 이는 '투명한 이성'에 대한 신뢰 또한 한결같았음을 시사하는 것이다.

사랑은 '완전한 삶', '존재의 완성'에 이르는 길이자 그 토대가 되는 조건이다. 온전한 사랑을 구현하고자 고투하는 것은 존재의 완성에 이르고자 정진하는 것에 다름 아닌 것이다. 그런데 오세영의 시에서 이 온전한 사랑, 참된 사랑, 영원한 사랑의 구현을 가능하게 하는 것은 보통 서정시에서 보이는 사랑의 발현 양태인 불같은 열정이라든가 희생, 감내 이런 것들이 아니다. 오세영의 시에서 그것은 독특하게도 '투명한 이성'이다. 이는 어느 한 시기, 혹은 어느 특정한 시집의 특징이 아니다. 살펴본 바와 같이 첫 시집에서부터 일관되게 탐구하고 지향해왔던 것이 바로 '정신', '투명한 이성'이었던 것이다.

4. 자기 고양의 기제로서의 사랑

> 고독을 두려워하는 자는 시를 쓸 수 없을 것이다. 진정한 자기와 만날 수 있는 것은 오직 고독밖에 없는 까닭이다. 나는 항상 홀로 있으려 노력해 왔다. 그러나 내게 고독은 아직도 두렵기만 한 존재이다.
>
> —「단상」 부분, 『사랑의 저쪽』

위 인용문에서 간취할 수 있는 오세영 시의 고독의 의미는 두 측면에서이다. 하나는 자기 성찰의 측면이고 또 다른 하나는 시 창작의 원천이라는 측면에서이다. 오세영은 "진정한 자기와 만날 수 있는 길은 고독밖에 없다"고 단언하고 있다. 실존주의적인 견지에서 보면 인간은 세계에 '홀로 던져진' 고독한 존재이다. 모체와의 분리가 인간 실존의 가장 기본적인 조건이라는 점에서도 드러나듯 '고독'은 인간 존재의 근원적 조건이라 할 수 있다.

오세영의 시세계를 세계에 대한 허무와 절망, 고독을 극복해가는 과정으로 설명해가는 논의가 있지만 고독은 오세영의 시에서 극복해야 하는 무엇이 아니라 적극적으로 수용하고자 하는 존재의 조건이라는 점 또한 간과해서는 안 될 것이다. 오세영의 시에서 고독은 진정한 자기와 만날 수 있는 시간이며 성찰의 시간이자 자기 고양의 시간이기 때문이다. 이는 오세영의 궁극적인 지향점이라 할 수 있는 '완전한 삶'에 이르는 도정에 해당하는 것이다. 그러하기에 오세영에게 고독은 "아직도 두렵기만 한 존재"이지만 그럴수록 더욱 적극적으로 스스로를 고독 속에 위치시키고자 노력하게 되는 것이다.

> 사는 길이 높고 가파르거든
> 바닷가
> 하얗게 부서지는 파도를 보아라.
> 아래로 아래로 흐르는 물이
> 하나 되어 가득히 차오르는 수평선,
> 스스로 자신을 낮추는 자가 얻는 평안이
> 거기 있다.
>
> 사는 길이 어둡고 막막하거든
> 바닷가
> 아득히 지는 일몰을 보아라.
> 어둠 속에서 어둠 속으로 고이는 빛이

마침내 밝히는 여명,

사는 길이 슬프고 외롭거든
바닷가,
가물가물 멀리 떠 있는 섬을 보아라.
홀로 견디는 것은 순결한 것,
멀리 있는 것은 아름다운 것,
스스로 자신을 감내하는 자의 의지가
거기 있다.

—「바닷가에서」

사는 길이 높고 가파르거나 어둡고 막막할 때, 슬프고 외로울 때 바닷가에 가보라고 시적 자아는 권유한다. 그러나 그것은 단순히 삶의 역경이나 그로 인한 슬픔, 외로움 등을 잊기 위해서가 아니다. 그것은 "스스로 자신을 낮추"고, "스스로 자신을 포기하는" 등 스스로 자신을 감내하는 자의 의지를 확인하기 위해서이다. "홀로 견디는 것은 순결한 것"이고, "멀리 있는 것은 아름다운 것"이라는 사실을 다시 마음에 새기기 위해서이다. 여기서 우리는 오세영의 사랑을 주제로 한 시에서 홀로 견디는 자아, 사랑하는 사람으로부터 멀리 있는 자아가 등장할 것이라는 점을 유추해볼 수 있다. 실제로 오세영의 시에서 님은 늘 부재한 님이기도 하고 시적 자아가 능동적으로 멀리 있고자 하는 의지를 드러내기도 한다. 오세영의 시에서 사랑은 스스로를 고독 속에 위치시키고자 하는 의지의 한 방편으로 기능한다는 의미이다.

멀리 있는 것은

아름답다
무지개나, 별이나, 벼랑에 피는 꽃이나
멀리 있는 것은
손에 닿을 수 없는 까닭에
아름답다

사랑하는 사람아
이별을 서러워하지 마라
내 나이의 이별이란
헤어지는 일이 아니라 단지
멀어지는 일일 뿐이다

—「원시(遠視)」 부분

비갠후
창문을 열고 내다보면
먼 산은 가까이 다가서고
흐렸던 산색은 더욱 푸르다.
그렇지 않으랴,
한 줄기 시원한 소낙비가
더렵혀진 대기, 그 몽롱한 시야를
저렇게 말끔히 닦아 놨으니.
그러므로 알겠다.
하늘은 신(神)의 슬픈 눈동자,
왜 그는 이따금씩 울어서
그의 망막을
푸르게 닦아야 하는지를,
오늘도
눈이 흐린 나는
확실한 사랑을 얻기 위하여

이제
하나의 슬픔을 가져야겠다.

—「슬픔」

위 인용시들에서는 시적 자아가 능동적으로 스스로를 이별의 정황에 위치시키고 있다는 점에서 공통적이다. 그러나 일반적인 경험의 세계에서처럼 이별이 사랑의 끝을 의미하는 것은 아니다. “나는/확실한 사랑을 얻기 위하여/이제/하나의 슬픔을 가져야겠다”에서 보듯 이별이라든가 그로 인한 슬픔은 사랑의 단절이 아니라 ‘확실한 사랑’을 획득하는 데 매개가 되고 있다. 이별은 사랑의 종말이 아니라 단지 사랑하는 대상을 ‘멀리’, ‘손에 닿을 수 없는’ 거리에 두는 행위인 것이다. “이별이란 헤어지는 일이 아니라 단지 멀어지는 일일 뿐이다”라는 언술이 가능해지는 이유는 바로 이러한 인식에서이다. 시인의 초점은 이별의 통한이나 슬픔에 있는 것이 아니라 멀리서 참된 사랑을 유지해가는 어떠한 정신적인 것에 맞추어져 있기 때문이다.

능동적으로 고독 속에 침잠하고자 하면서도 시인에게 고독은 여전히 두려운 존재인 것처럼 사랑하는 대상과 거리를 두는 행위에도 또한 동일한 두려움이 내포되어 있을 것이다. 기실 그러한 두려움과 아픔이 없다면 고독이라든가 이별은 의미가 없게 된다. 고독과 이별의 의미는 이 두려움과 아픔을 ‘스스로 감내하는 의지’를 고양하는 데 있기 때문이다. “한 순간의 만남보다도 차라리/영원한 그리움을 선택”(「결빙」)하려는 행위 또한 이러한 맥락에서 이해되는 것이다. 위 시들에서 이별이나 외로움, 슬픔이 아름다움과 정화, 나아가 시를 쓰는 행위(「섬」)에 연결되고 있는 까닭이 여기에 있다. 따라서 ‘스스로 감내하는 의지’란 ‘정신’이나 ‘투명한 이성'과 동궤의 맥락에 자리하는 개념이라 볼 수 있다.

흔히 오세영은 그의 첫 시집『반란하는 빛』이후로 전통 서정시의 세계를 일관되게 견지해왔다고 평가하며『반란하는 빛』을 이질적인 경향의 시로 구분한다. 그런데 이토록 표나게 이질적인 경향이라 하는 첫 시집에서부터 흔들림 없이 추구해 온 지향점 중 하나가 '정신' 내지는 '투명한 이성'이다. 참된 사랑의 완성을 위해서는 이 '투명한 이성'이 요구되는데, 이성은 욕망이나 욕정을 통어하는 기능을 하며 종내에는 감성적인 것과 합일하여 사랑의 완성으로 나아가는 매개로 기능한다.

아폴론적인것과 디오니소스적인것의 교융, 이것이 시인이 생각하는 사랑의 방식이었다. 이는 '존재의 완성', '완전한 삶'에 이르는 길과도 맥락이 닿아 있는 것인데, 오세영의 시에서 고독은 '의지', '정신'의 고양과 연결되면서 존재의 완성에 이르는 도정이 되고 또한 사랑은 고독을 불러일으키는 기제가 되고 있기 때문이다. 결국 이성과 감성의 융합, 이를 통한 사랑의 완성, 고독 등은 모두 시인이 궁극적으로 지향했던 '완전한 삶'의 요건들이었던 셈이다.

"사랑 같은 것의 토대 위에서 이루어지는 어떤 정신적 가치"를 한결같이 추구해온 오세영은 바로 이러한 이유로 서정성을 견지해가는 데 있어서 끊임없이 이성적인, 너무나 이성적인 경로를 모색해왔던 것이 아닌가 한다.

> 외롭지 않은 것은 섬이라 할 수 없다.
> 망망한 바다 위에 저 홀로 깨어 있어
> 거친 물 성난 바람에도 제자리를 늘 지킨다.
>
> 멀리 있지 않은 것은 섬이라 할 수 없다.

수평선 아득히 뭍으로만 귀를 열고
백년을 하루와 같이 해조음(海潮音)을 듣는다.

외롭지 않은 자는 시(詩)를 쓸 수 없으리.
멀리 있지 않는 자는 시를 쓸 수 없으리.
시인도 섬과 같아라 백지(白紙)위에 뜬 갈매기

—「섬」

현실의 상처를 건너가는 두 가지 경로

■ 나호열, 김용화론

시인으로 하여금 시를 쓰게 하는 동력을 단선적인 몇 가지 요인으로 밝힐 수는 없을 것이나 그것이 대체로 충족이 아닌 결핍에서, 행복이 아닌 불화와 상처에서 연원하는 것이라는 데에는 동의하지 않을 수 없을 것이다. 그것이 개인적인 차원의 상처이든 시대적 혹은 존재론적 차원의 그것이든, 이에 대한 사유와 통찰, 치유를 향한 탐구 과정이 시의 존재방식 중 하나인 것이다.

나호열의 『촉도(蜀道)』와 김용화의 『루루를 위한 세레나데』를 관류하는 의미 또한 동일한 맥락에서 찾아진다. 나호열의 시에서 인식되는 세계는 살고자 "꼬리를 자른다는 것이 퇴로를 끊어버린 촉도"(「촉도」)이며 김용화의 시에서 그것은 "평생 밥 찾아 떠돌다 밥이 되어 죽는"(「밥 앞에서의 명상」) 존재들의 실존의 장이기 때문이다. 이들 시에서 상처는 존재론적이고 사회구조적인 차원에서 오는 것이다. 그러면서 이를 드러내는 데에 있어서는 시적인 부드러움을 놓치지 않는 섬세한 솜씨를 보여주고 있다.

현실을 배제하지 않으면서 현실 너머의 세계를 사유하고, 사소하고 비루한 일상에서 존재의 의미를 통찰하고 있는 것 또한 두 시인의 공통적인 특징이라 할 수 있겠다. 이 통찰을 따라가다 보면 인간과 물질 인간과 동물 등, 인간과 존재와의 관계를 성찰하게 되고 현실적인 이유로 우리가 폐기해버리거나 잃어버린 가치와 마주하게 된다.

1. '쓸모없는 것들'에 대한 열정—나호열의 『촉도』

'껌', '틀니', '담쟁이', '지렁이', '지하철' 등 나호열 시의 시적 대상은 일상에서 흔히 볼 수 있는 소재들로, 시인은 이들에 대한 사유를 통해 현대사회의 익명성이나 물질성, 그로 인해 발생되는 존재의 소외를 드러내 보인다. 그러나 나호열의 시는 이러한 현실에 대한 비판에 경도되어 있다기보다는 존재론적인 탐구와 성찰에 초점을 맞추고 있고, 오히려 경우에 따라서는 "눈길 닿지 않는 구석에 처박혀 있는"(「보자기의 꿈」) 주변적 존재에 대한 따듯한 시선 또한 보여주고 있다.

> 안산행 지하철 지금 막 동굴 속으로 들어가고 있다
> 오후 2시에서 3시를 향하여
> 지팡이로 더듬거리며 한 사나이 마지막 칸을 향하여
> 걸음을 옮기고 있다
> 어두운 물방울들이 합쳐지지 않은 채 굉음을 내며
> 지난 신문을 읽거나 졸고 있다
> 마지막 칸까지 갔던 사나이가 빈 동전 바구니를 흔들면서
> 오후 2시와 3시 사이를
> 혜화역과 동대문 역 사이를
> 머리와 꼬리 사이를 지팡이로 내리치면서 지나간다

동굴은 철갑으로 둘러싸인 물방울들이
서로 부딪칠 때마다 내는 날카로운 비명 때문에 더욱 어두워진다
내려야 할 곳을 잊지 않으려면 눈이 좋거나 귀가 밝아야 하는데
굉음이며 비명인 물방울들은 눈이 멀었다
빨리 이 생을 지나치고 싶은 어떤 날
어디로 가고 있는지 궁금하여 미치고 싶은 어떤 날

—「어디로 가고 있나」

위 시는 "오후 2시와 3시 사이", "혜화역과 동대문역 사이"를 지나가고 있는 "안산행 지하철" 안을 배경으로 하고 있다. 지하철 승객들은 "신문을 읽거나 졸고 있"고 구걸을 하는 '사나이'가 지하철 칸칸을 "지팡이로 더듬거리며" 다니고 있는 등 흔한 일상의 광경 중 하나가 시의 소재가 되어 있는 것이다. 이 시에서 승객은 "어두운 물방울"로 표상되고 있다. 이 '물방울'들은 "철갑으로 둘러싸"여 결코 "합쳐지지 않"으며 "서로 부딪칠 때마다" 비명과 굉음을 내기도 한다. 이들은 눈까지 멀어 있어 결국 내려야 할 곳을 지나쳐 가게 될 것이다.

승객이 현대인에 대한 메타포라면 익숙한 지하철 안 풍경은 현대사회의 모습에 다름이 아니다. 현대사회의 파편화된 관계와 그로 인한 상처, 소외 등을 '비명'과 '굉음'으로 표상하고 있는 것이다. 그러나 정작 시인이 초점을 두고 있는 것은 보다 근원적인 것에 놓여 있는데, 이 시의 제목이기도 한 이 세계가 "어디로 가고 있는지"에 관해서 묻고 있기 때문이다. 결국 시적 자아 또한 "철갑으로 둘러싸"여 서로를 향해 "날카로운 비명"을 질러대는 존재들과 같은 현실에 처해 있는 공동운명체로 느끼고 있는 것이다.

맹목으로 달려가던 청춘의 화살이
동천 눈물주머니를 꿰뚫었는지
눈발 쏟아지는 어느 날 저녁
시인들은 역으로 나가 시를 읊었다

오고 가는 사람들 사이에
장미가 피고 촛불이 너울거리는 밤
누가 묻지 않았는데 시인들의 약력은
길고 길었다

노숙자에게 전생을 묻는 것은 실례다
채권 다발 같은 시집 몇 권이
딱딱한 베개가 될지도 모르겠다
어둠한 역사 계단 밑에서 언 손을 녹이는
불쏘시개가 될지도 모르겠다

하늘이 내리시는 무언의 시가
발밑에 짓이겨지는 동안
가벼운 재로 승천하는 불타는 시가
매운 눈물이 된다

아, 불타는 시

—「불타는 시(詩)」

인용한 시는 현대사회의 모습을 드러내 보여줄 뿐만 아니라 이러한 현실에 있어서 시의 의미란 무엇인가를 생각게 하는 작품이기도 하다.

〈일 포스티노(Il Postino)〉라는 영화로도 잘 알려진 칠레의 시인 파블로 네루다(Pablo Neruda)는 이 영화에도 소개된 바 있는 작품「시」에서 스스로가 시를 선택한 것이 아니라 시가 자신을 찾아왔다고 표현하고 있다. 시는 "목소리가 아니었고, 말도 아니었으며 침묵도 아니었"다고 하면서 그것은 "어떤 길거리에서", "갑자기 다른 것들"로부터, "격렬한 불 속"에서 자신을 불렀다고 했다. 시가 그 어떤 것으로 규정될 수 없는 것이라 한다면 그것은 그 모든 것이 '아닐' 수도, 역으로 그 모든 것일 수도 있다. '목소리'이기도 하면서, '말'이기도 하고, 그리고 '침묵'이기도 한 것이 시라는 의미가 되는 것이다.

인용시의 소재들인 "맹목으로 달려가던 청춘의 화살", '역', '촛불', '노숙자' 등등은 우리 사회를 표상하는 대표적 상관물들이라 할 수 있다. "동천 눈물주머니를 꿰뚫었"다는 표현에서 "맹목으로 달려가던 청춘"에 대한 연민과 슬픔, 분노 등이 느껴진다. 이러한 정서의 발현은 자연스럽게 '역', '촛불' 등의 시적 대상에서 시위나 시민 문화제의 현장을 유추하게 한다. "시인들이 역으로 나가 시를 읊"는 행위도 동일한 맥락에서 이해될 수 있다. 이러할 때 시는 그 어떤 구호보다도 가슴에 울림을 주는 우렁찬 '목소리'가 되며 공감과 연대를 이끄는 '말'이 될 수 있는 것이다.

또 한편으로 "맹목으로 달려가던 청춘"은 '노숙자'와의 연계성으로 설명할 수도 있을 것이다. 물을 수 없는 '노숙자'의 전생이 "맹목으로 달려가던 청춘"은 아니었을까. 이들에게 시는 '목소리'나 '말'로 매개될 수 없는 것에 해당한다. "딱딱한 베개", 혹은 "언 손을 녹이는 불쏘시개"나 될지 모르는 일이다. 이러할 때 시는 '침묵'이다. "하늘이 내리시는 무언의 시"는 "발밑에 짓이겨지"고 지상에서 불타고 있는 '침묵의 시'는 "가벼운 재로 승천"하여 종국에는 "매운 눈물"이 되고 만다.

위 시는 시가 어떻게 삶 속에 스며들 수 있는가를 묘파해냈다는 점에서 의미가 있다. 반복되는 삶들이 일상성에 매몰되지 않고 시로 승화될 수 있는 것은 현실 너머의 세계에 대한 시인의 사유 때문이다. 인용시는 시가 '현실 너머의 무엇'이라는 것에 얽매이지 않을 때, 혹은 '시'라는 권위를 내려놓을 때, 삶 속으로 성큼 들어설 수 있음을 알려주고 있다.

그렇다면 이러한 '촉도'라는, 파편화된 세계 상처의 세계를 건너가는 시인의 전략은 무엇일까. 그는 두 가지의 길을 예비해두고 있다. 그 하나가 능동적으로 '주변인', '외톨이'이 되는 일이다.

천형은 아니었다
머리 함부로 내밀지 마라
지조 없이 꼬리 흔들지 마라
내가 내게 내린 약속을 지키려 했을 뿐이다
뿔 달린 머리도
쏜살같이 달려가는 시간의 채찍 같은 꼬리도
바늘구멍 같은 몸속으로 아프게 밀어 넣었을 뿐

지상을 오가는 더러운 발자국에
밟혀도 꿈틀거리지 않으려고 지하생활자가 된 것은 아니다
주변인이라고 불러도 좋겠다
외톨이라고 불러도 좋겠다
햇볕을 좇아 하늘을 향해 뻗어 가는 향일성의 빈손보다
악착같이 흙을 물고 늘어지는 뿌리의 사유 옆에서
거추장스러운 몇 겹의 옷을 부끄러워했을 뿐

제자리를 맴도는 세상에서
빠르거나 느리거나 오십 보 백 보
허물을 벗을 일도
탈을 뒤집어쓰다 황급히 벗다 얼굴을 잃어버리는 일도 내게는 없으나

온몸을 밀어 내며 나는 달려가고 있다
이 밝은 세상에서 어두운 세상으로
온몸을 꿈틀거리며 긴 일획을 남기며 가고 있다

—「지렁이」

"하늘을 향해 뻗어 가는 향일성의 빈손"이란 끊임없이 확대 재생산해낼 뿐, 결코 채워지지 않는 현대인의 허황된 욕망을 표상한다. "쏜살같이 달려가는 시간의 채찍"에 매달려 "뿔 달린 머리"를 "함부로 내밀"거나 "지조 없이 꼬리 흔들지" 않기 위하여 '천형'이 아니라 스스로 "지하생활자"를 선택하게 되었다는 것이다. 그렇게 "쏜살같이 달려가"봤자 "제자리를 맴도는 세상에서/빠르거나 느리거나 오십 보 백 보"임을 아는 까닭이다.

시인은 '촉도'를 건너가는 자세가 어떤 것이어야 하는지를 이 작품에서 구체적으로 말하고 있다. "지상을 오가는 더러운 발자국에/밟혀도 꿈틀거리지 않"으며 오히려 "거추장스러운 몇 겹의 옷을 부끄러워"하는 태도, '주변인', '외톨이'로 불리기를 주저하지 않으며 "온몸을 꿈틀거"려서라도 기꺼이 "밝은 세상에서 어두운 세상으로" 나아가는 태도가 그것이다. 이런 자세는 "악착같이 흙을 물고 늘어지는 뿌리의 사유"를 통해서 가능해진다. 모두 드러나 있는 '밝음'이 아니라 드러나 있지 않은 진실, '아니'고 '모르'는 "어둠의 세상"을 향한 사유를 지향함으로써 추동되는 것이다.

이처럼 능동적으로 '주변인', '외톨이'가 되는 것이 '촉도'를 건너는 하나의 태도라면 또 다른 하나는 현대사회가 발전을 담보로 끊임없이 포기해 온 가치들에 대한 추구로 드러난다.

오늘도 나는 청소를 한다

하늘을 날아가던 새들의 어지러운 발자국
어두운 생각 무거워
구름이 내려놓은 그림자

지상에서는 쓰레기라 부르는
그 말씀들을
버리기 위해서가 아니라
화로 같은 가슴에 모으기 위해
기꺼이 빗자루를 든다

누군가 물었다
성자가 된 청소부는 누구이며
청소부로 살다 성자 된 이는 또 누구인가

나는 망설이지 않고 대답하리라
사라졌다가 어느새 다시 돋아 오르는 새싹을
그 숨결을
당신은 비질하겠는가
아니면 두 손 받들어 공손히 받쳐 들겠는가

—「성자와 청소부」

'하늘'과 '지상', '성자'와 '청소부', '말씀'과 '쓰레기' 등 위 시는 제목에서부터 전체에 걸쳐 성(聖)/속(俗), 혹은 귀(貴)/천(賤)이라는, 의미의 이항대립적인 구도로 진행되고 있다. 그런데 이 구도는 표층적인 층위에서 이루어지는 것일 뿐 대립의 경계는 끊임없이 무화되고 있다. "지상에서의 쓰레기"는 곧 "하늘의 말씀"이고 '청소'는 "버리기 위해서가 아니라" "모으기 위해"서이며 "성자가 된 청소부"나 "청소부로 살다 성자 된 이"는 궁극적으로 등가로 의미화되기 때문이다.

이러한 이항대립의 관계나 개념은 지금 여기의 질서 체계, 곧 일상의 현실을 대변한다. 반면 "하늘을 날아가던 새들의 어지러운 발자국"이나 '구름'의 "어두운 생각", "돋아 오르는 새싹"의 '숨결' 등은 여기에 포섭되지 않는 의미항들이다. 시인은 이를 "지상에서는 쓰레기라 부르는 것들"로 사유한다. 즉 끊임없이 경쟁을 부추기는 자본주의 현대사회에서 이들과 같이 경제적 가치로 환원되지 않는 것들은 지극히 쓸모가 없는, 따라서 '버려야' 하는 가치들이라는 것이다.

"당신은 비질하겠는가 아니면 두 손 받들어 공손히 받쳐 들겠는가"라는 물음은 이러한 가치들에 대한 인간의 근원적 지향을 상기토록 한다. 나아가 이는 또한 시인의 인간 본성에 대한 믿음을 드러내는 것이기도 하다. "망설이지 않고" 물을 수 있는 시적 자아의 태도에서 어떤 확실한 대답을 들을 수 없기 때문이다. 기실 이 물음에 대한 답은 무엇을 선택하든 하나로 귀결될 것이다. 이 시에서 '비질'은 "화로 같은 가슴"에 '말씀'들을 "모으기 위"한 행위이기 때문이다. 이는 "성자가 된 청소부"의 겸허한 행위이자 '청소부'에서 '성자'가 될 수 있었던 까닭이기도 하다. 따라서 '새싹의 숨결'을 '비질'하는 것과 "두 손 받들어 공손히 받쳐" 드는 것은 동일한 의미망에 속하는 행위들이라 할 수 있다. 가령 "하늘을 우러르는 맑고 그윽한 일"(「바람의 전언」)과 같은.

결국 "지상에서는 쓰레기라 부르는", 그 쓸모없는 것들이 인간을 구원하는 것인데, 이는 시인이 추구하는 가치이기도 하다. 그렇기에 『촉도』에서 이러한 시의식과 주제를 발현하고 있는 작품을 찾는 것은 어려운 일이 아니다.

전봇대에 기대어 하루 종일 개점휴업인
사내의 머리 위에 떨어질 듯 위태롭게 펄럭이는

칼 가세요

지나가는 바람이 심심한 듯 칼을
갈로 가는 동안

시퍼렇게 벼리고자 했던 몸이
스르르 한 세상 공중제비를 돌면서
이윽고 한 자루의 칼이
어떻게 가을이 되는지
저 홀로 부끄러워 낯 붉어지는
한 사내의 꿈

—「칼 가는 사내」

입시 전쟁, 취업 전쟁 등등 우리 사회가 각종 전쟁의 장이 되어온 지도 오래다. 칼을 갈아야만 살 수 있는 세계라는 점에서 "칼 가세요"라는 "사내의 머리 위에 떨어질 듯 위태롭게 펄럭이는" 호객 문구는 현대인의 삶을 추동하는 슬로건으로까지 의미가 확장된다. "전봇대에 기대어 하루 종일 개점휴업인 사내"의 '꿈'은 바로 '칼'을 많이 가는 것이다. 이러한 '사내의 꿈'이 "부끄러워 낯 붉어"진다는 대목에서 "시퍼렇게 벼린" 날들은 결국 서로를 베는 흉기가 될 것임을 간취해볼 수 있다.

그런데 이 시에서 '칼'은 '갈'로, '갈'에서 다시 '가을'로 의미론적 변이를 거치게 된다. 시인의 탁월한 언어 감각이 돋보이는 대목이 아닐 수 없는데, '펄럭임'에 의해 '칼'자가 '갈'자로 보이는 순간을 시인은 "지나가는 바람이 칼을 갈로 간" 것으로 언어를 조탁시키고 있는 것이다. 그저 "지나가는 바람"에 의해 "한 자루의 칼"이 "가을이 되"고 있는 것이다. "지나가는 바람"은 바로 실용적인 것과는 거리가 먼, "지상에서는 쓰레기라 부르는" 것에 속하는 대상이다. 따라서 이 시에서 "지나가는 바람"에 의해 '칼'이 '가을'이 되는 과정은 쓸모없는 것들이 인간을 구원하는 그것을 표상하는 것에 다름 아니다.

"지상에서는 쓰레기라 부르는" 이 '쓸모없는 것들'의 중심에 자리하고 있는 것은 바로 '사랑'이다.

> 사그락거리는 내 몸이 배운 단어들을
> 한 마디로 축약하면 별이다
> 모래시계 속에서 낙하하는 별들을
> 또 한 마디로 더 줄이면 바람이다
> 바람 속에 숨어있는 둥지 안에는
> 아직 내가 배우지 못한 단어가
> 부화되기를 기다리고 있다
> 나는 낡아가고
> 그 알은 익어가고
> 단어장에 마지막으로 배운 그 말
> 푸른 잉크에 묻혀 나올 때
> 푸드득 무한을 향해 날아가는 새
> 먹물같은 그림자를 남긴다.
> 사랑이라는 말
>
> —「낡아가고…… 익어가고」

"몸이 배운 단어들"이란 바로 시적 자아의 삶 자체이다. 이를 축약하면 '별'이고 더 줄이면 '바람'이라는 것은 결국 인간은 자연의 일부이며 이들의 삶은 자연에서 비롯하여 자연으로 스며드는 것이라는 의미이다. 그런데 시적 자아가 "아직 배우지 못한 단어", "마지막으로" 배우게 될 '말'이 있는데 그것이 바로 '사랑'이다. 육신이 "낡아가"는 것이 슬프지만은 않은 까닭이기도 하다. 시간이 흐름에 따라 물리적인 것들은 낡아갈 수밖에 없지만 '사랑'과 같은 초월적인 것들은 "무한을 향"하여 나아갈 수 있기 때문이다. 곧 낡아가는 것이 아니라 "부화되기를 기다리"며 "익어가"고 있는 것이다.

그러나 '부화'된다고 해서 지닐 수 있는 것이 사랑은 아니다. "사랑이라는 말"을 배우는 순간, 그것은 "푸드득 무한을 향해 날아가"기 때문이다. 사랑의 다른 이름은 자유라는 의미도 될 수 있겠다. 또 한편으로는 "전쟁이 뭔지도 모르고 전쟁을 치르고서야 전쟁 아닌 시간에 대해서 뉘우치는 것"(「생각하는 사람」)과 같이 진정한 사랑의 가치는 그것을 잃은 후에야 알게 된다는 의미도 될 수 있다. 그래서 사랑이 남기게 되는 "먹물같은 그림자"란 어쩌면 "이미 예정되어 있는 거역할 수 없는 슬픔"(「가슴이 운다」)인지도 모른다.

나호열은 그의 시에서 현실을 회피하지 않고 철저하게 그것에 기반하고 있으면서도 끊임없이 현실 그 너머의 것을 사유하고 지향하고자 하는 의지를 보여주고 있다. "지상에서는 쓰레기라 부르는", '쓸모없는 것들'이 그의 시세계에서는 주류를 이루고 있으며 그 중심에 '사랑'이 자리하고 있는 것이다. '주변인'으로서의 이 쓸모없는 것들에 대한 열정이 나호열 시의 요체라 할 수 있겠다.

2. 상실의 아픔을 어루만지는 생태적 상상력 –김용화의 『루루를 위한 세레나데』

모체로부터의 분리가 탄생의 전제 조건임을 상기할 때 인간은 애초에 상실을 내재한 채 태어나 끊임없이 그 결핍을 견디며 살아가는 존재라 할 수 있다. 물건에서부터 명예나 지위와 같은 추상적 개념, 교감을 나누었던 존재에 이르기까지 상실의 대상과 양상은 매우 다양하겠지만 의미 있는 대상의 죽음만큼 큰 충격을 주는 상실도 없을 것이다. 애도는 이 돌이킬 수 없는 상실로 인한 아픔을 건너가기 위해 체험해야 할 과정이라 할 수 있으며, 그 과정이 제대로 이루어지지 않으면 주체는 상실의 대상을 내면화하여 자기 파괴적인 무력감, 즉 우울에 이르게 된다.

김용화의 『루루를 위한 세레나데』에서는 '아버지'(「아버지」)를 비롯하여 마을 할머니(「할머니와 제비」,「노파와 개」, 「폐지 줍는 할머니」), 세월호 유가족, 집에서 키우던 개(「쎄리」, 「개밥바라기별」, 「루루를 위한 세레나데」 등), 소(「소의 유언」, 「어떤 소의 죽음」) 등등 헤아릴 수 없이 많은 죽음을 마주하게 된다. 이에 따른 상실의 주체와 대상도 다양하게 등장하고 있음은 물론이다. 시집의 제목에 등장하는 '루루' 또한 실제로 오랜 시간 함께해왔던 시인의 반려견으로 지금은 곁에 없는 상실의 대상인 것을 보면 김용화의 『루루를 위한 세레나데』는 그것 자체로 끈끈하고도 성실한 애도의 과정을 현현하고 있는 것처럼 보인다. 시인은 왜 이토록 다양한 존재의 '죽음'에 천착하게 된 것일까.

> 사자한테 잡혀 할 수 없이 목을 내어주는
> 애기 순록의 하얀 눈빛,

멀뚱히 바라만 볼 뿐
어미는 딱딱해지는 젖 몸이 아려왔다

툰드라의 바람이 한 차례
세차게 불어가고

아무 일 없었다는 듯 어미는
앞발로 눈을 헤치며
이끼 풀을 더 뜯다가
남은 가족 데리고 무리 속으로 사라져갔다

—「순록」

이 작품에서 세차게 부는 "툰드라의 바람"만큼이나 가혹한 현실이 그려지고 있지만 시적 자아는 대상들과의 거리를 상정해두고 관찰자의 시선으로 바라볼 뿐이다. 주목할 점은 사자에게 잡힌 '애기 순록'이 "목을 내어주는" 것으로 표현하고 있다는 것이다. '어미' 또한 "딱딱해지는 젖 몸이 아려"옴에도 불구하고 "아무 일도 없었다는 듯" 풀을 뜯고 급기야는 "남은 가족을 데리고 무리 속으로 사라져"버린다. 마치 자신의 의지 밖의 일임을 알고 자연의 순리에 순응하는 듯.

「늙은 산양의 죽음」이라는 시에서 "무리를 떨어져 나"와 죽음에 이르게 되는 '산양'도 동일한 양상을 보인다. 숨을 몰아쉬며 몇 시간 동안 가만히 멈춰 서 있는 등 버틸 수 있을 때까지 버텨보지만 자신의 "힘이 다함을 알"고는 "두 눈을 조용히 감"는다. '산양'의 눈가에 "이슬이 맺"힌다거나 어미의 "젖 몸이 아려"오는 것으로 죽음에 대한 불안이나 상실감을 드러내고는 있지만 시인의 시선은 미물임에도 죽음을 자연의 일로 수용하는 태도에 초점을 맞추고 있음을 알 수 있다. 이러한 면들은 '아버지'의 죽음을 묘사한 시에서 보다 명징하게 드러난다.

지난겨울 온 세상이 하얀 눈 속에 묻힌 날,
아버지는 호올로 세상을 떠났다
대학병원, 요양병원을 수차례 전전하다
끝끝내 고향집으로 내려가지 못하고
요양병원 집중치료실에서
거인처럼, 차력사처럼, 온몸에 바늘을 꽂고
고무호스 주렁주렁 늘어뜨린 채
이승의 마지막 끈을 놓아버렸다
생전에 아버지는 개미 한 마리 밟지 않으려고
고갤 숙이고 땅만 보고 다녔다
짐 자전거를 많이 끌어서
한쪽 어깨는 주저앉고 한쪽은 솟아올랐다
영하 18도의 살뚱맞은 추위 속에
하늘은 연사흘째 사카린 같은 눈을 뿌렸다
적막하디적막한 새벽 한 시 –
비보를 받고 달려간 요양병원 집중치료실,
하얀 칸막이가 쳐진 하얀 시트 위에서
아버지는 단 한마디 말이 없고
고향에서 올라온 홍시 하나, 조등을 켜고
아버지 마지막 밤을 꺼질 듯 비추고 있었다.

—「아버지」

적막하고 쓸쓸하다는 점에서 '아버지'의 죽음의 순간은 "애기 순록"이나, "늙은 산양"의 그것과 다르지 않지만 환기되는 정서에는 확연히 다른 무언가가 있다. '순록이나 산양의 죽음'의 장면에서는 정서적인 반응이 먼저 일어나는 것에 반해「아버지」에서는 슬픔이나 안타까움 등이 상황에 대한 이해를 통해 환기되고 있다는 점에서 이채로운 경우이다. 이는 “온몸에 바늘을 꽂고 고무호스 주렁주렁 늘어뜨린 채” 누워 있는 아버지 주검에 대한 묘사가 슬픔으로 직핍해 들어가는 것을 방해하는 장치가 되고 있기 때문으로 보인다.

“거인”이나 “차력사”처럼 억지스럽게 보이는 아버지의 주검은 “개미 한 마리 밟지 않으려고 고갤 숙이고 땅만 보고 다녔”던 ‘아버지’의 생전 모습과는 매우 대조적으로 그려진다. 「아버지의 봄」이라는 시에서도 ‘아버지’는 ‘아지랑이’와 ‘노랑나비’와 신비롭게 어우러지고 있는데 이처럼 시인의 시선에 아버지는 자연의 일부로, 자연과 더불어 살아가는 존재로 비춰졌던 것이다. 그러한 ‘아버지’가 “끝끝내 고향집으로 내려가지 못하고”, 요양병원에서 “호올로” 임종을 맞은 것이다. 아버지와 고향의 강한 연결성은 “고향에서 올라온 홍시 하나”가 “조등을 켜고 아버지의 마지막 밤”을 비추고 있는 것에서도 드러난다.

죽음에 대한 시인의 그러한 관점이 자연의 순리에 대한 인식에서 비롯된 것임은 분명해 보인다. 그러나 더 근원적으로는 우주 안에서 모든 존재는 상호 유기적 관계로 연결되어 있다는 생태적 상상력에서 비롯된 것이라 할 수 있다. 김용화의 시에서 드러나고 있는 여러 다양한 양상의 ‘죽음’, 시적 대상으로 빈번하게 등장하는 온갖 동물들과 자연, 이들과 인간과의 관계, 시세계의 저변에 포진해 있는 모성성과 동심 등을 모두 아우를 수 있는 범주의 의미망은 이 생태적 상상력과 밀접하게 결부되어 있기 때문이다.

시인의 시에서 생태적 상상력이란 ‘아버지’와 ‘고향’, ‘아버지’와 ‘자연’의 관계처럼 모든 생명은 자연의 일부이자 자연 안에서 혈연과 같이 강하게 연결되어 있다는 믿음에서 발현된다. 특히 「노파와 개」, 「꽃샘추위」, 「폐지 줍는 할머니」 등과 같은 개와 할머니를 소재로 한 시들에서 이러한 특징이 잘 드러나고 있다.

쎄리가 팔려갔다, 할머니는 막내를 업고
방죽머리까지 따라 나가
마지막 가는 길을 지켜 주었다

이튿날 어둠이 짙게 깔린 새벽
웅앙웅앙－문살 긁으며 우는 소리가 들려왔다
빗속을 뚫고
읍내 삼십 리 길을
피투성이가 되어 도망쳐 온 것이었다

“영물이여, 영물이여……”
할머니는 하얀 행주로 쎄리 몸뚱이를 닦아주고
쎄리는 꽃잎 같은 혀로
할머니 손등을 핥아 주었다

날이 밝았다
문 밖에 개장수가 서 있었다
납죽 배를 깔고 파들파들 떨며
슬픈 눈빛으로 식구들을 번갈아 쳐다봤다

스피커 줄에 묶여
자운영 꽃 붉은 논둑길 따라
멀리 희미한 한 개 점으로 지워져가던 쎄리……

—「쎄리」

위 시의 시적 표정은 처연함이다. 이 슬픔의 정서는 '쎄리'와 '할머니'의 강한 연결성에서 연원한다. 키우던 개를 팔면서 "방죽머리까지 따라나가 마지막 가는 길을 지켜 주"는 할머니나 "피투성이가 되어 읍내 삼십리 길을 도망쳐 온" 개의 행위는 바로 이 관계 틀에서 비롯된 것이기 때문이다. 특히 "하얀 행주로 쎄리 몸뚱이를 닦아주"는 '할머니'의 행위는 마지막을 위한 경건한 의식을 연상케 한다. "꽃잎 같은 혀로 할머니 손등을 핥아 주는" 쎄리의 행동은 남아 있는 자에 대한 위로의 의미로 이해할 수 있다.

「소의 유언—구제역으로 살처분된 이 땅의 소들을 진혼하며」에서도 살처분될 운명에 처한 소가 "다 알아요, 집 나올 때 왜 주인님 다순 손이 제 언 잔등에서 오오래 떨리고 있었는지 고욤나무 쳐다보며 한사코 줄담배만 태우셨는지…… 뼈는 묻고 살은 썩어서 꽃 피는 봄이 오면 이 땅을 푸르게 할 거름이 되어드릴게요"라고 오히려 인간을 위로하는 장면이 나온다.

날이 밝고 '쎄리'가 다시 개장수에게 끌려가는 대목은 잔혹해 보이지만 그렇다고 위 시가 인간의 비정함을 드러내는 데 초점을 맞추고 있는 것이 아님은 자명하다. 이는 「장구미 고모」라는 작품의 "할머니가 다섯 살난 딸을 삽다리 제재소 집, 애 보는 아이로 주고 온 날 밤에도 모녀는 다른 지붕 아래서 저렇게 울었을 것이다"라는 대목에서도 확인되는 바이다. '개'와 '딸'이라는 시적 대상에는 차이가 있지만 키우던 대상을 어쩔 수 없는 상황에서 떼어 보내고 상실의 아픔을 겪는 주체의 심리를 드러내는 구도는 동일하기 때문이다. 따라서 헤어지는 상황이 아니라 그러한 상황에서도 단절되지 않는 존재 간의 연결성에 주목해야 하는 것이다. "마지막 가는 길을 지켜 주고", "하얀 행주"로 정성스레 몸을 닦아주고 보이지 않는 곳에서 '우는' 행위는 모두 이러한 연결성에서 연원하는 애도의 과정으로 볼 수 있다.

이러한 맥락에서라면 모든 존재는 자연 안에서 단순한 공존을 넘어 공생의 관계에 있는 것인데 인간의 이기심과 끝없는 탐욕이 이 연결에 대한 감각을 무디게 만들어왔던 것이라 할 수 있다. 시인은 이 시집의 3부를 주로 이와 같은 주제의 작품으로 묶어 구성했다. 마주하기 불편한 현실이 드러나고 있는 시편들이지만 전언한 바와 같이 어디까지나 시인은 존재 간의 연결성 내지 연기의 관계에 초점을 맞추고 있지 비판 자체에 목적을 두고 있지는 않다. 이러한 시의식을 비교적 분명하게 드러내고 있는 시가 「밥 앞에서의 명상」이다.

> 종종걸음으로 따라가던 우리 집 염소는
> 한 치 앞을 알아채기나 했을까
> 아삭아삭 배추 잎을 베어 먹던 고 놈,
> 하늘 아래 숨 받은 것은
> 밥이 되기 위해 밥을 먹는다
> 뱅어자반 속에 깨알처럼 박혀 있는 눈알은
> 총 몇 개나 될까
> 아기다람쥐는 누구의 밥이 되기 위해
> 엄마의 길을 밟았을까
> 총 맞고 사선으로 날던 콩새는 지금쯤
> 어느 숲에 떨어져 밥이 됐을까
> 더듬이가 긴 징게미는 볼록렌즈를 끼고
> 왜 그물망을 피하지 못한 것일까
> 칠산 바다에서 잡혀온 조기들은
> 어째서 하나같이 입을 벌리고 있을까
> 태평양을 가르던 명태는 어찌하여

만삭의 알 보자기를 풀지 못한 채 잡혀왔을까
하늘 아래 숨 받은 것은
평생 밥 찾아 떠돌다 밥이 되어 죽는다
나는 누구의/밥이 되기 위해 밥 앞에 앉아 있는 것일까

—「밥 앞에서의 명상」

자연의 순리를 감각하고 순응했던 '애기 순록'과 '늙은 산양'처럼 위 시에 등장하는 많은 동물들은 "누구의 밥이 되기 위해 밥을 먹는 것으로" 시인은 인식하고 있다. 자연계의 먹이사슬, 혹은 더 나아가 존재의 유한성을 극단적으로, 과장된 포즈로 표현하고 있기에 이 또한 먹이사슬의 꼭대기에 자리하고 있는 인간의 잔혹함을 비판하는 듯하다. "뱅어자반 속에 깨알처럼 박혀 있는 눈알"이라든가 "아기다람쥐", "만삭의 알 보자기를 풀지 못한 채 잡혀온 명태" 등은 연민을 불러일으킴과 동시에 포식자에 대한 비정의 정서로 이어지기 쉽기 때문이다.

그러나 시인은 "하늘 아래 숨 받은 것은 평생 밥 찾아 떠돌다 밥이 되어 죽는다"라고 단언한다. 여기에는 어떠한 존재도 예외가 있을 수 없다는 뜻이 함의되어 있는 것이다. 따라서 시적 자아의 "나는 누구의 밥이 되기 위해 밥 앞에 앉아 있는 것일까"라는 "밥 앞에서의 명상"은 결코 자조나 체념에서 나온 발화가 아니다. "하늘 아래 숨 받은 것", 다시 말해 자연 안의 모든 존재는 결국 모두 흙이 되고 물이 되어 자연으로 되돌아가 또 다른 존재의 '밥'이 되고 그 존재의 일부로 남게 되는 것이다. 이것이 바로 모든 존재가 연결되어 있고 연기의 관계에 있으며, 하나의 우주적 전체를 이루고 있다는 생태적 상상력의 발상이라 할 수 있을 것이다.

201동과 202동을 잇는 전깃줄 위에

강남 제비 종종종 모여 앉아
지지배배…지지배배…지지배배…
항로 정보를 교신하고 있다
103호 검버섯 활짝 핀 영천댁 할머니,
아침 일찍 머리 감아 빗고 경로당 화단에 쪼그리고 앉아
맑게 갠 하늘을 쳐다보고 있다
102호 유모차 할머니,
이태 전 바닷가 모래밭에 해당화로 피어나고
203호 청양댁 할머니,
달포 전 고향 산 할미봉에
쑥국새가 되어 운다
교신이 끝난 제비들이 하나씩, 둘씩,
하늘 높이 날아오른다
오늘 같은 날은
꽃신 신고 먼 길 떠나기 참 좋은 날이다

—「할머니와 제비」

이 시는 죽음을 가까이 느끼는 '할머니'를 때가 되면 다시 돌아오는 '강남 제비'로 비유한 작품이다. 자연과 인간이라는 독특한 상상력이 돋보이는 경우인데, "제비들이 하나씩, 둘씩, 하늘 높이 날아오른다"는 것은 '할머니'들이 '하나씩, 둘씩' 이 세상을 떠난다는 의미에 다름 아니다. 그런데 이 시에서 죽음은 종말이나 단절이 아니다. 제비가 다시 돌아오듯이 "하늘 높이 날아오른" 할머니들을 "바닷가 모래밭에 해당화로 피어나"거나 "고향 산 할미봉에 쑥국새"로 태어나는 등 또 다른 순환의 형상으로, 곧 자연의 영역 틀로 한정시키고 있기 때문이다. 죽음을 소재로 하고 있지만 분위기가 어둡지 않은 까닭이 여기에 있다. 시인이 죽음을 인식함

에 있어 모든 존재는 서로 유기적으로 연결되어 있고 순환한다는 생태적 상상력을 근간으로 하고 있기 때문이다.

> 이제는 가리, 은하 강 푸른 물결
> 하얀 쪽배를 타고
> 청보리밭 사잇길로 우마차 타고
> 필릴리－필릴리－
> 하루 반나절을 들어가면
> 우물가에서 흰 닭이 울고
> 저녁연기 하늘로 긴 머리를 풀어 올리는
> 탱자꽃 달밤에 환한 그 집,
> 흰 무명저고리 여인이
> 아랫목에 더운 밥 묻어 놓고
> 밤마다 젖은 눈을 깜빡이는 곳으로
>
> —「귀가」

'피리소리'나 '흰 닭의 울음', '하늘로 올라가는 연기', '흰 무명저고리 여인' 등은 모두 주술, 제의, 초월적 세계를 환기하게 하는 상관물들이다. 따라서 "은하 강 푸른 물결 하얀 쪽배를 타고" 가야 하는 '그 집'은 죽음의 세계로 볼 수 있다. 이러한 시적 대상들이 어우러져 죽음의 세계를 신비로우면서도 따듯한 공간으로 구현해내고 있다. 이처럼 이 시에서도 죽음은 두렵고 피해야 할 미지의 세계가 아니다. 가야 할 때가 되었을 때 모두 내려놓고 "이제는 가리"라고 기꺼이 발길을 돌리게 되는 쉼이 있는 공간이다. "아랫목에 더운 밥 묻어 놓고" 기다리는 '여인'이 있는 '집', 돌아가야 할 이유가 있는 '그 집'이 바로 죽음의 세계가 표상하고 있는 바이기 때문이다.

깊은 산골 오두막에 할머니가 삽니다
해와 달과 별과
꽃과 새와 나비는 할머니 가족입니다
토방 위엔 온종일 햇빛이 뛰놀고
밤 되면 먼 나라 아기별들이 속삭여줍니다
궁노루 발짝 찾아가며 버들개지 피고
산벚나무 꽃망울 붉어지면
도란도란 도랑 물소리 귀를 맑게 틔우며
오두막을 안고 먼 길 흘러갑니다
섬돌 밑에 두꺼비와 아침인사 나누며
할머니 갈퀴손은 바빠집니다
울 밑에 오이 놓고 하늘 위로 박 올리고
할머니 등이 호미처럼 굽었습니다
낮은 어깨는 장닭한테 쫓기는
노랑나비 청개구리의 피신처가 됩니다
지난봄에 태어난 병아리가 오늘은
하얀 알을 낳았습니다
폭설에 다리를 다친 아기고라니가
할머니 방에서 겨울을 나고 산으로 갔습니다
도라지 밭을 매다 할머니 쪽잠을 잡니다
물끄러미 지켜보던 검둥이도
할머니 등에 기대 깜박 잠이 들었습니다
지나던 해님이 내려다보고
산그늘 한 자락 끌어다 가만가만 덮어줍니다

—「산골 할머니의 봄」

인용시는 김용화 시인의 생태적 상상력이 구현하는 세계가 무엇인지를 보여주는 매우 중요한 작품이다. 이 세계는 모든 존재가 유기적으로 합일을 이루고 있는 아름답고 동화적인 시공간이다. 상하귀천의 분별이 없는 평화로운 세계이며 "해와 달과 별과 꽃과 새와 나비"가 '가족'이 되는 곳, 만물은 소생하고 상처는 치유되는 곳이다. 그것은 바로 시인이 꿈꾸는 세계이기도 하다.

그러나 '할머니'가 사는 "깊은 산골 오두막"에 비하면 우리가 살고 있는 현실은 비루하기 이를 데 없어 시인이 꿈꾸는 세계는 요원해 보이기만 한다. 시인의 시선에 포착된 세계는 인간과 교감이 가능한 존재들, 어쩌면 인간보다 더 인간적인 감성을 표현하는 존재들임에도 인간이 아니라는 이유로 이들의 필요와 욕망에 따라 무참하게 희생을 강요당하는 세계이기 때문이다.

이러한 마주하기 불편한 진실을 시인은 그의 시에 집요하고도 고집스럽게 그리고 있다. 시인이 꿈꾸는 세계에 한 발자국씩 다가가기 위하여서 먼저 선행되어야 하는 작업이 상처에 대한 인식이라 판단했기 때문으로 보인다. 상처에 대한 인식과 애도, 그리고 적절한 치유가 따라야 우주론적 동일체를 이루는 것이 가능해지는 것이다. 시인이 이들 상처를 어루만지는 애도의 행위를 매우 진지하고 절실하게 표명하고 있는 까닭이 여기에 있다. 이 땅에 건강한 생태적 환경을 이루고자 하는 시인의 간절한 염원, 그것이 이번 시집이 표방하는 주제이다.

진정한 실존을 향한

■ 김연숙, 김수우론

인공지능 알파고와 프로 바둑기사 이세돌 9단의 대국으로 우리 사회가 한동안 떠들썩했다. 처음엔 단순한 이벤트 정도로 인식되었지만 5회에 걸친 대국이 진행되면서 '천재 vs 인공지능', 더 나아가 '인류 vs 인공지능'의 대결이라는 구도로 의미화되기에 이르렀고 관심이 고조되었음은 물론이다. 이를 계기로 인공지능이 인류에 기여할 긍정적 가능성에 대한 담론이 형성되는가 하면 반대급부로, 인간 소외 현상이나 인간을 뛰어넘는 존재에 대한 공포와 우려의 목소리도 높아갔다. 이른바 '포스트휴먼(Post human)' 즉 인간 너머의 인간, 인간과 기계의 경계가 모호한 그러한 존재가 일상 속에서 보다 구체적으로 담론화되는 시대를 맞은 것이다.

포스트휴먼이 영화나 소설의 소재가 되어온 지는 이미 오래다. 소설을 원작으로 1982년에 제작된 영화 〈블레이드 러너(Blade Runner)〉를 그 대표적인 예로 들 수 있겠다. 영화는 2019년 로스앤젤레스를 배경으로, 인간의 통제를 벗어난 복제인간과 이를 제거하려는 인간과의 대결을 그리고 있다. 영화에서 자가발전하는 존재인 복제인간은 인간의 능력을 훨씬 뛰어넘게 된다. 2016년 현재 알파고를 계기로 제기되고 있는 포스트휴먼에 대한 공포를 34년 전 영화에서 이미 현실화하고 있었던 셈이다.

아이러니한 것은 제조회사에서 개발되는 보다 진화된 모델의 복제인간은 기억을 갖는 것에서 감정을 느끼는 것에 이르기까지 인간과의 구별이 거의 불가능한 단계에 이르게 되고 이들은 영화에서 자주 '인간보다 더 인간적인' 모습으로 그려지고 있다는 사실이다. 인간을 인간이게 하는, 인간만의 그 정체성을 묻지 않을 수 없게 되는 것이다.

탄생의 과정을 배제한다면 과연 이 '인간보다 더 인간적인' 기계와, 인간으로 태어난 인간을 구별 짓는 준거는 무엇일까. 경험의 축적과 학습을 통해 스스로를 발전시키고, 추억이라 부를 수 있는 기억에 감정, 욕망까지 배태하고 있는 존재라 하니, 인간과의 변별성을 찾기란 요원한 일로 보인다. 그렇다면 근본적인 차질성은 바로 그 탄생에서 비롯되는 것이라 할 수 있겠다. 탄생의 방식만 빼고 인간과 구별되는 것이 없다면 이는 유일한 구별의 준거가 바로 그 탄생의 방식에 있다는 의미에 다름 아니기 때문이다.

이를 존재의 합목적성과 무목적성의 차이라 명명할 수 있을 것이다. 아무리 내외적 성질이 인간과 동일하다 하여도 포스트휴먼은 근본적으로 일정한 목적에 의해 '만들어'진 존재임에 틀림이 없다. 이에 반해 자연의 영역에서 인간의 탄생에는 어떠한 목적도 본질도 함의되어 있지 않다는 데 그 차질성이 있는 것이다. 사르트르가 언표한 바와 같이 인간 존재에게 있어 실존은 본질에 선행하며 인간은 실존을 통해 본질을 만들어가는 존재이기 때문이다.

이러한 맥락을 염두에 두고 김연숙 시인의 『눈부신 꽝』(문학동네, 2015)과 김수우 시인의 『몰락의 경전』(실천문학사, 2016)을 살펴보았다. 두 시인의 시세계는 전술한 담론들을 전면화하고 있는 것은 아니지만 존재에 대한, 그리고 진정한 실존을 위한 치열한 탐구를 보여주고 있는 경우라 할 수 있다. 두 시인의 진정한 실존을 지향하는, 집요한 열정과 고투에서 인간을 인간이게 하는, 시인을 시인이게 하는 그 무언가를 찾아보고자 한다.

1. 경계 위에서의 낱알의 고집－김연숙의『눈부신 꽝』

김연숙의 시에서는 팽팽한 긴장감이 느껴진다. 이러한 긴장감은 그의 시세계에 포진해 있는, 치열하게 응시하는 '눈'과 무관하지 않다. '눈'에 관한 시인만의 독특한 관점을 드러내고 있는 시가「시인의 눈」이다. 여기서 "시인의 눈"이란 바로 시인 자신의 '눈'을 의미한다.

> 나와 세상이 마주보는 접점에
> 투명한 유리알 놓여 있네
> 태어날 때 세상에 갖고 나온 것
> 대물렌즈 접안렌즈 모두 다 아닌
> 바로 그, 맑으면서
> 맹점도 있는
>
> 굶주린 거울처럼 모든 것을 담아도
> 늘 비어 있는 이상한 그것
> 모든 기억이 잠겨 있는 담수호랄까
>
> 선회하며 추락하는 비행기 속에서도
> 될수록, 혼절하지 않으려는

팽팽하고 야릇한 그것
이 세상에 특파된 종군기자라네

태어나던 날, 그 방의
전등 불빛을 기억하고 있다는
권터 그라스를 아는가

—「시인의 눈」

"시인의 눈"은 "태어날 때 세상에 갖고 나온 것"이다. 시인은 숙명이라는 의미이다. "나와 세상이 마주" 보고 있다는 관점 또한 '시인'이라는 의미망에서 벗어나는 것이 아니다. 시란 세계와의 불화에서 비롯되는 것이기 때문이다. "선회하며 추락하는 비행기 속"이란 바로 자아와 불화하는 세계의 표상이다. 그러한 세계 속에서 '눈'감지 않는 것, "될수록 혼절하지 않으려는 팽팽하고 야릇한 그것"이 바로 "시인의 눈"인 것이다. 따라서 "시인의 눈"은 '시인의 정신'에 다름이 아닌 셈이다.

그런데 '유리알'처럼 '투명'하고 "굶주린 거울"처럼 세계의 온상을 다 비추어내는 "시인의 눈"에 '맹점'이 있다는 사실에 주목할 필요가 있다. 시적 자아는 시인을 "세상에 특파된 종군기자"에 비유하고 있지만 "모든 것을 담아도 늘 비어 있는 이상한 그것", 이 '맹점'이야말로 바로 '종군기자'가 아닌, 시인을 시인이게 하는 요체라 할 수 있을 것이기 때문이다.

그렇다면 이 '맹점', '비어 있음'은 무엇을 의미하는 것일까. 그것은 이 세계의 구멍, 내지는 이 세계와 또 다른 세계의 경계라 할 수 있다. '또 다른 세계'란 본질, 근원 혹은 실재의 세계로 의미화할 수 있을 것이다. 이러한 세계는 결코 인식의 범주에서 완전하게 성취될 수 있는 영역이 아니다. 적확하게 지시될 수 없는, 언어 이전의 혹은 언어 그 너머의 세계인 것이다. 끊임없는 지향의 과정이 있을 뿐이다. 김연숙의 시에서 통합, 합일의 정서를 읽기 힘든 까닭이기도 하다. 자기 자신과의 불화, 세계와의 불화는 바로 이 지향의 과정인 것이다.

또 다른 한 편의 '눈'에 관한 시를 살펴보자.

> 지구의 역사 이래
> 뿌려졌으나 움트지 않은 씨앗들이
> 얼마나 많이 살아 있을까
> 수천 년 전 고분에서 출토된 씨앗들도
> 아직도 살아 싹을 틔운다는데
>
> 모두가 잠든 깜깜한 밤에도 지표 아래엔
> 썩지 못하는 수천수만의 씨앗들이
> 눈을 뜨고 형형히 밤을 밝힌다
>
> 눈을 감고 뛰어내리듯 나를 놓으면
> 이윽고 발열하고 지표 위로
> 솟아오르고
> 더 많은 내가 되어 온 들판 덮었을 터
> 껍질을 벗고 나온 새 여름의 숨결들이
> 온 땅을 감쌌을 터
> 수천 번의 봄기운으로도 회유하지 못한
> 낱알의 고집
> 미전향 장기수처럼
> 오늘밤에도 검은 흙속에서 들려온다
>
> 나는 나야—
> 일제히 눈을 뜨고

불 밝히고 기다린다

—「뜬눈」

인용한 시는 '한 알의 밀알이 땅에 떨어져 죽지 않으면 한 알 그대로 남고, 죽으면 많은 열매를 맺을 것'이라는 성경 구절을 환기하게 한다. 특히 3연의 내용이 그러하다. "눈을 감고 뛰어내리듯 나를 놓으면", "더 많은 내가 되어 온 들판 덮었을" 것이며 "껍질을 벗고 나온 새 여름의 숨결들이 온 땅을 감쌌을" 것이라는 시구가 그것이다. 위 시에서는 죽지 않고 한 알 그대로 남은 '날알'이 초점화되고 있다. "뿌려졌으나 움트지 않은 씨앗들", "썩지 못하는 수천수만의 씨앗들"이 그것인데, 이들은 '나'라는 '껍질'을 '고집'스럽게 벗지 않은 까닭으로 "오늘밤에도 검은 흙속에" 있을 수밖에 없는 존재가 된다.

한편, 이 시의 제목은 "뜬눈"이다. 이는 "추락하는 비행기 속에서도 될수록, 혼절하지 않으려는 팽팽하고 야릇한 그것"으로 묘사된 바 있는 "시인의 눈"과 일맥상통하는 면이 있다. 이러한 맥락에서라면 '썩지 못하는 씨앗', "눈을 감고 뛰어내리듯 나를 놓"아버리지 못하는 존재가 '시인'이 되는 셈이다. "수천 번의 봄기운으로도 회유"되지 않은 채 끝끝내 "검은 흙속"에 남아 있는 자, "모두가 잠든" 밤에도 "눈을 뜨고 형형히 밤을 밝"히며 '기다리는' 자가 바로 시인이라는 것이다.

그렇다면 무엇을 기다리는가. 그것은 바로 '나'를 놓아야 할 때가 아닌가. 그러나 그러한 '때'가 쉽게 오지 않을 것임을 안다. 이 시에서 드러낸 바, "미전향 장기수"와 같은 존재가 '시인'임을, 그 "날알의 고집"을 이미 보아온 터이기 때문이다. '나를 놓는다는 것'은 또 다른 세계로의 진입을 의미한다. 그러나 아이러니하게도 이 세계는 '나'와의 치열한 불화를 통해 근접할 수 있는 세계이다. '나'를 놓기 위해 '나'를 놓지 않아야 하는 아이러니가 발생하는 것이다.

김연숙의 시에서는 이처럼 끊임없이 자아를 경계 앞에 세우고 불화의 상태를 지속시킨다. 결코 쉽게 합일을 말하지 않으며 그것은 계속 유보될 뿐이다.

> 언젠가는 저 틈새를 건너야 한다
> 춤을 추듯 가볍게 건너야 한다
>
> 공포는 지금
> 살아 있다는 표시
> 성(聖) 카타리나의 심장도 몹시 뛰었다
> 소리를 내며 맞물려오는 톱니바퀴엔
> 굳은 피와 뼛조각 끼어 있었다
> 두 눈을 감았을까
>
> 두 개의 바퀴가 굴러온다
> 성녀는 아름답게
> 힘있게
> 틈새를 뛰어넘었다
>
> 공포는 크고 아름다운 문이었다
>
> —「틈새」

위 시에서도 경계 앞에 자리하고 있는 자아를 발견할 수 있다. 시적 자아가 "언젠가는" 건너야 하는 "틈새"를 마주하고 있기 때문이다. "틈새를 건너"는 것은 '나를 놓는 것'과 동일한 의미망에 놓이는 것으로 또 다른 세계로 건너가는 것을 표상한다. 그런데 이 위치에서 시적 자아가 느끼는 정서는 '공포'다. 이 '공포'는 자기를 향해 굴러오는 톱니바퀴 앞에서 그야말로 절체절명의 순간에 느꼈을 '성 카타리나'의 그것에 비견될 만큼 큰 것이다.

「뜬눈」에서 "썩지 못하는 씨앗"이 "검은 흙" 속에 갇혀 있듯 "저 틈새를 건너"기 전까지 시적 자아는 이 무시무시한 '공포'를 견뎌야 한다. 무서움, 공포 등은 회피하고 싶은 감정에 속하는 것이며 이를 유발하는 대상과는 불화임이 분명하다. 시적 자아가 불화의 상태에 놓여 있다는 의미이다.

이 시에서도 '눈'에 관한 인식이 드러나고 있음에 주목할 필요가 있다. "굳은 피와 뼛조각 끼어 있"는 톱니바퀴 앞에서 '성녀'는 "두 눈을 감았을까"하는 생각이 그것인데 두 눈을 감지 않았을 것임을 유추하기란 그리 어려운 일이 아니다. "성녀는 아름답게 힘있게 틈새를 뛰어넘었"기 때문이다. 눈을 감지 않는다는 것은 외면 혹은 회피하지 않고 직시한다는 것이다. 육박해 들어오는 그것이 공포스러운 현실일지라도 말이다. 눈을 감고 '나'를 놓아버리는 것이 아니라 '나'를 놓는 그 순간까지 끝끝내 의식의 불을 켜두겠다는 것이다. 이러한 의지는 '공포'를 "지금 살아 있다는 표시"로 인식하게 한다.

이렇게 공포에 맞서는 행위는 시적 자아가 '틈새'를 "춤을 추듯 가볍게 건"널 수 있을 때까지 계속될 것이다. 두려움 속에서도 결코 감지 않는 눈, 그것은 모두가 잠든 밤에도 "눈을 뜨고 밤을 형형히 밝히는" "뜬눈"이자 "추락하는 비행기 속에서도 될수록, 혼절하지 않으려는 팽팽하고 야릇한 그것", 바로 "시인의 눈"이다.

김연숙의 시에서 '뜬눈'이 이처럼 반복 강조되고 있는 것은 그만큼 본질 탐구에 대한 시인의 욕망이 강하다는 의미일 터이다. 그러나 그것은 앞서 살펴본 바와 같이 '공포', '혼절', '폭력' 등의 의미역을 수반할 만큼 곤곤하면서도 고독한 작업이다. 그럼에도 이 고독한 행위를 중단할 수는 없다. 시인이 숙명인 이상 이 고독한 작업 또한 운명일 수밖에 없기 때문이다.

말라붙은 껍질이 이젠 제법 반질거린다 손톱으로 벗겨보고 귀퉁이에 침을 발라 문질러도 보았지만 굳고 질긴 피막, 딱 들러붙었다 기술이 필요하다 깔끔한 박피 기술이다 먼 산 한 번 바라보고 제대로 해야 한다 집게가 필요하다 뜨거운 찜통에서 타올을 꺼내 10초 정도 식힌 후에 꼼꼼하게 덮어놓고 녹여내야 한다 흐물흐물 젤 상태가 될 때까지 기다려야 한다 타이머가 필요한 건 아니다 무심한 듯 딴청하다 진저리치며 단번에 닦아내는 그것이 기술이다 완강하게 적막한, 뻣뻣하고 무감각한 반투명의 이 껍질은 누렇게 반질거린다 옥수수 녹말이나 당나귀 가죽에서 뽑아낸 젤라틴 같다 정확한 성분을 알 수 없어 더욱 폭력적이다 두꺼운 커튼을 치고 몇 계절 혼자 먹고 혼자 말했다 낯선 얼굴 한 겹 붙어 떼어낼 수 없었다 갈수록 두꺼워져 아주 반질거린다 극적으로 눈물 흘러내리면 틈이 생겨 갈라질까 헐거운 뚜껑처럼 벗겨져 떨어질까, 눈물도 기술이다 벌겋게 얼얼하게 처음 보는 무엇이 문드러진 무엇이, 나 여기 있소, 비닐 벗긴 햄처럼 속얼굴로, 그렇다면 더더욱 황당하고 무례한 서프라이즈, 차라리 이 갑갑한 껍질 속에 하루하루 이렇게, 아무도 검색하지 않는 무늬만 방, 무늬만 얼굴, 속으론 노래까지 웅얼거리는 무늬만 사람으로 그럭저럭

—「숨은방」

인간의 '앎'에 대한 의지의 바탕에는 '두려움'이 자리하고 있다. 위 시의 시적 자아가 "알 수 없다"는 것을 "폭력적"으로 느끼는 까닭이기도 하다. 인용한 시에서 '속얼굴'은 본질을 표상하는 것으로 볼 수 있다. "낯선 얼

굴"을 떼어내고 진짜 '얼굴'을 만나고자 하지만 그것이 어떤 것인지 알 수 없음에서 오는 두려움, 망설임을 이 시에서는 드러내고 있는 것이다. 그것은 시적 자아에게 "황당하고 무례한 서프라이즈"일 수 있기 때문이다. '속얼굴'이 "벌겋게 얼얼하게 처음 보는 무엇", "문드러진 무엇"으로 상상되는 까닭이 여기에 있다. 시적 자아는 이러한 두려움으로 인해 "아무도 검색하지 않는 무늬만 방"에서 "무늬만 얼굴", "무늬만 사람"으로 "그럭저럭" 사는 것은 어떨까 체념의 제스처를 취하기도 한다.

또 그것은 때로 "쓸모없는" 일처럼 여겨져 존재론적 결핍감을 가져다주기도 한다. 이러한 결핍감에 쌓여 있는 자아를 시인은 "기록에 없는 자에 관한 기록"으로 남겨두고 있다.

> 허공의 유리방에서 그는
> 등줄기가 시려
> 견갑골과 견갑골 사이로
> 칼바람이 꽂혀
> 덮어줄 이불 한 자락 없이
> 자꾸 몸을 웅크리고
> 어지러워해
>
> 훤한 이 방 속의 그를
> 아무도
> 들여다보지 않아
> 낮에는 눈부시고
> 밤에는 캄캄할 뿐
> 몇억 광년 전의 희미한 소문처럼
> 저 멀리 별무리 돌아가고

유리방 속에 담긴 채로
어지러운 머리를 감싼 채
혼자 돌아눕고 누울 뿐

아무도, 정말 아무도
알지 못하는
회전하는 유리방 속에
이렇게 그가 살아 있다는,
함께 돌며 어지러워하고 있다는,
멀미하고 있다는
이 사실은

아무도, 아무도 알 수 없고
궁금해하지 않는
이 우주 한구석의 쓸모없는
알리바이 한 조각

한 조각일 뿐

— 「기록에 없는 자에 관한 기록」

존재의 본질을 탐색해 들어가는 것은 "시인의 눈", "뜬눈"을 통해서였다. 따라서 본질에 대한 탐색과 시를 쓰는 행위는 등가 관계에 놓이게 된다. 그런데 존재론적인 탐색 내지는 시를 쓰는 행위가 "우주 한 구석의 쓸모없는 알리바이 한 조각"에 지나지 않는 것으로 여겨질 때가 있다. "대오에 끼어 주먹 쥐"는 일도 아니고 "푸른빛의 극에도 붉은빛의 극에도 딸려가 닿지 못"(「검은 당나귀」)하는 그것은 그저 "몇억 광년 전의 희미한 소문" 같은 "잉여물"(「검은 당나귀」)일 뿐인 것일까. 이러한 인식을 「기록에 없는 자에 관한 기록」에서는 "허공의 유리방" 속에 살고 있는 '그'의 이미지로 그려내고 있다.

위 시에서 "유리방"은 시인의 자의식을 표상하는 것으로도 시의 세계로도 읽을 수 있다. 그것은 '유리'의 특성에서 간취할 수 있듯 독립적 공간이긴 하지만 폐쇄적인 것은 아니다. "낮에는 눈부시고 밤에는 캄캄"하다는 것과 같이 분리되어 있지만 또한 세계와 공존하며 상호 영향의 관계에 있는 것이다.

"시인의 눈"은 홑눈이 아니라 "겹눈"(「겹눈들」)이다. 시인의 눈에는 응시하는 대상이, 혹은 세계가 파편적으로 보이기도 하고 겹쳐 보이기도 하며, 그것 너머의 세계에까지 시선이 가닿기 때문이다. "살아 있다는" 것이 때로 "어지러워하고 있다는, 멀미하고 있다는" 의미일 수 있는 이유가 여기에 있다. 이러한 까닭에 "내 파랑이 너에게는 검정으로 보이고/너의 작은 소스라침이 나에게는 깔깔 웃음소리로 닿"을 수도, "바람에 머리칼이 휘날려 마구 엉킬 때/바람이 부네, 나의 이 말이/먼산 바라보는 너에게는/민둥산에 눈이 왔어"로 들릴 수도 있는 것이다.

어쩌면 자기와의 불화, 세계와의 불화, 그 존재론적 결핍을 끌어안으며 창조해낸 세계가 "정말 아무도 알지 못하고 궁금해 하지 않는" 세계일 수도 있다. 이러한 의미에서 시를 쓴다는 것은, 그리고 시는 "짱"일지도 모르겠다. '시인'을 "기록에 없는 자"로 표상한 까닭도 동일한 맥락에서일 터이다. 그럼에도, 아니 그러하기에 시인은 또다시 "기록"으로 남기게 될 것이다. '짱'은 '짱'이되 "눈부신 짱"(「눈부신 짱」)임을 누구보다 잘 알고 있기 때문이다.

『눈부신 짱』을 여는 시는 「틈새」이며 인용한 시는 시집의 문을 닫는 역할을 하고 있다는 점에서 주목을 끈다. 언젠가는 건너야 할 "틈새"를 춤을 추듯 가볍게 건너가기 위한 자아와의 치열한 고투가 시집에 함의되어 있는 의미의 하나라면, "기록에 없는 자에 관한 기록"은 시인이 그의 첫 시집에 부여한 또 하나의 의미가 아닐까 하는 생각에서이다.

김연숙 시에서는 끊임없이 모순에 마주하게 된다. 밝음을, 자유를, 합일을 지향하는 과정이 어둠에, 공포에, 분열에 머무는 것이라는 점에서 그러하다. 시인은 그것들을 껴안은 채 결코 쉽게 합일을 말하지 않는다. 함부로 본질이라 부르지 않는다. 그 경계 앞에서 마지막 순간까지 응시하는 눈을 감지 않는다. 이것이 시인을 시인이게 하는 진정한 실존인 것이다.

2. 몰락, 근원을 향한 – 김수우의 『몰락경전』

"꽃이 꽃인 이유"가 "씨앗을 기억하기 때문"(「천명」)이라면 인간이 인간인 이유는 그 근원에 대한 기억 때문이라 할 수 있을까. 인간은 모체와의 온전한 합일에 대한 선험적 기억을 내재하고 있는 존재이다. 인간의 탄생이 모체로부터의 분리를 의미하는 것이라 할 때 인간은 근원적으로 상실을 내면화한, 결핍된 존재라 할 수 있다. 인간의 욕망은 이 상실과 결핍에서 발원하는 것이다.

시의 운명 또한 다르지 않다. 시의 근원은 신과 인간, 자연이 합일을 이루는 서정적 동일성의 세계로 현실에서는 상실된 세계이기 때문이다. 현실은 분열되고 파편화된 세계다. 이러한 세계와의 불화를 통해 서정적 동일성이라는 선험적 고향으로의 회귀를 지향하는 것이 서정시의 본질이라 할 수 있다. 따라서 시인이란 상실 혹은 결핍에 예민한 존재일 수밖에 없는 것이다.

김수우의 시세계 또한 이러한 맥락에서 벗어나지 않는다. 그의 시에서 '발원', '기원', '근원' 등속의 시어와 어렵지 않게 마주치게 되는 까닭이다. "잊혀진 우물"(머리말)이라든가 "사라진 발원지"(「철갑둥어」) 등은 이러한 현실에 부재하는 동일성의 세계에 대한 표상인 것이다. 그런데 김수우 시의 근원에 이르는 방법적 의장이 이채롭다. 바로 '몰락'을 통해서이다. '몰락'은 '쇠하여 보잘것없이 되는 것'을 이르는 말이다. 시인의 '몰락' 또한 이러한 이미지를 함의하고 있기는 하지만 여기에 한정되는 것이 아니라 복합적이고 중층적인 의미를 담지하고 있는 개념이다.

'몰락'의 의미를 이해하기 위해서는 「빗방울 경전」이라는 시를 살펴볼 필요가 있다. '몰락'이라는 시어가 직접적으로 등장하고 있지는 않지만 그것의 심상을 구체적으로 잘 드러내고 있는 작품이기 때문이다.

비가 온다 잘 지냈나 익숙한 주문(呪文)처럼 내리는 비, 나도 그들을 잘 안다

과일장수 아버지는 비가 오면 다섯 살 딸을 사과박스에 뉘고 비닐을 덮어 짐자전거에 실었다 그렇게 집으로 돌아가던 시절부터 빗방울을 사랑했다 홀로 걷는 법 함께 내려앉는 법 정직한 슬픔을 토닥토닥 배웠다

한때 빛을 키우던 지느러미들, 한때 날개를 고르던 새들

비가 오면 포장마차에 앉는다 빗방울 당도하는 소리 속에서 천천히 빗방울이 된다 단추도 되고 단춧구멍도 되던 빗방울 유리창도 되고 바다도 되던 빗방울들 남비에서 끓는다 홀로 푸는 법 함께 풀리는 법 정직한 슬픔이 보글보글 떠오른다

저주를 푼다는 것, 그것은 서로를 알아보는 일이다
오래, 아무리 모질게 잊혀져 있더라도 금세 알아본다

막다른 골목 유행가도 삐걱대는 관절도 천박한 자유도 불완전한 마술도 새우깡 흘린 노숙의 자리도 싸구려 강박증도 빗방울이 된다 자박자박 낮은 발길이 된다

어떤 저주든 아름답게 풀어낼 수밖에 없는
몇 생애 내 어머니이기도 했던
홀로 걸어와 함께 내리는, 저, 이방인들
슬쩍 지나도 그림자조차 없어도 그들을 잘 안다 냄새와 그 유영이 익숙하다

사랑했기 때문이다

—「빗방울 경전」

시적 자아가 "비가 오면 포장마차에 앉는" 이유는 어린 날의 기억 때문이다. 포장마차 위로 "빗방울 당도하는 소리"에 시적 자아는 어린 날로 돌아간다. "단추도 되고 단춧구멍도 되던", "유리창도 되고 바다도 되던 빗방울들"은 다섯 살 시적 자아가 사과박스에 누워 아버지와 함께 집으로 돌아가던 길에 보았던, 비닐 위로 떨어진 빗방울들이 모여 만든 형상들이다. 비닐 위로 떨어진 한 방울 한 방울의 빗방울들이 모이고 고이는 형상과, 포장마차 안에 각각의 비루한 일상과 사연을 가지고 모여 있는 인간의 양상이 등가의 관계에 있다. "홀로 걸어와 함께 내리는, 저, 이방인들"이란 빗방울이기도 하면서 포장마차 안의 사람들이기도 한 것이다.

한편 위 시에서 시적 자아의 시선은 '비'가 아닌 개개의 '빗방울'에 초

점이 맞추어져 있다. '빗방울'은 하나이지만 '함께' 내려앉음으로써 '비'가 된다. "홀로 걸어와 함께 내리는" 비의 속성을 시인은 "정직한 슬픔"으로 의미화하고 있다. '비'에서 '슬픔'으로 건너갈 수 있는 상상적 매개로 첫째는 눈물을 연상케 하는 흐름의 이미지를, 둘째는 '홀로'에서 '함께'로 전화되는 연대의 이미지를 들 수 있다. "정직한 슬픔을 토닥토닥 배웠다"는 대목에서 "토닥토닥" 또한 '비'에서 '슬픔'으로의 전화에 매개로 작용하는 공감각적 표현이다. "토닥토닥"은 비닐 포장 위로 떨어지는 빗소리에 대한 의성어로도, 누군가를 위로할 때 수반되는 등을 토닥이는 행위에 대한 의태어로도 쓰일 수 있기 때문이다.

시적 자아가 배운 "정직한 슬픔"은 "서로를 알아보는 것"에서 발원한다. "서로를 알아보는 것"이란 서로의 상처를 알아본다는 것이며 거기에 동일화된다는 의미이다. 이러할 때 '슬픔'은 위무이며 연대다. "어떤 저주든 아름답게 풀어낼 수" 있는 까닭이기도 하다. "오래, 아무리 모질게 잊혀져 있더라도 금세 알아"볼 수 있는 까닭은 '슬픔'의 기저에 사랑이 자리하고 있기 때문이다.

사랑을 바탕으로 한 슬픔, 그것이 곧 "정직한 슬픔"인 것이다. 이는 위 시에서 "내 어머니"가 표상하는 바이자 김수우의 '몰락'이 의미하는 바이기도 하다. 그의 시에서 '몰락'은 이처럼 '사랑', '슬픔', '낮은 발길' 등속의 의미를 포지하고 있는 개념이며 그것이 향하고 있는 바는 "몇 생애 내 어머니"로 표상되는 어떤 근원 같은 것이라 할 수 있다.

풍부한 비유를 경쾌하게 넘나들며 '몰락'의 또 다른 의미를 드러내고 있는 작품으로 「몰락을 읽다」를 들 수 있다.

구름이던 큰 나무에 구름이던 작은 새들이 앉아 있다

이 책 저 책을 뒤적인다 아무 할 일이 없다 씹었다가 뱉었고 뱉었다 씹는 하느님

담벼락에 걸터앉은 젊은 햇빛이 말을 건다
난 여섯 살 소꿉동무였어 얼굴 잊은, 탱자 울타리에서 불러대던 옥희라는 이름이 간질간질 돋아난다

나무는 무수한 몰락으로 자란다 고대 신화가 몰락의 힘으로 살아가듯

풀꽃과 어깨동무하고 한참 절룩이는데 뒤통수 닮은 진실들이 옆에서 걷고 있다

뚜벅뚜벅 걸어온 나무그늘이 어깨를 겯는다
어깨에 작은 새들이 논다 나도 어깨가 있음을 비로소 안다

몇 번 몰락에 발가벗은 것들은 기원(起源)을 향해 자란다

큰 나무는 자라서 작은 나무가 되고 작은 나무는 자라서 구름이 되고 구름은 자라서 새가 되는 마을

질긴 하느님, 씹었다가 뱉고 뱉었다 씹는 페이지, 유리창이 맑다

한참 가난해지고 나서야, 맑은 옥희 까르륵 웃고 있다

—「몰락을 읽다」

인용시에서 시적 자아는 책을 뒤적이고 있다. 아마 경전의 일종인 듯하다. 그러다 어느 페이지에 이르러서는 쉽게 넘어가지지 않고 계속 반복하여 읽으면서 의미를 곱씹게 된다. “씹었다가 뱉었고 뱉었다 씹는 하

느님"이라는 대목이 그것이다. 알듯 말듯한 의미 사이를 헤매는 동안 의식 사이로 불쑥 "옥희라는 이름"의 "얼굴 잊은 여섯 살 소꿉동무"가 틈입해 들어온다.

그렇다면 4연의 "나무는 무수한 몰락으로 자란다"는 것은 무슨 의미일까. 이를 위해서는 1연의 내용을 먼저 이해할 필요가 있다. '나무'는 종이의 재료가 된다는 점에서 "큰 나무"는 경전의 제유로, "작은 새들"을 기호, 혹은 의미로 읽을 수 있지 않을까. '큰 나무에 작은 새들이 앉아 있다'는 것은 그러므로 글자가 씌어 있는 경전의 한 페이지를 형상화한 것이라 할 수 있다.

이러한 맥락에서 "나무는 무수한 몰락으로 자란다"는 시구를 해석하면 경전 속의 심오한 진리는 현실과의 조우에서 비로소 의미를 획득하게 된다는 뜻이다. "고대 신화"가 초월적 존재와 영역에 관한 것이지만 현실에서 옛이야기로 회자되는 것을 통해 명맥을 이어가듯 진리 또한 낮아지고 낮아져 현실에서 의미화될 때 비로소 살아 있는 진실이 된다는 의미인 것이다. "수미산 넘는 오체투지 순례보다 먹고 사는 일, 더 깊고 더 먼"(「화엄맨발」) 것임을 아는 까닭이다. 이를 형상화한 것이 "풀꽃과 어깨동무하고 한참 절룩이는데 뒤통수 닮은 진실들이 옆에서 걷고 있"고 "나무그늘이 어깨를 겯는다"는 대목이다. 이때 '큰 나무에 앉아 있던 작은 새들'이 시적 자아의 어깨 위에서 놀게 되는 것이다. 즉 경전 속 의미가 현실에서 구현될 수 있다는 뜻이다.

'몰락'이란 하향 지향적 속성을 함의하고 있는 개념이다. 이 시에서 '몰락'은 높은 곳에서 낮은 곳, 큰 것에서 작은 것, 무거운 것에서 가벼운 것, 초월적 영역에서 현실, 관념에서 실존으로의 하향을 구현하고 있다. 따라서 "몇 번 몰락에 발가벗은 것들이 기원(起源)을 향해 자란다"는 시구가 의미하는 바는 더없이 낮아지고 작아지고 가벼워진 진리가 궁극적으로 이르게 되는 것은 결국 무(無), 내지는 시원(始原)이라는 의미이다. '큰 나무'가 자라서 '작은 나무'가 되고 '구름'이 되고 결국 '새'가 된다는 것 또한 마찬가지의 경우이다.

시적 자아의 의식은 돌고 돌아 다시 읽던 페이지로 돌아왔다. 그래서 "질긴 하느님"이다. 그러나 이때 '하느님'은 낮아지고 작아지고 가벼워져 "한참 가난해진" '하느님'이다. 가난해진 그를 통해 본 '옥희의 얼굴'이 희미한 것에서 "맑은" 것이 되고 "까르르 웃고 있"는 것이 된다. 현실을 보는 눈이 투명해지고 분명해진 것이다. '옥희'란 오랫동안 잊고 있었거나 외면해온 실존적 문제의 표상으로 볼 수도 있고 혹은 근원의 세계로 해석하는 것도 가능하다. 결국 이 시는 경전 속에 있는 진리를 실존적 삶 속에서 해석하여 이해하는 과정을 탁월한 비유와 감각적 이미지를 통해 드러내고 있는 것이다.

'몰락'은 '뺄셈'(「선물」, 「빨래」)의 사유다. 무언가를 채우려는 것이 아닌 바닥에 이르기까지 내려가고 덜어내고 비우는 의지이다. 그렇다면 시인은 왜 '진리', 혹은 '진실'이라는 기표에 채워져 있던 기의를 슬쩍 미끄러트리고 그 자리에 '몰락'의 의미를 밀어 넣으려는 것일까. 무엇이 시인으로 하여금 살아 있는 '몰락'의 이미지와 그것의 다층적인 의미를 생성하게 하도록 추동하는 것일까.

그것은 우리 사회가 "당연하지 않은 것들이 당연한", "당연이 당연치 않는" 세계이자 "절단된 것들이 단절되고 단절된 것들이 다시 소외되는"(「나팔꽃, 떠내려가다」) '당혹'스러운 세계이기 때문이다. "분명히 있는데도 유통되지 않는" '1원 동전' 같은 존재들이 "쥐엄발이처럼 살고 있는"(「1원의 무위」) 세계이자, 상식이 통하지 않는 세계이기 때문이기도 하다. 그 단적인 예가 세월호 사건이 될 것이다.

'시인의 말'에 따르면 시인은 "세월호 이후 글을 쓸 수 없다는 생각이 밀려왔지만, 도무지 말이 안 되는 날들 속에서 자꾸 글을 쓰고, 책을 내고 있었다"고 한다. 이러한 역설 속에서 발견하게 된 것이 바로 '몰락'의 감수성이다. 시인이 "진리와 동떨어진 슬픔, 그 틈/슬픔과 동떨어진 진리, 그 틈"(「나팔꽃, 떠내려가다」)에서 '더 절망하지 못함을 미안해'하고 "아직, 슬픔이 부족하다"(「슬픔이 부족하다」)고 절규하는 까닭이다.

두레박 타고 오르내리던, 천도복숭 익어가던, 재크의 콩나무가 닿던

하늘, 이젠
인공위성으로 촘촘한, 감시하는 전파로 빽빽한, 손바닥으로 급급 가리는

하여
민달팽아 네가 하늘이 되는 수밖에 없다
성냥개비야 네가 하늘이 되는 수밖에 없다
물그릇아 낡은 장화야 우리가 하늘이 되는 수밖에 없다

앞에서 밀면 뒤로, 뒤에서 빌면 앞으로 넘어져, 땅이 되고, 오른쪽에서 밀면 왼쪽으로, 왼쪽에서 밀면 오른쪽으로 넘어져, 땅이 되고

땅이 되고 땅이 되고 땅이
되면
삼천대천 부처님 가득한 하늘이구나

패배자의 사랑을 기억하고 있는
매일 자빠져도 매일 하늘이 되는, 수북수북 공명(共鳴)하는

마늘밭아 빨래집게야

—「하늘씨앗」

권선징악에 철저하고, 착하고 힘없는 인간의 간절한 기원을 반드시 들어주는 것이 동화 속 하늘의 특징이다. 그러나 "이젠" 감시하는 기구와 전파로 가득 차고 손바닥으로 가리기 급급한 것이 하늘이 되어버렸다. 하여 시적 자아는 하늘만 바라보며 간절히 빌고 빌던, 그것밖에 할 수 있는 일이 없는 미미한 존재들이 스스로 "하늘이 되는 수밖에 없다"고 비장한 어조로 선언하고 있다.

이 힘없고 미미한 존재들이 하늘이 되는 방법은 아이러니하게도 밀면 미는 대로 "넘어져 땅이 되"는 것이다. 체념을 말하는 것이 아니다. 사랑을 말하는 것이다. "패배자의 사랑", 이는 이 시집을 관류하고 있는 '몰락'의 의미와 다른 것이 아니다. "땅이 되고 땅이 되고 땅이 되"는 것은 사랑하고 사랑하고 또 사랑한다는 뜻이다. 사랑하면 기꺼이 "땅이 되고 땅이 되고 땅이" 될 수 있다는 의미이기도 하다. 그러할 때 '땅'은 "삼천대천 부처님 가득한 하늘"이 되는 것이다.

앞서간 사람이 떨구고 간 담뱃불빛

그는 모를 것이다 담뱃불이 자신을 오래 바라보고 있다는 사실을

그 최후가 아름답고 아프다는 사실을

진실은 앞이 아니라 뒤에 있다

한 발짝 뒤에서 오고 있는 은사시 낙엽들

두 발짝 뒤에서 보고 있는 유리창들

세 발짝 뒤에서 듣고 있는 빈 물병들

상여 떠난 상가에서 버걱거리는 설거지 소리를 망연히 듣는다

사랑하는 사람은 뒤에서 걷는다

물끄러미, 오래, 사라질 때까지, 바라보는 눈동자, 내게도 있을까

신호등 건너다 고개 돌리면

눈물 글썽이는, 허공이라는 눈

—「뒤」

"앞서간 사람"은 모르지만, 그 "앞서간 사람"을 "오래 바라보고 있"는 존재의 "최후가 아름답고 아픈" 까닭은 '사랑' 때문이다. 이 또한 '몰락'의 형상화에 다름 아니다. 이 시에서의 '몰락'은 앞서 가는 것이 아닌, 뒤에서 걷는 것으로 구현되고 있는 것이 다를 뿐이다. '몰락'이란 기꺼이 내려가는 것이고, 앞이 아닌 뒤에서 걷는 것이고, 알아주지 않아도 "물끄러미, 오래, 사라질 때까지 바라보는" 것이다. 이 모든 행위는 사랑이 있기 때문에 가능한 것이다.

'진실' 또한 "앞이 아니라 뒤에 있다" 그렇다고 그 '진실'이라는 것이 그렇게 거창한 것이 아니다. 시인은 삶의 '진실'을 자의적이든 타의적이든 뒤에 남는 미미한 존재들에서 찾는다. 상여를 따라가는 사람들의 곡을

하는 소리에서가 아니라 “상여 떠난 상가에서 버걱거리는 설거지 소리”에 묻힌, 뒤에 남은 사람들의 울음에서 진실을 보는 것이다. 시인이 그의 시에서 “기다리는, 오래 문드러진, 모른 체 해온 것들”(「서랍의 진화(進化)」)을 호명하는 작업을 성실히 수행하고 있는 까닭도 여기에 있는 것이다.

김수우의 시에서 ‘몰락’은 이처럼 다양한 양상으로 형상화되고 있지만 그 중심에 사랑이 자리하고 있다는 사실에는 변함이 없다. 금번에 상재한 『몰락의 경전』 또한 그 자체로 하나의 ‘몰락’이라 할 수 있겠다. 그것은 심연에 “두고두고 갚지 못할 빚”(「화장(化粧)」) 하나 품은 채 “모든 삐걱이는 슬픔”(「단풍든다는 것은」)에게 다가가고자 하는 의지에서 발원한 것이기 때문이다. 잊혀진 슬픔들에 대한 기억이며 울음이기 때문이다. 그리고 사랑이기 때문이다.

> 살아 있는 것들은 서로 먼데서 도착한 안부들이다
> 모든 길은 기도(祈禱)가 만들어냈으니
>
> —「소리 비늘」에서

제4부

불가능성의 시학

정치적 층위에서든 사회 · 경제적 층위에서든 권력은 개개인을 통합적인 사회조직의 일부분으로 흡입하기 위해 규범
동문화 등을 비롯하여 폭력과 강압 등 비상식적인 방법까지 동원한다. 이러할 때 개개인은 무력하기 짝이 없다. 연대와 우리의
요청되는 까닭이기도 하다. 아도르노는 동의하지 않겠지만 말이다. 아도르노는 어쩌면 불가능성을 껴안은 가능성의 한 예로

'가능성'을 위한 '불가능성'의 시학

■ 나호열론

『미니마 모랄리아』는 테오도르 아도르노(Theodor Wiesengrund Adorno)가 망명 중이었던 1940년대에 쓰인 에세이임에도 글에 드러나고 있는 비판과 우려가 지금 여기, 우리의 현실에 그대로 적용된다는 사실에 놀라게 된다. 아도르노는 이 책에서 절망적 현실에 응전하고자 하는 사유의 딜레마에 대해 서술하고 있다. 구원의 불가능성에 대한 절망과 그럼에도 불구하고 끝까지 포기하지 말아야 하는 가능성에 대한 책임이 그것이다. 그에 따르면 인간다운 실존에 가까워지려고 하는 사유주체의 사적 실존은 오히려 인간다운 실존을 배반하게 된다. 그러한 시도 자체가 보편적 현실과 동떨어져 있는 것이기 때문이다. 사유 주체 또한 현실에 매여 있는 존재이기 때문에 보편적 현실 전체를 인식하기 위해 요구되는 독립적인 사유는 불가능하다는 의미이다.

그렇다고 '가능성'에 대한 책임이 면해지는 것은 아니다. 아도르노는 지식인이 스스로에게 책임 지워야 할 것은 그러한 실존에 대한 정당화가 아니라, '가능성'을 위해 스스로의 불가능성을 껴안는 용기와 겸허함을 갖는 것이라 언표하고 있다. 아울러 이러한 태도는 "좋은 교육을 받은 덕분이 아니라 지옥 속에서도 아직 숨 쉴 공기가 남아 있다는 데 대한 수치심"[1]에서 나오는 것임 또한 강조하고 있다. 사유에 부과된 이러한 요청을 포지하고 있다면 구원의 현실성 유무에 대한 질문은 더 이상 중요한 문제가 되지 않는다고 보고 있는 것이다.

나호열의 신작들도 이러한 의미망에서 크게 벗어나지 않는다는 판단이다. 2015년에 발간된 나호열의 시집 『촉도』의 세계를, 현실을 배제하지 않으면서 현실 너머의 세계를 사유하고, 사소하고 비루한 일상에서 존재의 의미를 통찰하고 있는 것으로 해석한 바 있다. 이러한 시적 특징은 신작 시편들에도 그대로 이어지고 있다. 차질되는 점이 있다면 시적 주체의 시선이 외부 환경이나 주변적 대상보다 스스로의 내면에 더 집중되어 있다는 것이다. 이를 성찰이라 부를 수도 있을 것이고 혹은 "스스로의 불가능성을 껴안는" 행위라 명명할 수도 있을 것이다.

그렇다면 시인은 현실을 어떻게 인식하고 있을까.

> 한 번 들어오면 빠져나갈 문이 없어 불안은 유령이 되어 떠돌다 어디선가 끊어진 회로를 갉아먹고 있는지 발자국소리 물어뜯고 있는지 한숨 내쉬는 소리 깜빡거리다 어둠에 묻혀버린다 안으로 잠긴 문을 뜯어내려는지 두통이 따라오고 이윽고 부작용에 대한 설명문이 퇴화한 개미의 눈을 요구한다 경계는 처음부터 없는 환상이니 과다복용하지 말것 내가 너무 멀다
>
> —「자낙스」

1 테오도르 아도르노, 「안티테제」, 『미니마모랄리아』, 김유동 역, 도서출판 길, 2012(5쇄), 45쪽.

이 시의 제목이기도 한 '자낙스'는 공황장애, 불안증 등에 복용하는 항불안제다. 현대사회의 여러 특징 중 시인은 '불안'에 주목하고 있는 것이다. 언젠가부터 우리 사회에서는 공황장애나 우울증, 불안증 등의 병명이 낯설지 않게 되었다. 그러나 70여 년 전에 아도르노가 이미 "대도시가 등장한 이후 목격되던 조급증, 신경성, 불안정이 이제 예전의 콜레라나 페스트같이 전염병처럼 퍼져나가고 있다."[2] 고 언술하고 있는 것을 보면 이러한 상황은 이미 예견된 것이었는지 모른다. 그는 이러한 불안증의 원인을 '세계의 집단화'로 파악하고 있으며 이러한 현실을 '자기 포기를 통해서만 자기 유지가 가능한 사회', '극도의 불안전 상태에 순응할 때 안전이 손짓하는 사회'로 규정하고 있다. 소위 '대세'를 좇는 무정형한 대중으로서의 자아가 '자기 포기'와 '자기 유지'의 길항 속에서 겪게 되는 증세가 불안증인 셈이다.

위 시에서 '불안'은 "한 번 들어오면 빠져나갈 문이 없어 유령이 되어 떠돌다" 결국 "어둠에 묻혀버"리는 것으로 묘사되고 있다. 우리가 살고 있는 현실에서 '불안'이란 사라지는 것이 아닌 잠재적이고 지속적인 성질의 것이라는 의미다. 시간이 흐를수록 '자낙스'의 복용량은 늘어나고 이와 비례하여 부작용 또한 심화될 수밖에 없는 구조인 셈이다. '자기 포기'와 '자기 유지'의 길항 속에 정작 '자기'는 있기나 한 것일까. 시인은 이러한 회의적 심정을 "내가 너무 멀다"라는 시구로 표현하고 있다.

정치적 층위에서든 사회 · 경제적 층위에서든 권력은 개개인을 통합적인 사회조직의 일부분으로 흡입하기 위해 규범과 질서, 대중문화 등을

---

2 「파괴자들」, 위의 책, 186쪽.

비롯하여 폭력과 강압 등 비상식적인 방법까지 동원한다. 이러할 때 개개인은 무력하기 짝이 없다. 연대와 무리의 힘이 요청되는 까닭이기도 하다. 아도르노는 동의하지 않겠지만 말이다. 아도르노는 어쩌면 불가능성을 껴안은 가능성의 한 예로 끝끝내 흡입되지 않는 개별적 주체의 어떠한 고유성을 상정한 것은 아닐까.

나호열의 시에서는 이러한 불가능성에 대한 진솔한, 더 나아가 염결적 성찰의 태도를 확인할 수 있다.

나를 부르면 그가 온다
절뚝이며 먼 길을 꼬리로 달고
초식도 아니고 육식도 아닌 퇴화의 이빨을 드러내며 오는 사람
배후에 도사리고 있는
굶주린 사막의 아가리 속으로
기꺼이 사라지는 수많은 그는
내가 호명했던 나
어둡고 긴 골목 같은
목울대를 치고 올라오는 그믐달처럼
어딘가를 향해 흔들었던 깃발이었다가
껍데기만 남은 그림자를
홑이불로 덮는다

한낮에는 갈 길이 멀고
밤이 깊으면 머무를 곳이 두렵다
객이거나
그림자이거나

—「객이거나 그림자이거나」

'나'를 불렀는데 '그'가 온다. '나'와 '그'는 동일한 자아이면서 동시에 비동일적 존재이다. 위 시에서 '나'란 이상적 자아, '가능성'의 표상이라 할 수 있을 것이다. 반면 '그'는 이와는 대립되는 실존적 자아, '불가능성'을 함의하고 있는 존재로 볼 수 있다. '그'는 한때 "어딘가를 향해 흔들었던 깃발"이었으나 지금은 "초식도 아니고 육식도 아닌", 그저 퇴화하고 있는 회색적 존재일 뿐이다. 이는 처음에 의지했던 길에서 '기꺼이', 그리고 수없이 "굶주린 사막의 아가리 속"으로 발길을 돌려왔던 까닭이다. 따라서 '그는' 주체가 될 수 없다. 정처 없이 부유하는 익명의 '객'이거나, 정체가 드러나지 않는, 해가 지면 사라지는 '그림자'와 같은 존재에 불과하다. '그'는 바로 "내가 호명했던 나"이다.

실존적 자아는 현실에 매여 있는 존재로서 이상적 자아와 그에 대한 의지와는 관계없이 필연적으로 부조리한 사회 조직의 일원으로 참여하게 된다. 그러나 아도르노가 지적한 대로 주체에게 요구되는 것은 이상을 배반하는 실존에 대한 정당화가 아니라 그것을 직시하고 성찰하는 용기와 겸허함일 터이다. 위 시는 주체의 이러한 태도를 잘 드러내 보여주고 있는 경우라 할 수 있다.

나호열의 신작에서는 이와 같은 현실적 자아에 대한 집요한 시선과 자주 마주하게 된다. 시인이 헤집고 있는 자아의 내면은 이상적 자아와 현실적 자아, 그 어느 쪽이든 열정적으로 육박해 들어가지 않는, 이상적 자아의 잔영과 현실적 자아의 비루함 사이에서 절뚝이고 있는 회색적 자아의 그것이다. 어쩌면 누구에게나 어느 정도는 그런 면이 있다고, 보편적 현상이라 치부하면서 덮어두고 싶은 일면이지 않을까. 그러나 시인은 자기 검열에 있어서 염결적이다. '오래된 밥'도 이러한 자아의 속성을 표상하는 대표적 상관물 중 하나이다.

아무리 먹어도 배부르지 않은 밥이 있다
한 숟갈만 먹어도 배부른 밥이 있다
잊으려고 해도 잊혀지지 않는 그 옛날부터
그러나 한걸음 내딛으면 아득해지는 길의 시작으로부터
나를 키워온 눈물 같은 것
기울어진 식탁에 혼자 앉아 물끄러미 바라보면
딱딱하게 풀이 죽은 채
식을대로 식어버린 추억 같은 밥
한 밤중에 일어나 흘러가는 강물에 슬그머니 놓아주고 싶은 손 같은 밥
아, 빈 그릇에 가득한
안녕이라는 오래된 밥

—「오래된 밥.1」

"육식도 아니고 초식도 아닌" 퇴화하고 있는 자아, 회색지대에 머뭇거리고 있는 자아를 이 시에서는 '오래된 밥'으로 형상화하고 있다. "아무리 먹어도 배부르지 않은 밥"이란 "잊으려고 해도 잊혀지지 않는 그 옛날"과 상동의 관계에 놓이는 것으로 이루지 못하는, 끊임없이 갈망하게 되는 무엇으로 해석할 수 있다. 다른 말로 하면 이상적 세계라 할 수 있는 것이다. 한편, "한 숟갈만 먹어도 배부른 밥"이나 "한걸음 내딛으면 아득해지는 길"이란 정작 그러한 이상적 세계에 대한 가능성을 가늠해볼 때 느끼게 되는 정서의 표상으로 볼 수 있다. '한 숟갈'만 먹어도 더 이상 들어가지 않는 밥이나, "한걸음 내딛으면" 오히려 더욱 멀게만 느껴지는 길과 같이 '이상'에 다가가려 할 때 직면하게 되는 불가능성에 대한 감각을 묘파한 것이라는 뜻이다.

"딱딱하게 풀이 죽은 채/식을대로 식어버린 추억 같은 밥"이란 바로 이상을 놓지도 그렇다고 그것에 기투하지도 못하는 자아의 표상이다. 이를

뒷받침해주고 있는, 이어지는 시구는 이 시의 압권이라 할 만하다. "한 밤중에 일어나 흘러가는 강물에 슬그머니 놓아주고 싶은 손 같은 밥"이 그것이다. 열정적으로 붙잡고 있지도 않으면서 그렇다고 표나게 놓아버릴 수도 없는 것, 비루하기 짝이 없는 현실의 자아를 그나마 낭만적으로 포장해주고 있는, 옛사랑에 대한 순정 같은 무엇. 이를 시인은 "한 밤중에 일어나 흘러가는 강물에 슬그머니 놓아주고 싶은 손"으로 형상화하고 있다. 이러한 처연한 성찰이야말로 실존적 자아의, '불가능성'을 껴안는 염결적 태도가 아닐까.

한편 자아에 대한 냉엄하고도 섬세한 성찰은 자칫 허무주의에로 귀결되기 쉽다. 자기 검열에 있어서의 염결적 태도란 '불가능성'을 예각화하는 것에 다른 의미가 아니기 때문이다. '불가능성'에 집착하게 되면 자아는 무력감에 빠질 수밖에 없는 것이다. 그러나 나호열 시에서 성찰은 '가능성'에로 나아가는 매개로 기능한다. 성찰의 과정을 통해 훼손되지 않은 존재의 고유성, 존재 본연의 의미에 관한 통찰에 이르고 있음을 보여주고 있는 시가 「덤」이다.

오늘을 살아내면
내일이 덤으로 온다고

내가 나에게 주는 이 감사한 선물은
가난해도 기뻐서
샘물처럼 저 홀로 솟아나는
사랑으로 넘친다고

길 가의 구부러진 나무에
절을 하는 사람이 있다

먼지 뒤집어쓰고 며칠 살다갈
작은 꽃에
절을 하는 사람이 있다

—「덤」

현대사회의 메커니즘에서 보면 경제적 가치로 환원되지 않는 존재나 그것의 에너지는 무용한 것으로 치부된다. 경제적 가치가 본질의 준거틀이 된다는 의미다. 위 시에서는 "길가에 구부러진 나무"나 "먼지 뒤집어쓰고 며칠 살다갈 작은 꽃"이 쓸모없는 존재의 표상이 되는 셈이다. 그러나 시적 자아는 이러한 잣대가 단지 인간의 욕망과 맞물린 통합적 사회의 시스템에 의해 추동되고 있는 인위적 준거틀일 뿐임을 드러내 보이고 있다. '가난해도 기쁘'다거나 "사랑으로 넘친다"는 표현이 그것이다.

위 시의 시적 자아가 "길가에 구부러진 나무"나 "먼지 뒤집어쓰고 며칠 살다갈 작은 꽃"과 같은, 사회 경제적 기준에서는 무용한 존재들에 '절'을 하는 까닭도 여기에 있는 것이다. 그들은 어떠한 기준에 의해서가 아니라 그들 나름대로 존재 본연의 고유한 의미를 구현하고 있는 것이기 때문이다. 구부러져 있든, 단 며칠을 살든 관계없는 일이다.

시인은 끊임없이 현실적 자아와 이상적 자아와의 간극을 의미화하고 있다. 이는 불가능성을 함의하고 있는 현실적 자아와 가능성에 대한 책임을 포지하고 있는 이상적 자아 간의 간극을 극복하기 위한 의지로 볼 수 있다. 이러한 맥락에서 "길가의 구부러진 나무"나 "먼지 뒤집어쓰고 며칠 살다갈 작은 꽃"이란 '불가능성'을 껴안으면서 고유한 자신의 본질을 통해 가능성을 열어가는 존재의 표상으로 의미화할 수 있을 것이다. 그것이 현대사회의 기준에서 성공이나 혁명에 해당되지 않을지라도 말이다.

"오늘을 살아내면/내일이 덤으로 온다"는 삶에 대한 태도는 바로 이러한 통찰에서 비롯되는 것이다. 내일을 담보로 '오늘'이라는 지금 여기의 의미와 가치를 끊임없이 유보하고 있는 것이 현대인의 삶이라면, 시인은 오히려 살아야 하는 것은 '오늘'이고 '내일'은 '덤'이라고 말하고 있는 것이다. 이 또한 치열한 경쟁적 사회의 논리에서는 벗어나는 인식임에 틀림없다. 이와 같은 통합적 세계에 결코 흡입되지 않는 존재의 고유성에 대한 사유, 이것이야말로 시인이 발견한 '가능성'에의 지평이 아닐까.

> 세탁기가 더럽다고 투덜대는 동안
> 포트에선 맹물이 씩씩거리고 있고
> 밥솥에 살고 있는 아가씨가
> 취사가 끝났다고
> 밥을 잘 섞어달라고 내게 말했다
> 열기가 사라져버린 심장과
> 얼룩 하나 지우지 못하는 팔뚝은
> 또 어디로 간 것일까
> 주인이 버린 옷처럼
> 혼자 식어가는 커피처럼
> 나는 오래된 밥이다
> 슬그머니 곁자리에 있어도
> 아무도 허기를 느끼지 않는
> 오래된 밥
> 다시 들판으로 나갈 수 없지만
> 세탁기 속에 몸을 헹굴 수 없지만
> 따스함을 기억하는 밥

—「오래된 밥.2」

주체가 되지 못할 때, 혹은 존재의 고유성이 담보되지 않을 때 자아가 느끼는 정서란 주변인으로서의 그것일 터이다. 이 시에서 '오래된 밥'이란 "주인이 버린 옷"이나 "혼자 식어가는 커피"와 같은, 소외된 자아의 표상이다. 곁에서 맴돌아도 아무도 그에게 손 내밀지 않는, 더 이상 아무도 그에 대한 "허기를 느끼지 않는", '오래된 밥'과 같은 존재, 이것이 시인이 인식하는 자아의 현실인 것이다.

동일한 맥락에서 "열기가 사라져버린 심장", "얼룩 하나 지우지 못하는 팔뚝"은 소위 진보라 일컬어지는 기술적 발전과 그로 인한 편리에 알게 모르게 저당 잡혀버린 주체의 실천 의지를 형상화한 것이라 할 수 있을 것이다. 한편으로는 현대사회에 적응한 자연스러운 생활 태도에 대해 너무도 냉혹한 잣대를 들이대고 있는 것은 아닌가 하는 생각이 드는 것도 사실이다. 그러나 아도르노는 일찍이 "기계들이 그것을 사용하는 사람에게 요구하는 운동에는 이미 파시스트의 난폭성과 비슷한 거친 폭력성과 과격성이 들어 있다"[3]고 지적한 바 있다. 기계에 익숙해지면서 심장의 열기가 사라져버렸다는 시인의 인식 또한 동일한 의미역을 함의하고 있는 것이라 할 수 있다.

시적 주체는 현실적 자아인 까닭에 '들판'으로 표상되는, 분리 이전의 세계로 돌아갈 수도 없으며 그렇다고 '세탁기 속에 몸을 헹구듯' 온전히 기계적 현실에 기투할 수도 없는 노릇이다. 시적 자아가 중간자적 상황, 회색 지대에 놓여 있다는 점에서 앞서의 인용시들과 동일한 맥락에 놓이는 것으로 볼 수도 있을 것이다. 그러나 이 시에서는 가능성에 대한 지평

---

3 「노크하지 마시오」, 위의 책, 61쪽.

을 열어놓고 있다는 점에서 차질적이라 할 수 있다. 불가능성을 껴안고서 가능성을 향해 한 발을 내딛고 있음을 보여주고 있는 것이다. "따스함을 기억하고" 있다는 대목이 바로 그것인데 "따스함"에 대한 기억이란 기계적 · 도구적 관계가 아닌, 대상과의 '열기' 있는 관계에 대한 회감에 다름이 아니다. 시인은 또 다른 한편으로 구원의 '가능성'을 통합적 세계에 흡입되지 않는 존재 간의 고유한 관계성에서 찾고 있는 것이다.

'가능성'에 대한 책임과 의지를 비교적 분명하게 밝히고 있는 시가 「수평선에 대한 생각」이다.

> 그리워서 멀다
> 외로워서 멀다
> 눈길이 먼저 달려가도 닿을 수 없는 너를 향하여
> 나는 생각한다
>
> 목을 매달까
> 저 아슬한 줄 위에 서서 한바탕 뛰어볼까
> 이도저도 말고 훌쩍 넘어가 버릴까
>
> 매일이라는 절벽을 힘들게 끌어당기며
> 나는 다시 생각한다
>
> 아직도 내게는 수평선이 있다!
>
> —「수평선에 대한 생각」

닿을 수 없는 까닭에 '수평선'은 영원히 멀리에 있는 대상이며 그것을 그리워하는 자아는 외로운 존재일 수밖에 없다. '눈길'은 끊임없이 '달려가'지만 결코 "닿을 수 없는 너", 그것은 바로 이상, 혹은 구원의 세계이다. "목을 매달"고자 했던 뜨거운 심장일 때도 있었다. "아슬한 줄 위에서서 한바탕 뛰어볼까", "훌쩍 넘어가 버릴까" 관념 속을 헤맬 때도 있었다. 그러나 '지금 여기'의 실존적 자아는 "매일이라는 절벽" 앞에 그야말로 '매일' 마주해야 하는 존재다. "매일이라는 절벽", 그 불가능성을 "힘겹게 끌어당기며" 주체는 '다시' 생각한다. "아직도 내게는 수평선이 있다!"고. 이 정언명령과도 같은 언표는 '가능성'에 대한 책임을 결코 놓아버리지 않으려는 태도이자 결의임이 분명하다.

"길가의 구부러진 나무"나 "먼지 뒤집어쓰고 며칠 살다갈 작은 꽃"에 대한 감수성은 사소하고 미미한 대상에도 온 우주의 섭리와 이치가 스며 있다는 통찰에서 비롯되는 것이다. 이러한 서정적 동일성에 대한 감수성을 감각적으로 이미지화하고 있는 시가 「가을을 지나는 법」이다. 이 시는 인간이 자연과 어떠한 호흡으로 공존해야 하는지, 무력하면서도 가장 강한 힘으로 작용할 수 있는 '가능성'에 대한 의지와 실천이 무엇인지를 보여주는 시라 할 수 있다.

> 가을은 느린 호흡으로
> 멀리서 걸어오는 도보여행자
>
> 점자를 더듬듯
> 손길이 닿는 곳마다
> 오래 마음 물들이다가
> 툭
> 투우욱
> 떨어지는 눈물같이
> 곁을 스치며 지나간다

망설이며 기다렸던 해후의
목 매인 짧은 문장은
그새 잊어버리고
내 몸에 던져진 자음 몇 개를
또 어디에 숨겨야 하나

야윈 외투 같은 그림자를 앞세우고
길 없는 길을 걸어가는
가을
도보여행자

이제 남은 것은
채 한 토막이 남지 않은
생의 촛불
바람이라는 모음

맑다

—「가을을 지나는 법」

위 시에서 초점화되고 있는 것은 '마주침', 즉 서정적 동일화의 순간이다. 가을이 그저 동일한 무게로 지나가고 그것이 물리적 시간의 흐름에 불과하다면 '마주침'은 없는 것이며 거기엔 아무런 의미도 생성되지 않는다. 그러나 위 시에서 '가을'은 단순히 때 되면 돌아오는 사계절 중의 하나가 아니며 계측 가능한 물리적 시간도 아니다. 그것은 "느린 호흡으로", "오래 마음 물들이"는 서정적 자아의 고유한 시간이자 주관적으로 환기되는 순간들이다.

자아와 대상이 서정적으로 동일화되는 황홀한 순간, 그것은 바로 시의 한 구절이 탄생하는 순간이기도 하다. 그러나 그것이 곧바로 시가 되는 것이 아니라 다시 스미고 삭힘의 과정이 필요하다. "망설이며 기다렸던 해후의/목 매인 짧은 문장"은 잊어버리고 서정적 자아는 그저 "자음 몇 개"만을 어딘가에 간직하고 있다는 표현에서 이를 확인할 수 있다. '자음', 즉 자아에 스며 있는 합일의 감수성은 이를 흔들어 깨우는 '모음'과 만나게 되면 한 편의 '맑은' 시가 될 것이다. 서정적 자아의 마음을 물들이는 '모음'이 자연에서 찾아지는 것임은 물론이다.

이러한 맥락에서 보면 "느린 호흡으로", '오래 물들이는 것'은 '가을'이기도 '시'이기도 한 셈이다. "내 몸에 던져진 자음"에서 보듯 서정적 자아 또한 '가을'과 시에 동일화되어 있어 서로 다른 것이 아님이 드러나고 있다. 따라서 "야윈 외투 같은 그림자를 앞세우고/길 없는 길을 걸어가는" 대상은 표층적으로는 '도보여행자'로 의인화되어 있는 '가을'이지만 그 대상이 '시'이기도, '시인'이기도 한 것이다.

그렇다면 왜 하필 "길 없는 길"을 걸어가는 것일까. "길 없는 길"이라. 길은 없고 길 없음 그것이 바로 길이 되는 것, 이것이야말로 '가능성'에로의 길이 아닐까. 또한 "채 한 토막이 남지 않은/생의 촛불"과 '바람'의 위태로운 공존은 '불가능성'에 대한 절망과 '가능성'에 대한 책임을 동시에 내재하고 있는 주체, 내지는 시인의 정신으로 의미화할 수 있을 것이다. 그 "길 없는 길"을 "느린 호흡으로", "오래 물들이며" 걸어가는 것, 이것이 '시인'의 숙명이자 '시'의 운명인 셈이다. 결국 '불가능성'의 세계 속에서 '가능성'을 열어가는 것은 "길 없는 길" 위에 있는 존재들에 의해서임을 나호열의 시에서 다시 확인하게 된다.

이번 신작시들에서 시인은 이상과 현실 사이의 회색적 존재, 중간자적 존재로서의 삶을 염결적 태도로 묘파해내고 있다. 이를 실존적 자아에 대한 성찰로 불러도 좋고 구원의 '불가능성'에 대한 절망으로 불러도 좋을 것이다. 중요한 것은 이러한 절망을 껴안고 '가능성'에 대한 지향으로 나아간다는 사실이다. 이 '가능성'이란 결코 쉽게 포지될 수 있는 것이 아니다. 불가능성에 대한 집요한 추적, 염결성에서 비롯되는 깊은 '수치심' 후에야 획득되는 정신이기 때문이다. 나호열의 시는 비루한 일상에서 건져 올린 사소하고도 미미한 소재들을 통해 거대 담론을 미시적 이미지로 형상화하는 측면에서 탁월하다. 비루한 일상의 묘파를 통한 불가능성의 형상화, 그러한 진솔한 성찰을 통한 가능성에의 책임, 이것이 『촉도』이후 나호열의 시세계를 관류하는 주제이자 요체가 아닌가 한다.

'깊고 푸른 섬', 그 수평의 세계에 이르는 길

■ 문현미론

문현미 시인의 일곱 번째 시집, 『깊고 푸른 섬』의 시세계는 매우 복합 다층적이다. 중후하면서도 젊고, 현실 문제를 초점화하면서도 유토피아를 꿈꾸고, 이성적 사유를 전개하는가 하면 서정적 동일성을 구현하고 있기 때문이다. 그렇다면 이처럼 다층적인 면면들을 관류하는 궁극적인 주제는 무엇일까. 문현미의 시에서는 이를 공간적 배경을 중심으로 살펴볼 수 있을 듯하다.

이 시집에서 빈번하게 등장하는 공간은 크게 세 영역으로 분류할 수 있다. '비무장지대', '고비', 자연이 그것이다. 이 세 공간에 함의되어 있는 의미의 스펙트럼은 매우 넓으면서도 다층적이라 할 수 있다. '비무장지대'를 중심으로 펼쳐지는 세계는 역사의식과 현실 인식의 측면에서, '고비사막'의 경우에는 존재론적 관점에서, 자연을 소재로 한 시편들에서는 이들을 아우르며 궁극적으로 이르게 되는 서정적 동일성의 세계를 구현하고 있기 때문이다.

익히 알고 있듯 '비무장지대'란 휴전협정에 따라 남과 북 사이의 군사

분계선을 중심으로 일정 구간 정해진 비무장 지역을 일컫는 말이다. 우리나라의 분단 현실을 표상하는 대표적 공간이라 할 수 있다. 시인이 인식하는 '비무장지대'는 "피 냄새 흥건한 폭풍이 몰아친 어제를 이끌고 우루루 불안한 수평을 이루는"(「아무런 날의 신화」) 공간이다. "태연한 척, 평화로운 척ー" 존재하고 있지만 "위험한 벙어리 평화"만이 "홀로 무성"(「초평 일기」)할 뿐이다. 정치적 이해관계에 따라 권력 집단은 이 위태로운 침묵을 유용하게 이용해왔지만 바로 이러한 까닭에서일까, 시인은 이를 "총성보다 더 무서운 고요"(「이런 고요」)라 명명하고 있다. 이와 같은 인식에, 통일에 대한 열망이 배태되어 있음은 물론이다.

그저 서성거리며 마침표가 있는 그날을
꿈을 꿉니다 차마
불멸이란 단어는 머무를 수 없습니다

크고 작은 군화들이 구름 속으로 날아간 곳에
뜨겁게 설레는 영원이란 말, 디딜 틈이 없습니다

짐승 같은 울음이 뚝뚝 떨어지던 여기에 어둑발 한숨이 불꽃으로 타오르며 출렁입니다

눈 속에 깃든 어둠이, 입 속에 쌓인 어둠이
골수 깊숙이 고이는 어둠이
발목부터 머리까지 차 오르고 있습니다

먼 훗날 긴 밤을 깨치는 새벽의 불덩이처럼
그날이 환하게 솟아오르는 순간이 온다면
그때 생피를 찍어 황홀의 시를 쓰겠습니다

목마른 탄성 끝에 무릎 꿇는 임진강가에서
기적으로 찾아올지 모를 그날을 기다리며
비무장의 유산을, 완전한 소멸을
오랜 열병처럼 앓으며

부끄러운 느낌표가 묵념이 되는 저녁답
서서히 철조망을 덮는 노을길 따라
우두커니 나, 저물어 갑니다

—「그날」

위 시에서 "크고 작은 군화들이 구름 속으로 날아간 곳", "짐승 같은 울음이 뚝뚝 떨어지던 여기"가 바로 비무장지대이다. "뜨겁게 설레는 영원이란 말", "불멸이란 단어"도 이 공간에 있어서만큼은 운위될 수 없다. 오직 "비무장의 유산을, 완전한 소멸을" 바라고 또 바랄 따름이다. 따라서 '그날', "기적으로 찾아올지 모를 그날"이란 비무장지대가 사라지는 날, 즉 통일이 이루어지는 날을 의미하는 것이다.

시인에게 있어 통일은 "오랜 열병처럼 앓"아온 염원의 대상이다. 이러한 실존적 현실 앞에서 시(詩)는, 그리고 시를 쓴다는 것은 과연 무슨 의미가 있을까. 시인은 이를 "아무리 꾸욱 눌러 써도 터지지 않는/낡은 탄피 같은 자음과 모음으로/비무장의 시를 바람결에 작두 타듯이 갈기"고 있다고, "내용도 없이 형식도 없이/자꾸만 비틀, 비틀거리며"(「바람이 불고 있다」) 쓰고 있다고 표현하고 있다.

이 시의 마지막 행, "우두커니 나, 저물어 갑니다"에서는 이러한 무력감이 처연하면서도 아름답게 그려져 있다. '우두커니'라는 시어에서는 간절한 염원밖에 할 수 있는 것이 아무것도 없는, 시적 자아의 무력감을 쓸쓸하게 그려내고 있으며 “서서히 철조망을 덮는 노을”에 서정적 동일화를 이루고 있는 것을 아름답게 형상화하고 있는 대목이 “나, 저물어 갑니다”이기 때문이다. 또한 ‘저물어간다’는 것은 분단 현실 앞에서의 시간의 흐름을 함의하고 있는 표현이다. 이러한 맥락에서 “우두커니 나, 저물어 갑니다”라는 시구는 자아와 현실, 현실 너머의 자연 모두를 서정적 동일성의 범주에 포회하고 있는, 탁월한 감각의 화룡점정이라 할 수 있다.

한편 “눈 속에 깃든 어둠이, 입 속에 쌓인 어둠이/골수 깊숙이 고이는 어둠이/발목부터 머리까지 차 오르고 있”다는 표현에서도 드러나듯 시인에게 있어 비무장지대는 과거에 유배되어 있는 물상이 아니라 시시각각 출몰하여 시인으로 하여금 앓게 만드는, 현재진행형으로 의미화되고 있는 것이다. 통일의 그날이 온다면 “그때 생피를 찍어 황홀의 시를 쓰겠”다는 절절한 의지는 발로 이러한 현실감에서 발현될 수 있는 것이다.

썩지 않는 분노가 걸려 있다
가파른 아우성이 모로 걸려 있다
차마 묻지 못한 눈물의 탄피가 걸려 있다

녹먼지 흩날리는 비무장의 들판에
길을 잃은가 보다, 떠돌이 바람의 혼령들

어제도 그 바람이 불었고
오늘도 뼈 속까지 뼈 없는 바람이 불고
내일, 다시 오는 내일 사무치도록

새 하늘, 새 땅을 기다리는
오래된 미래의 언저리 어디쯤
몇 방울 피가 섞인 통증이 묻어 있다

눈 먼 가슴 활짝 열어 맞이하고픈
무릎 걸음으로도 다가가고픈
울창한 정적이 불현듯 날아갈 거기에

새들도, 짐승도, 사람도 모두
하나같이 눈부신 낙관을 찍고 또 찍고

동트는 아침의 속도로
수북히 그리고 세필의 떨림으로

—「바람, 멈추지 않는」

비무장지대에는 "썩지 않는 분노"와 "가파른 아우성" "차마 묻지 못한 눈물의 탄피"가 걸려 있다. 동족상잔이나 분단의 비극이 과거의 시간에 유폐되어 있는 것이 아니라 현재에도 끊임없이 재경험되고 있다는 점에서 위 시는「그날」과 동일한 시간성을 함의하고 있다고 할 수 있다. 과거 현재 미래가 상호 침투적이고 상호 내재적으로 흐르는 지속의 시간성이 그것이다. "떠돌이 바람의 혼령들"은 '어제'도 불었고 '오늘'도 그리고 "오래된 미래"에 이르기까지 '사무치게' 불어댈 것이며 도래할 미래의 공간, 곧 "울창한 정적이 불현듯 날아갈 거기에" 존재들은 "하나같이 눈부신 낙관을" 찍고 있다. 이처럼 과거가 끊임없이 현재에 침투하고 현재와 미래가 상호 내재적으로 기투될 때 역사는 진보하게 되는 것이다. 위 시에서도 통일은 "눈 먼 가슴 활짝 열어 맞이하고픈/무릎 걸음으로도 다가가고픈" 절대적 염원의 대상으로 현현되고 있다.

문현미의 시에서 '비무장지대'가 이처럼 우리 민족이 직면해 있는 분단이라는 현실에 대한 인식을 발현하는 공간이라면 또 다른 공간 '고비'는 자아의 존재론적 의미에 대한 탐구의 장이라 할 수 있다.

시간의 무덤인 거대한 사막을 바라보며
손가락 사이로 흐르는 모래의 전언을 듣는다

유랑의 발자국들이 모래로 덮이고
피라미드 모래탑이 쌓였다가 사라지는 사이
수많은 나를 번제물로 바치게 한다
작열하는 태양 아래 내일이 없는 길을 가고

끝이 보이지 않는 모래 벌판에서
누군가는 모래알 같은 나를 안고 돌아가고
누군가는 바람보다 더 바람 같은 나를 만나리라

기둥 하나 없는 이방의 신전 너머
꿈꾸듯 청라 한 필이 주욱 펼쳐진다

아무 곳에도 다다르지 못한 채
사막의 열기가 아득하게 번지고 있다
바람의 뼈로 현을 켜는 광야의 시간이 돌아오고

—「사막에서」

거대한 사막, 고비는 "시간의 무덤"이다. 시적 자아는 "끝이 보이지 않는 모래벌판", "내일이 없는 길"을 끝없이 가야한다. 이러한 맥락에서 고비는 절대고독의 공간이기도 하다. "모래와 바람이 서로 부둥켜 앉지 못하"고 "해와 달이 서로 심장을 마주하지 못하는/소유불가침"의 공간, "애써 모은 걸 모두 잃어버리는/분분히 허공에 흘림체로 사라지는"(「유목의 시간을 지나가다」) 공간이 바로 고비인 것이다.

이 "길없는 길" 위에서 궁극적으로 만나게 되는 것은 "모래알 같은 나",

"바람보다 더 바람 같은 나"이다. '뜨거운 고독' 속에서 "아무것도 품지 않"고 "아무것도 남기지도 않는"(「뜨거운 고독」) 존재로 남을 때 자아는 "마침내 싱싱한 심장의 불을 환히 켜고/영혼의 갈기 휘날리는 생의 새벽을 찾아 달려"(「고비에서 고비를」)가게 된다. 시인이 생각하는 자아의 본질적인 모습이란 결국 철저하게 혼자인 나, 그 절대고독 속에서 자유로운 나가 아닐까.

이러한 자유는 "수많은 나를 번제물로 바치"는 과정을 통해 가능해진 것이다. "도저히 맨 정신으로는 건널 수 없는 세상 바다"에서 "감정의 범람"으로 "심연의 둑방에 균열이 생긴"(「그리하여 폭우」) 자아, "서투르고, 어리석어 철철 피 흘리던 날들"(「고비에서 고비를」)의 자아, "필사적으로 버티며 어제를 사는 생"(「친구에게」)의 자아 등이 "수많은 나"의 모습이었을 터이다. "시간의 무덤" 속에서 모든 것을 잃어버리고, 품지 않고, 남기지도 않는 한 알 모래알과 같은 존재가 되었을 때 자아는 비로소 세계와의 온전한 합일을 이룰 수 있게 되는 것이다. 자아와 대상과의 온전한 합일이 구현되는 세계가 바로 자연의 공간이다.

> 날마다 아침이면 능선을 바라봅니다
>
> 어느 새 가쁜 호흡이 길어지고
> 내 속의 수많은 나, 비로소 잊습니다
>
> 은발의 바람결 한 가닥의 힘으로
> 말랑말랑한 나뭇잎의 질서로
>
> 낮은 수평의 길에 들어섭니다

하나씩, 둘씩 고요의 걸음으로
한없이 깊은 묵언에 물들어갑니다

시간이 흐를수록 흙가슴에 바투 맞닿은
순하디 순한 느낌, 어떻게 불러야 할까요

이제 가만가만 속도를 멈추고
이쪽 저쪽 편도 가르지 않고

누군가를 말없이 품어줄 수 있다면
누군가의 손을 공손히 잡아 줄 수 있다면

—「능선에 들다」

절대 고독의 공간에서 모든 것을 벗어버린 자아는 그대로 자연일 터이다. 따라서 자아가 능선에 스며들어 하나가 되는 동일화의 과정은 어쩌면 예정된 수순일지 모른다. 위 시에서 자아가 능선에 드는 과정은 "내 속의 수많은 나"를 내려놓고 "낮은 수평의 길에 들어"서는 과정에 다름이 아니다. "고요의 걸음으로 한없이 깊은 묵언에 물들어"가는 수양의 시간이기도 하다. "이쪽 저쪽 편도 가르지 않고", "누군가를 말없이 품어줄 수 있"고 "누군가의 손을 공손히 잡아 줄 수 있"는 그런 '순한 마음'에 대한 기원도 이러한 맥락에서 기인하는 것이다.

문현미의 시에서 자연은 이처럼 자아를 '흙가슴'에 품고 다독이는 존재다. 이러한 품속에서 자아는 "순하디 순한" 존재로 거듭나게 된다. 모든 것을 품어주는 이와 같은 자연의 모습은 그대로 어머니의 모습이기도 하다. "어떤 상처도 아물게 하는"(「그것은」), "세상의 모든 울음이 멈추"고 "세상의 모든 아픔이 머물고 싶은 곳"(「소금꽃 제단」), "누구나 두레박줄

내려 목마른 생의 노숙 푹 적시고 싶은"(「어머니의 우물」) 그것이 바로 어머니의 품인데 이는 위 시에서의 자연의 세계이기도 하기 때문이다.

"내 속의 수많은 나"를 내려놓고 "낮은 수평의 길에 들어"서는 삶의 이법, 이는 실상 '비무장지대'나 '고비사막'의 시편들에서 지향하는 바와 다른 것이 아니다. 그리고 그것은 시인이 궁극적으로 이르고자 하는 시의 세계, 심미적 세계와도 맥이 닿아 있는 것이다. "높고 낮은 것이 수평이 되고/많고 적은 것도 수평이 되는" 세계, "어디에도 머물지 않는 필법"이 시인이 이르고자 하는 세계이며, 방법적 의장이기 때문이다. 이 시집의 표제이기도 한 "깊고 푸른 섬"은 바로 이러한 심미적 세계의 표상이라 할 수 있다.

> 한 순간 형장의 이슬로 사라지게 하거나
> 사랑이라는 기억조차 가물거리는 뇌관을
> 수직으로 전율하게 하는 것이 있다
>
> 뜨거운 내면의 힘으로
> 꾸욱 눌러 쓰는 손의 근육으로
> 하얀 묵음의 바다에서 무채색 노를 저어
>
> 그 섬으로 간다
> 그 섬으로 간다
>
> 아무도 방해하지 않는
> 아무도 찾지 못하는
> 아무도 알 수 없는
>
> 가시 투성이 슬픔과 애써 감춘 아픔과
> 배신의 등 뒤에서 머뭇거리던 분노와

분홍 나팔꽃의 추억을 녹이고 걸러
한 땀, 한 땀씩

애벌레가 품은 꿈의 날개가 연필심에 닿으면
가만, 가만히 먹빛으로 꿈틀거리다가
기어이 한 마리 흑룡으로 날아오른다

어둠의 장막이 걷히고 새 하늘이 보인다
깊고 푸른 그곳, 그 섬으로 간다

—「깊고 푸른 섬」

시인을 심연으로 가라앉게도 할 수 있고, "수직으로 전율"하게도 할 수 있는 것이 시이며, 이것의 완성이 바로 "깊고 푸른 섬"이 표상하는 바이다. "우울한 그레이와 치명적 블루로 엮어진/그물에서 허우적거리던 때/목숨을 틔우려/불안한 눈빛으로 바둥거리던 그런 때/외나무다리에서 발바닥에 바싹 긴장을 모으고/구걸하듯 빛의 낱말을 중얼거리던 때"(「그물망」)를 지나 "뜨거운 내면의 힘"으로 마침내 이르게 되는 곳이 "깊고 푸른 섬"인 것이다.

그 섬은 "아무도 방해하지 않는/아무도 찾지 못하는/아무도 알 수 없는" 곳이자 슬픔과 아픔, 분노를 녹이고 걸러야만이 닿을 수 있는 곳이다. 시인에게 있어 "가시 투성이 슬픔과 애써 감춘 아픔과/배신의 등 뒤에서 머뭇거리던 분노"를 녹이고 거르는 공간이 '비무장지대'이고 '고비'이고 자연이었던 셈이다. "어둠의 장막이 걷히고 새 하늘이 보이"는 "깊고 푸른 그곳", 시인은 지금 그 섬으로 가고 있는 중이다.

실존의 장에서 들려오는 '사랑의 전설'

■ 이중도론

이중도 시인의 신작 다섯 편을 살펴본다. 이중도 시인은 2013년 첫 시집 『통영』(시학, 2013)을, 바로 그 다음 해에 『새벽시장』(시학, 2014)을 상재한 바 있다. 두 시집은 '바다', '땅', '갯벌' 등과 같은 고향 통영의 자연을 배경으로 거칠고 모진 현실을 살아가는 사람들에 대한 연민과 애정이 드러난다는 점에서 공통적이라 할 수 있다. 이번에 발표된 신작 시편들 또한 그 배경이나 시적 대상의 성격에 있어서는 동궤에 자리하는 것으로 볼 수 있는데 특징적인 것은 모두 '사랑'을 전면화하고 있다는 점이다. 「전혁림 화백의 팔레트」, 「실성한 주막」, 「어떤 울음」, 「적덕고모」, 「당신을 통째로 삼킬 것입니다」가 그것인데 이 중 「당신을 통째로 삼킬 것입니다」 한 편만 제외하고 나머지 네 편이 '사랑의 전설'을 부제로 하고 있다. 「당신을 통째로 삼킬 것입니다」 또한 '사랑의 전설'이라는 부제만 달고 있지 않을 뿐, 사랑을 의미화하고 있다는 점에서는 다르지 않다.

당신이 풀어 놓고 싶었던 바람 당신이 흩어 놓고 싶었던 풀밭 당신이 밀어울리고 싶었던 태양은 처녀티 발갛게 남아 있던 내 볼에서 비벼져 맑은 아침이 되어 걸어왔습니다 당신이 새참으로 먹고 싶어 했던 색채는 오월의 깊은 자궁이 익힌 색채는 손금 지워져가는 내 손바닥의 온기 묻은 채 허리 굵은 조선 처녀가 한 광주리 이고 갔습니다 당신이 짜 내고 싶었던 하늘은 하늘의 혼은 목백일홍 노을 두른 내 앞마당에 이슬로 떨어져 첫새벽을 적시다가 만다라로 피어올랐습니다 당신이 풀어 놓았던 당신은 당산나무 그늘 밑 평상 같은 내 가슴에 잠시 앉아 머물다가 코발트블루 그 영원 속으로 떠났습니다

내게 남은 것은 발자국들
당신이 맨발로 찍고 간 발자국들뿐

어쩌면 당신의 숨결인
바람만이 비문인 이 세상에 남긴
당신의 비문인
티눈 박인 당신의 발자국들뿐

—「전혁림 화백의 팔레트－사랑의 전설 2」

전혁림 화백(1916~2010)은 '색채의 마술사'라 불릴 만큼 독특한 색채와 풍경으로 인정을 받았지만 일찍이 중앙 화단과는 거리를 두고 부산과 통영을 중심으로 활동하여 '통영의 화가', '바다의 화가'로 불리는 화가였다. 전혁림 화백과 이중도 시인은 통영이 고향이고, 통영과 바다를 지극히도 사랑한 예술가라는 공통점이 있다. '사랑의 전설 2'를 부제로 하고 있는 위 시에서 시인 자신이기도 한 서정적 자아는 전혁림 화백의 그림 속에 등장하는 고향의 자연과 혼연일체가 되어 있다. 고향과 자연과 예술을 사랑한 화가, 그러한 화가의 혼이 '사랑의 전설'이 되어 서정적 자아의 '가슴'으로 흐르고 있다.

이중도의 '사랑의 전설' 연작시는 이처럼 다양한 시적 대상들을 통해 사랑의 구체적인 모습을 구현해내고 있다는 특징을 보인다. 그렇다면 이 '전설'들을 관류하는 사랑의 정수랄까 혹은 시인이 생각하는 궁극의 사랑은 어떠한 것일까. 이를 '돌아온 탕아'에 대한 아비의 사랑에 비유할 수 있을 듯하다. 조건이나 계산이 있을 수 없는 전면적인 사랑이 바로 그것이기 때문이다. 이러한 사랑의 주체를 핍진하게 묘파하고 있는 작품이 「적덕고모－사랑의 전설 6」이다.

개망나니 지아비 진창에 싸질러 놓은 하루치 생을
지문 닳은 손으로 주워 모으면 시골마당
찌그러진 세숫대야 가득한 똥개 밥 한 그릇
삼생이 잡탕 된 고봉의 똥개 밥 한 그릇
용왕도 천신도 비워 주지 않는 지은이도 심청이도 닦아 주지 않는
똥개 밥 한 그릇 부뚜막에 쪼그리고 앉아 비우고 닦아온
긴 세월 이제 일장춘몽이라 느껴지는 쪼그랑박 팔순
평생 비우고 닦아온 지아비 그릇에 이제 쌀 반
보리 반으로 지은 밥이나마 담기는데
당신 그릇은 어디에 있나요
제 그릇 다 찾아간 당신 아들 딸 모두 찾으라고 성화부리는
당신 그릇은 어디에 있나요
그럴 때는 늘 웃기만 하는 그릇이 뭔지도 모르고 웃기만 하는
당신은 지금 갯벌에 있습니다
억만이 구멍 파 숨 쉬고 살아가는 갯벌
가슴 파고들어 살아가는 것들의 숨을 제 숨으로 삼는
갯벌 한가운데 기역자로 굽어 있습니다

—「적덕고모－사랑의 전설 6」

'적덕고모'가 긴 세월 "비우고 닦아온" 것은 "개망나니 지아비"가 "진창에 싸질러 놓은 하루치 생"이다. 시인은 이를 '똥개 밥 한 그릇'에 비유하고 있다. "용왕도 천신도 비워 주지 않는 지은이도 심청이도 닦아 주지 않는" '개망나니'의 생을 '적덕고모'는 제 '숨'으로 삼고 있는 것이다. 이 시의 백미는 이러한 '적덕고모'와 그의 삶을 '갯벌'로 형상화하는 대목이다. "갯벌 한가운데 기역자로 굽어 있"는 '적덕고모'를 보며 시인은 '적덕고모'가 바로 "억만이 구멍 파 숨 쉬고 살아가는 갯벌"임을 깨달았을 터이다. "가슴 파고들어 살아가는 것들의 숨을 제 숨으로 삼는"다는 시구는 절창이라 할 만하다.

실존의 고투에서 낙오한 생에 대한 연민과 사랑은 「실성한 주막—사랑의 전설 3」에서 보다 확장된 양상을 보이고 있다. 시인은 이러한 인간 군상들을 "세상에 다 털린 사람"으로 명명하고 있다.

> 오거라 망망한 바다 술 취한 망나니로 떠돌던
> 바람아 마누라 새끼들 다 도망가고 이빨마저 도망간
> 바람아 박 바가지 하나 들고 백발 거지 되어
> 오거라 장작불로 개장국 끓여 주마
> 복숭아뼈 익는 구들장에 낮밤을 재워
> 보리밭 끝없는 네 고향으로 보내 주마
> 캄캄한 구름아 장대비로 울며불며
> 오거라 아름드리 살구나무 활짝 핀 꽃으로 서서
> 흠씬 두들겨 맞아 주마
> 흠뻑 네 눈물 머금고 꽃비 되어 주마
> 네 슬픔의 자궁까지 흘러가 주마
> 오거라 세상에 다 털린 사람아 실성한 동무야
> 술값도 밥값도 계산도 모르는 실성한 주막 되어

나 여기 있으니

—「실성한 주막–사랑의 전설 3」

"세상에 다 털린 사람"들이란 "망망한 바다 술 취한 망나니로 떠돌던" 이, "마누라 새끼들 다 도망가고 이빨마저 도망간" 이, "박 바가지 하나 들고 백발 거지 되어" 다니는 이 등등이다. 세상의 관점에서 낙오자라 할 만한 이들을 시인은 '동무'라 지칭한다. '실성한 동무'. 이들에게 필요한 것은 바로 '실성한 주막'이다. '주막'이 경제적으로 환원되는 가치를 중심으로 구동되는 현실세계를 표상한다면 '실성한 주막'이란 이와는 대척되는 "술값도 밥값도 계산도 모르는", '적덕고모'와 같은 존재, 혹은 그러한 시공간이라 할 수 있을 것이다. 장작불에 끓여주는 '개장국', "복숭아뼈 익는 구들장" 등은 '고향'의 환유이며, '고향'이나 '자궁' 등은 바로 '실성한 주막'이 표상하는 바와 등가를 이루는 시공간인 것이다.

재래시장 바닥에 앉아 지나가는 손님 애타게 바라보는 할머니 양파 비파 마늘 가난하게 펴 놓은 할머니 무릎 툭 튀어나온 몸뻬는 소로우 월든 자발적 가난 운운했던 간밤의 술자리를 머쓱하게 만들었습니다 탁주 한 사발에 양념 조미료 떡칠된 김치 우적우적 씹어 먹는 뱃사람들 선상 조식 곁에서 깐깐한 무염식 찾아다니는 생은 힐끔힐끔 눈치를 봤습니다 동이 서융 남만 북적 오랑캐 시커먼 봉두난발 앞에 선 어설픈 땡추 머리 같았다고나 할까요 적장을 삶아 고깃국으로 먹는 고대의 식성 앞에 선 희멀건 채식주의자 같았다고나 할까요 잇바디 사나운 상어 배 속 출렁거리는 대양 앞에서 합죽이 입 뻐금거리는 붕어 같았다고나 할까요 합죽이 입으로 내뱉어온 내 모든 사랑이 부끄러워졌습니다

돌아가 다시 당신을 만나면 뭣 빼고 뭣 빼고 하는 까다로운 입맛 따위

회 쳐 먹어 버리고 당신을 통째로 삼킬 것입니다

—「당신을 통째로 삼킬 것입니다」

금번에 발표된 이중도 시인의 시를 읽고 있노라면 때때로 바닷가에 서 있는 듯한 착각에 빠지게 된다. 거칠게 덮쳐오듯 펼쳐지는 망망한 삶들 앞에서 망연해지기도 하고, "적덕고모"(「적덕고모」)와 같은 존재들에게선 '갯벌'에서나 맡을 수 있는 비릿한 생명의 냄새가 나는 듯도 하다. 바다를 사랑하여 바닷가에 사는 시인의 작품이자 그의 시에 바다가 자주 등장하는 까닭이기도 하겠지만 내용적으로든 어조나 리듬에 있어서건 그만큼 시에서 불규칙한 파동과 같은 힘이 느껴진다는 의미이다. "돌아가 다시 당신을 만나면…… 당신을 통째로 삼킬 것입니다"(「당신을 통째로 삼킬 것입니다」)라는 시구는 그대로 숨조차 쉬기 어렵게 만드는 거대한 파도 같다. 일찍이 이토록 통렬하면서도 매혹적인 고백을 들어본 일이 없다.

기실 시인이 지향하는 사랑의 정체는 그의 두 번째 시집『새벽시장』에서부터 매우 명징하게 그리고 반복적으로 발현해오고 있는 터, 그것이 신작에도 그대로 이어지고 있는 경우라 할 수 있다. 주목을 끄는 변화는 그것이 발현되는 방법적 의장의 측면에서이다.

로마교회에 보내는 바울의 편지를 읽다가 문득 그저께 헐린 까치집이 생각났습니다 날개 여물지 못해 날아오르지 못하고 절뚝거리며 땅을 헤매던 새끼 주변을 맴돌던 어미의 쉰 목청 생각이 났습니다 사랑과 율법에 대한 사도의 뜨겁게 날선 문장을 읽다가 새끼 까치를 위해 빈 꽃바구니로 새 집을 지어 준 아장아장 걷던 아이와 젊은 엄마 생각이 났습니다 새 집에서 얼마 살지 못하고 떨어져 죽은 새끼 곁에 해종일 앉아 돌에 부리를 찧어대며 퍼덕거리던 어미 생각이 났습니다 경전 한 권을 다 읽고 나면 저 쉰 목청까지 빈 꽃바구니까지 돌에 찧는 부리까지 가는 길이 보일까요 경전 한 권을 다 외우고 나면 길 끊어진 곳에서 물고기와 자라가 떠올라 다리를 만들어 줄까요

세상 어미들 울음이 처음 솟아난 그 샘까지 가고 싶은 밤입니다 잃어버린 성배를 찾는 기사처럼

—「어떤 울음－사랑의 전설 5」

위 시를 비롯하여 이번 신작들에서는 행 · 연의 구분이 산문적인 이미지와 불안정한 호흡을 생성하는 방향으로 이루어지고 있다는 특징을 보인다. 거칠고 불편하게 느껴지는 면도 없지 않지만 그것이 또 한편으로는 응축과는 다른 층위에서 어떠한 힘을 조성해내는 새로운 리듬으로 작용하고 있다는 판단이다. 이는 또한 삶에 대한 실존적 고투 앞에서 지식계층의 관념적 분별과 고뇌가 얼마나 허황된 것인지를 드러내고 있는 시적 내용을 그대로 형식화하고 있는 것으로도 해석이 가능해 이채로운 경우이다. 다시 말해 내용과 형식이 교융을 이루고 있다는 의미이다.

안락한 술자리에서 "소로우 월든 자발적 가난 운운"하며 "깐깐한 무염식 찾아다니는 생"(「당신을 통째로 삼킬 것입니다」)이나 "사랑과 율법에 대한 사도 바울의 뜨겁게 날선 문장을 읽는"(「어떤 울음」) 시적 자아는 로고스의 세계에 속하는 존재를 표상한다. 시인은 이를 "잇바디 사나운 상어 배 속 출렁거리는 대양 앞에서 합죽이 입 빠금거리는 붕어 같"다고 표현한다.

지식과 정보를 기반으로 한 질서정연한 세계, 명확하고 안정적으로 보이는 이 세계가 실상은 "세상에 다 털린 사람"(「실성한 주막」)들의 실존적인 고투를 담보로 하고 있음을 여실히 드러내고 있는 것이다. 이중도의

시에서 시의 보편적인 형식의 파괴와 불안정한 호흡은 이러한 허위의 세계에 대한 성찰과 비판을 현현하는 시적 의장인 셈이다. 이중도 시인의 신작이 주목을 끄는 이유가 여기에 있다. 내용과 형식이 교융을 이루는 방법적 의장, 그리고 이와 더불어 파도를 연상케 하는 남성적이고도 웅혼한 서정성이 바로 그것이다.

'꽃'의 변증법, 그 약한 것의 강함에 대하여

■ 김성부론

아도르노의 『계몽의 변증법』에 의하면 계몽이란 인간이 자연의 지배에서 벗어나 인간이 주체가 되어 자연을 지배하는 것을 의미한다. 계몽의 과정은 결국 문명화의 과정인 셈이다. 이때 신화는 비합리적이라는 점에서 계몽에 의해 끊임없이 배격된다. 그런데 아도르노는 신화는 이미 계몽이었고 계몽은 신화로 퇴화한다는 역설을 주장한다. 인류의 원시 신앙의 대상은 자연이었다. 시간이 흐르면서 숭배의 대상은 인간의 형상을 한 신으로 옮겨가게 되고 이 신들의 이야기가 신화인 것이다. 따라서 신과의 동일화를 통해 신과 함께 자연을 지배하게 된다는 점에서 신화는 이미 그 자체가 계몽이었다는 것이다.

그렇다면 계몽은 왜 신화로 퇴화하는 것일까. 계몽에 의해 신화는 축출되므로 문명은 신이 아닌 인간 중심으로 구동하게 된다. 이와 같은 과정을 통해 형성되는 사회는 결국 인간에게 제2의 자연이 된다. 인간은 계몽을 통해 자연을 지배하게 되었듯 사회 또한 효율적으로 지배하고자 하였기 때문이다. 그러기 위해서는 필연적으로 인간에 내재되어 있는 자연성을 정복하여야만 했고 이는 합리적인 사회 운용이라는 명목하에 인간을 지배하는 수순으로 이어지게 되는 것이다. 자연의 종속에서 벗어나 인간이 주체가 되어 자연을 지배하는 것이 계몽이라 할 때 계몽의 결과 결국 인간에 의한 인간의 지배라는 결과를 낳게 된 것이다. 이러한 맥락에서 계몽은 인간이 지배를 받았던 신화로 퇴화한다는 것이다.

얼마 전 논란이 되었던 '신분제를 공고화해야 한다', '민중은 개돼지'라는 고위 공무원의 발언은 이러한 계몽의 퇴화를 여실히 보여주는 예증이라 할 수 있을까. 혹여 우리 사회는 퇴화는커녕 아직 '우리'가 주체가 되는 계몽의 과정에 제대로 진입해보지도 못한 것은 아닐까. 여하튼 아도르노는 이러한 종속과 지배라는 계몽의 필연적 구조를 극복하기 위한 방편으로 미메시스적 화해를 제시한다. 전통적 예술 이론에서의 미메시스가 '객체의 모방'이라면 아도르노의 그것은 '객체에의 동화'를 의미하는 것으로 모든 주체와 객체의 관계에 관한 행동 방식에까지 그 의미가 확장된 것이라 할 수 있다.

도구적 이성이 아니라 심미적 이성을 통해 타자와의 관계에 있어 상호 동화의 감수성을 회복하는 것이 바로 미메시스적 화해라 할 수 있을 것이다. 이는 자연과의 관계에 있어서도 어느 한쪽이 주체가 되어 객체를 종속시키는 것이 아니라 공생의 관점에서 모두에게 적용될 수 있는 진리를 추구하는 태도를 의미하는 것이다. 김성부의 신작들을 관류하는 의미 또한 이러한 맥락에 닿아 있다고 판단된다.

2005년 계간 『불교문예』와 『한국문인』으로 등단한 시인은 같은 해에 『이별연습 그리고 기다림』을, 2012년에 『달항아리』를 상재한 바 있다. 두 시집에서 공통적으로 추출되고 있는 시의식을 살펴보면 김성부 시세계의 근간을 이루고 있는 것이 불교적 상상력에 기반한 서정적 동일성에 대한 지향임을 알 수 있다. 분별이 없는 불교적 세계와 서정적 동일성에 대한 감수성의 조응, 이것이야말로 타자를 주체에로 환원시키는 것이 아닌, 타자로의 동화 혹은 상호 동화의 미메시스적 화해가 아니고 무엇이겠는가.

이러한 정서는 새로 발표된 소시집의 시편들에도 그대로 이어지고 있다. 특징적인 것은 소시집의 시편들 모두 일련의 꽃을 모티프로 하고 있다는 점이다. '장미', '찔레', '능소화', '매화', '흑장미' 등이 그것인데, 그것들 개개의 특징과 시간적 · 공간적 배경이 어우러져 주제를 형상화하고 있다. 그렇다면 김성부의 시에서 꽃이 표상하는 바는 무엇일까.

너무 붉어서 너무 붉디붉어서
차마 가까이 다가갈 수가 없다
하고 싶은 말 울음마저 삼키고
가문 날 타던 노을 기다리며
꼼짝 않고 서서 꽃잎 헤아린다

꿈속에서 만날 수 있을까
철없이 꽃잎 따서 오솔길에 뿌리며
서녘바다에 떨어지던 붉은 노을이
가슴에 꼭 안기는 꽃이 되기를
피보다 진한 장미가 되기를
고대하며 앉아 있던 남녘 먼 해변
꽃 입술에서 파도소리 읽는다.
꽃 가슴에서 못 다한 울음소리를
듣는다 해가지고 별이 뜰 때까지

—「장미, 파도소리」

위 시의 서정적 자아는 "너무 붉어서 너무 붉디붉어서/차마 가까이 다가갈 수가 없"는 대상을 그리고 있다. 이 대상이 "하고 싶은 말 울음마저 삼키고" 있는 존재라는 점에서 '너무 붉다', '붉디붉다'라는 것을 깊은 상처, 아픔 등의 형상화로 해석할 수 있을 것이다. 동일한 맥락에서 '가문 날'이라는 상황 또한 고통의 현실을 환기하는 배경이 된다. 따라서 "가문 날 타던 노을"은 깊은 상처를 내재한, 혹은 고통의 현실 속에 있는 존재의 표상인 셈이다.

시적 주체가 느끼는, 고통 속에 있는 존재와의 심적 거리는 '서녘바다'와 '남녘 먼 해변' 사이의 거리만큼 멀다. 꿈속에서라도 만날 수 있기를 염원하는 까닭 또한 이와 같은 거리감에서 기인하고 있는 것이다. '장미'는 이러한 자아와 타자 간의 경계, 그 거리를 무화시키는 매개물로 기능한다. 또한 '장미'에는 타자와의 동일화를 염원하고 있는 서정적 자아의 마음이 함의되어 있다. "꼼짝 않고 서서 꽃잎 헤아린다"거나 "철없이 꽃잎 따서 오솔길에 뿌리"는 것은 바로 '노을'을 간절하게 기다리는 행위이기 때문이다.

위 시에서 서정적 동일화는 시적 주체가 "꽃 입술에서 파도소리 읽"고 "꽃 가슴에서 못 다한 울음소리를/듣는" 것에서 이루어지고 있다. '서녘바다'와 '남녘 먼 해변' 간의 물리적 거리만큼이나 멀었던 자아와 타자 사이의 거리는 '장미'를 매개로 무화되고 있는 것이다. 주목할 점은 이러한 동일화가 시적 주체의 기다림과 헤아림, 타자의 목소리를 읽고 듣고자 하는 의지를 통해 이루어지고 있다는 사실이다. "차마 가까이 다가갈 수 없"는 존재, 그의 못다한 말, 못다한 울음을 듣는다는 것은 주체가 타자 속으로 들어가는 행위인 것이다. 미메시스적 동일화의 일면을 확인할 수 있는 대목이라 할 수 있다.

시인에게 꽃은 타자의 마음을, 울음을 듣는 매개물이었던 셈이다. '찔레꽃'은 또 어떠한 슬픔을 들려줄는지, 시인은 가만히 귀를 기울인다.

찔레꽃 비에 젖는다
비에 젖은 찔레꽃 노래를 한다
슬픈 노래를 한다
먼먼 날 고향 길에서 만났던
찔레꽃 처녀의 마음을 읊는다
장미꽃 덤불 속에 감추듯 곱게
피어있던 작은 꽃잎 앞에서
손을 맞잡고 처녀의 이별노래를
듣던 날도 하얀 비가 내리고 있었지

참 많이도 흐른 세월 탓이려니
찔레꽃 얼굴 들여다보며 세월을
헤아리고 헤아려도 그 세월 속
하얀 면사포에 살짝 가렸던 눈물
속으로 깊은 속으로 울음 울던
꽃 세월 마음 아픈 시절이었지
그 시절 꽃잎이 비에 젖고 있었지.

—「찔레꽃 비에 젖는다」

서정적 자아는 "비에 젖은 찔레꽃"이 부르는 "슬픈 노래"를 듣고 있다. 이 시에서 '찔레꽃'은 "먼먼 날 고향 길에서 만났던 처녀"의 표상이며 '찔레꽃'이 부르고 있는 '슬픈 노래'는 바로 "처녀의 마음"이다. 세월이 '참 많이도' 흘렀지만 '먼먼 날', 슬픈 '처녀'의 마음을 헤아리고 있는 서정적 자아에게 시간과 공간의 거리는 무화된다. "하얀 면사포에 살짝 가렸던 눈물"이, 속으로 속으로 깊게 울었던 '울음'이 지금, 여기에서 절절하게 살아나고 있기 때문이다. 현실의 자아는 "꽃 세월 마음 아픈 시절"의 처녀의 마음과 속울음 울던 자아의 그것에 동일화되고 있는 것이다. 이러한 동일성을 담보하고 있는 것이 바로 '찔레꽃'이다.

김성부 시에서 꽃은 이처럼 시적 주체로 하여금 아프고 슬픈 존재의 목소리를, 울음을 듣게 하는 상관물이거나 그 자체가 슬픈 존재의 표상으로 등장하기도 한다. 그 대상이 보편적 존재이든 연정의 대상이든, 혹은 과거의 자아이든 현실의 서정적 자아는 그들의 아픔에 귀를 기울이고 그 대상의 슬픔 속으로 들어가 미메시스적 동일화를 이루는 양상을 보인다.

위 시들에서 시적 주체가 '차마 다가가지 못'하거나 그저 들려주는 노래를 듣는 등 다소 수동적인 자세를 보이고 있다면 대상에게 먼저 '다가가'고 묻는 등 시적 주체의 적극적인 태도를 확인할 수 있는 시편들도 주목을 끈다.

> 매화 꽃 잎 살짝 열리던 날
> 아침 일찍 황사 미세먼지 '아주 나쁨'
> 소식을 함께 받았습니다.
> 아직도 차가운 바람 스치는
> 아파트 담장 모퉁이 후미진 곳에
> 야윈 꽃잎이 살며시 얼굴 들어
> 햇볕을 쪼이고 있었습니다.
> 다가가 눈을 맞추고 물었습니다.
> 세월 참 야속하지 않느냐고.
> 매연과 황사와 소음 가득한
> 거리에서 힘든 겨울 나느라
> 찌들고 아픈 가슴 괜찮으냐고.

꽃잎은 뿌연 하늘에 시선을 둔 체
잊지 않고 찾아오는 봄바람을
기다리고 있었습니다.
곱게 피었다 언젠가 바람처럼
소리 없이 스러져 갈 길을
하나 둘 헤아리고 있었습니다.

—「매화꽃잎 열리던 날」

위 시는 매화꽃의 탄생의 순간을 시간적 배경으로 하고 있다. 그런데 탄생의 경이로움은 '아주 나쁨'이라는 소식에 가려지고 만다. 위 시에서 '아주 나쁨'이란 표층적으로는 '황사 미세먼지'의 정도를 나타내는 용어로 쓰였지만 기실은 우리가 살고 있는 세계에 대한 진단임을 어렵지 않게 유추할 수 있다. "세월 참 야속하"다거나 "찌들고 아픈 가슴"이라는 표현에서도 확인되는 바이다. 따라서 '아파트'가 우리가 살고 있는 세계에 대한 환유라면 "후미진 곳"에 "야윈 꽃잎"으로 존재하고 있는 '매화꽃'은 '속울음 우는', 아니 그 '울음마저 삼켜야' 하는 민중, 혹은 고통받는 중생을 표상하는 것이라 할 수 있다.

주목할 점은 시적 주체가 먼저 "다가가 눈을 맞추고 물었"다는 사실이다. 다가가지 못하고 들어주던 소극적 자세에서 '야속한 세월'에 대해, '찌들고 아픈 가슴'에 대해 눈을 맞추고 말을 건네는 보다 적극적 태도로 전화된 것이다. '매화꽃'으로 표상되는 민중의 태도 또한 눈여겨볼 만하다. "잊지 않고 찾아오는 봄바람을/기다리고 있"다는 시구에서 드러나듯 세월에 대한 원망이나 비관이 아닌 미래에 대한 믿음과 기다림의 태도를 보이고 있기 때문이다. 인연이 다한 후엔 "바람처럼/소리 없이 스러져 갈 길"을 헤아리고 있다는 대목에서는 초월적 불교관을 엿볼 수 있다.

아파트 담장에 흑장미 흐드러지게
피는 날이 왔지
이팝나무 하얀 스카프 바람에 날리며
수줍은 웃음 짓는 날이 이제 왔지
천둥번개 비바람 치던 날
여린 봉오리 다칠까 작은 우산 씌워주며
애써 지키고 섰던 저녁나절
비에 젖은 꽃잎은 하늘 원망하지 않고
흔들리며 깊은 명상에 잠겨 있었지
전생에도 이생에도 내생에도
그렇게 살아온 꽃들의 한 생이었지

—「꽃들의 한 생(生)」

김성부의 시에서 '꽃'은 이렇듯 여리고 약한 존재를 지시하지만, 궁극적으로는 민중을 표상한다고 할 수 있다. 그것도 하고 싶은 말 다하지 못하고 울음조차 삼켜야 하는 핍진한 존재로서의 민중이다. 그렇다면 왜 풀이 아니고 꽃일까. 그 해답은 이들의 속성에서 찾아볼 수 있을 것이다. 김수영의「풀」을 통해서도 널리 알려진 바와 같이 '풀'은 바람에 흔들리고 눕고, 울지만 다시 일어나는 성질로 인해 민중의 강한 생명력과 저항성을 상징한다. 이와 달리 꽃은 모양, 색깔, 향기, 특징에 따라 다양하게 상징되지만 풀과 대비되는 점으로는 보통 여리고 아름답다는 성질을 들 수 있을 것이다. 김성부의 시에서 민중이 꽃으로 표상되는 까닭이 여기에 있다. 민중의 성격을 강인함과 저항성이 아닌 여리고 약함, 슬픔 등에서 찾고 있기 때문이다.

위 시의 제목은 '꽃들의 한 생'이다. 다시 말하면 '민중들의 한 생'에 관한 시라 할 수 있을 것이다. 위 시에 등장하는 꽃 또한 "천둥번개 비바람 치던 날"에 놓여 있으며 비에 젖고 있다는 점에서 고통의 현실에 처한 민중을 떠올릴 수 있다. 그런데 이 시의 시적 주체는 더욱 적극적인 태도로 이들의 고난 속으로 틈입해 들어간다. "천둥번개 비바람 치던 날/여린 봉오리 다칠까 작은 우산 씌워주며/애써 지키고 섰던 저녁나절"이라는 대목에서 드러나듯 그저 기다려주고 들어주고, 물어보는 것에서 더 나아가 비바람을 막으며 "애써 지키고" 서 있다는 점에서 그러하다. "하늘 원망하지 않고/흔들리며 깊은 명상에 잠겨 있"다는 것은 '꽃들'로 표상되고 있는 민중의 생에 대한 태도라 할 수 있을 것이다.

김성부가 풀이 아닌, 여리고 약한 꽃을 민중의 표상으로 내세운 까닭을 간취할 수 있는 대목이다. 여리고 약한 것들은 위무가 필요한 존재들이다. 그것이 기다려주는 것이든, 그저 들어주는 것이든, 혹은 비바람을 막아주는 것이든 말이다. 그리고 이렇게 위무가 필요한 존재들은 또 한편으로는 서로에게 위무가 되어주는 존재이다. 슬픔을 위무하는 것은 역설적이게도 슬픔이기 때문이다. 슬픔을 겪어본 자는 타자의 슬픔에도 더 민감할 수밖에 없는 까닭이기도 하다. "전생에도 이생에도 내생에도/그렇게 살아온 꽃들의 한 생"이란 바로 이러한 것이다. 야속한 세월 속에서 속울음 우는 삶일지라도 그럴수록 더 타자의 슬픔에 마음을 기울이는 '한 생', 세월이든 하늘이든 원망하지 않고 서로가 서로에게 위무가 되어주는 '한 생'이 바로 그것이다. 이러한 생에 대한 태도야말로 가장 약한 것의 강함을 보여주는 예이자 종속의 관계가 아닌 미메시스적 동일화를 이루는 삶의 방식이라 할 수 있을 것이다.

「능소화 기다리는 세월을」이라는 시에는 이렇게 낮고 여리고 약한 존재들에게서 희망을 보는 시인의 시선이 잘 드러나 있다.

구름 한 조각 능소화 줄기에 앉았다
북악산 바람 불어 와 꽃잎 흔든다
돌조각 엮어 만든 담벼락 앞에 서서
꽃잎 따라 흔들린다 구름처럼 흐른다

폭염에 시들은 거리 곳곳에 널브러진
얄궂은 세월을 탓하지 말자
곱게 장식한 현대식 갤러리가 아니라도
갖가지 꽃은 피고 높은 하늘도 오고
기죽은 군상들의 자화상도 걸리고 있다
돌담에 새긴 자화상에 능소화 피었다
곧 찬란한 아침 햇빛 꽃잎에 내리면
닫힌 상가 휑한 거리에 새 소식 오리니.

—「능소화 기다리는 세월을」

서정적 자아는 "돌조각 엮어 만든 담벼락 앞"에 서 있다. 위 시에서 '담벼락'은 '갤러리'로 비유되고 있다. "갖가지 꽃은 피고 높은 하늘도 오고 기죽은 군상들의 자화상"도 걸리는 갤러리이다. 한마디로 온갖 인간 군상이 현상되어 있는 스크린이라 할 수 있을 것이다. 서정적 자아 또한 '갤러리' 앞에 서 있는 단순한 관람자가 아니라 "꽃잎 따라 흔들"리고 "구름처럼 흐"르는, 이러한 군상들 중 하나다.

시적 주체의 시선은 여전히 "폭염에 시들은 거리", "곳곳에 널브러진 얄궂은 세월", "닫힌 상가 휑한 거리" 등 녹록지 않은 현실에 닿아 있다. 이러한 "얄궂은 세월"에 대한 원망을 지양하고 있다는 점에서도 동일한 구도를 보인다. 그런데 이 시가 다른 시편들과 차질적인 점이 있다면 '새 소식'이라는 희망의 메시지를 구체적으로 언표하고 있다는 사실이다. 이

'새 소식'은 '능소화'가 피어난 것과 긴밀하게 연결되어 있다. "돌담에 새긴 자화상에 능소화"가 피었는데 그 꽃잎에 "찬란한 아침 햇빛" 내리면 '새 소식'이 오리라고 단언하고 있기 때문이다. '능소화'는 미래의 희망을 담보하고 있는 존재의 표상인 셈이다.

김성부의 소시집에서 '꽃'은 어김없이 비에 젖거나 바람에 흔들리는, 여리고 위태로운 존재로 등장한다는 특징이 있다. 그리고 이 여리고 위태로운 존재, 아프고 슬픈 상황에 놓여 있는 존재가 시인의 시선에 포착된 민중 혹은 중생의 모습이다. 이들은 여리고 슬프고 위태로운 존재인 까닭에 서로를 필요로 하며 서로에게 위무가 되어줄 수 있다. 위무가 되어주는 모습 또한 다가가지 않고 가만히 기다려주는 것, 다가가 아픔을 물어봐주는 것, 직접 비바람을 막아서 주는 것 등 다양하게 제시되고 있다. 시인이 '풀'이 아닌 '꽃'을 민중의 표상으로 상정한 까닭이 바로 여기에 있는 것이 아닌가 한다.

저항하고 투쟁하고 쟁취하는 것이 아닌, 그저 세상을 원망하지 않고 타자를 지향하는 김성부 시의 민중의 모습은 일면 나약하고 무력해 보이는 것이 사실이다. 그러나 아도르노의 미메시스적 관점에서 주체가 타자를 자기동일화시키는 것은 또 다른 지배와 종속 관계의 연장일 뿐이다. 주체가 타자 속으로 들어가 동화됨으로써 맺어지는 관계가 미메시스인 것이다. 김성부 시의 '꽃'으로 표상되는 민중이 의미를 획득하는 것은 바로 이러한 맥락에서이다. 약하고 보잘것없는, 슬프고 아픈 존재만이 보여줄 수 있는 희망, 이것이 김성부 시의 '꽃'이 함의하고 있는 의미이자 아름다움이 아닌가 한다.

상처를 당기는 '잔인한 서정'

■ 윤병주론

윤병주 시에서 느껴지는 첫 인상은 매끄럽지 않다는 것이었다. 다듬어지지 않았다는 표현이 더 정확할 것 같다. 정제되지 않은 언어로 인해 시의 의미를 읽어나가는 데 있어 덜컥덜컥 걸리는 느낌이 드는 것이 사실이다. 그렇다고 이러한 느낌이 단순히 표현의 미숙에서 오는 것이라는 의미는 아니다. 이 거칠고 황막한 느낌은 보다 심층적인 까닭에서 비롯되는 것으로 보인다.

그것은 첫째 시인의 노마드적인 삶과 사유에서 찾아진다. 정주적 삶에는 구심적 질서가 작동한다. 그것은 축적과 구축을 통해 안정을 추구하며 필연적으로 위계적 정체성과 함께 배타성을 함의하게 된다. 반면 노마드적 삶은 원심적이라 할 수 있다. 어떤 특정한 가치나 위계질서에 얽매이지 않고 끊임없이 낯선 곳으로 나아가는 삶이다. 코드화된 삶과 사유의 방식을 거부하고 새로운 관점에서 세계를 인식해가는 삶이다. 윤병주의 시에서 드러나고 있는 낯선 이미지, 거친 결 등은 시인의 이러한 노마드적 생의 태도와 사유 방식에서 비롯되는 것이 아닌가 한다.

밤마다 낮은 습습함을 지탱하던 부식의 흔적들이
흘러들었다
풀들은 하류를 향해 고개를 숙이고 기우뚱한 무게는
불안하고 굴절된 시간을 건네주었다
외곽도로 붉은 가로등에 부풀어 오르던 초저녁 추억은
점점 잊혀져간다
얼마간은 열망과 허탈함을 풀며 물은 흐를 것이고
수평의 각도를 의심했던 사람은 이곳을
통과하지 않을 것이다
또한 입구까지 왔다가 다시 반대편 쪽으로 운행했다
낡은 노선을 이탈한 불안한 감시들이 증폭된 채
건너선 안 될 불신이 비누 거품처럼 떠다닐 것이다
다리 앞 시간들은 수평적인 무게보다
강인했던 것들이 더 허약한 날들을 기다려 줄
시절이 필요했다
불을 켠 자가용이 단숨에 핸들을 틀며
빠른 속력으로 다리를 통과했다
그래도 의심 많은 차들은 다리를 건너지 않았다
한번 몰려온 불안한 무게들은 지형을 바꾸고
시큰거린 하늘을 담고 흘러내린다
그 물 위 시간은 불안한 무게를 변명하듯
중년의 사내가 건너가고 있다

—「다리의 추억」

위 시에서 '다리'는 불안정한 시공간을 표상한다. 이는 "부식의 흔적들", "불안하고 굴절된 시간" 등 '다리'를 묘사하고 있는 시구에서도 드러나거니와 사람들이 "수평의 각도를 의심"하여 "이곳을 통과하지 않"는다거나 "입구까지 왔다가 다시 반대편 쪽으로 운행"한다는 대목에서도 그러하다. '다리'에는 "낡은 노선을 이탈한 불안한 감시들이 증폭된 채/건너선 안 될 불신이 비누 거품처럼 떠다"니고 있을 뿐이다.

그러나 '사람'들이 다리를 건너지 못하는 것의 본질적 문제는 "수평적인 무게"에 있는 것이 아니다. 위 시에서는 "수평의 각도", "수평적인 무게"가 객관적 사실이 아님을, '사람'들의 인식의 문제임을 드러내고 있다. "비누 거품"처럼 떠다니고 있는 '불신'이 그것이다. 지형이 바뀌어 불안이 발생한 것이 아니라 "한번 몰려온 불안한 무게들"이 "지형을 바꾸고" 있다는 시인의 인식이 이채롭다. '다리' 앞에서의 불안을 잠재우는 데는 "수평적인 무게"가 아닌 "강인했던 것들이 더 허약한 날들을 기다려 줄 시절이 필요"하다는 언표 또한 동일한 맥락에서 가능해지는 것이다. 이 "불안한 무게를 변명하듯" 다리를 건너가고 있는 "중년의 사내"가 시인 자신임을 유추하기란 그리 어려운 일이 아니다.

위 시에서 '다리'는 단순히 낡은 구조물이 아니다. 코드화에서 벗어난 삶, 노마드적 삶의 표상이라 할 수 있다. 이러한 삶과 사유에는 감수해야 할 위험과 그에 따른 불안이 있게 마련이다. 이러한 심리를 잘 드러내고 있는 시가 「꽃샘추위」이다.

> 닿을 수 없는 높이의 불안을 진정시키기 위해
> 나는 자주 풀 옆에 걸음을 멈춘다
> 빽빽한 숨결의 마디를 길게 늘려 서로의
> 간격에 여백을 둔다
> 그 빈자리를 메우며 추운 풀포기들이
> 자율 진동처럼 몸을 일으켜 세운다
> 쏟아지는 잔기침을 누르며 서로의 몸에
> 기운을 건네주기 위해 막혀 있던 모혈을 뚫어줄

모서리를 찾고 있는지 발길을 옮길 때마다
옆구리가 따끔거린다
나는 공연히 멈추어 서서 내 안의 소리들을 살펴본다
나뭇가지 끝에 걸린 하늘이 위태로운지 풀들이 춥다
심한 환절기 잔잎 하나조차, 꿈쩍 않고
풀은 견뎌내고 있었고,
나는 내 안의 겨울을 곰곰이 헤아려 보며
풀의 명상 속으로 낮아지고 있었다

—「꽃샘추위」

위 시의 시적 자아는 역설적이게도 "닿을 수 없는 높이의 불안을 진정시키기 위해" 가장 낮은 곳에 위치하고 있는 '풀들'에 의지하고 있다. 그렇다고 '풀'이 기댈 만한 안정적인 존재인 것은 아니다. 오히려 이 시에서 '풀'은 "심한 환절기"로 암유되고 있는 불안정한 환경에 놓인 '추운' 존재이다. 시적 자아가 "발길을 옮길 때마다/옆구리가 따끔거리"는 이유가 여기에 있는 것이다. 그럼에도 '풀'은 "잔잎 하나조차 꿈쩍 않고", "견뎌내고" 있다. 시적 자아가 동화되고자 하는 것은 바로 이 '풀'들의 '견뎌냄'인 것이다. 풀에 대한 이러한 '명상'을 통해 시적 자아는 "내 안의 겨울", 즉 내면에 자리하고 있는 여러 부정적 요인들을 헤아려보면서 "닿을 수 없는 높이의 불안"에서 비로소 내려설 수 있게 되는 것이다.

그렇다면 시인은 왜 이토록 위험과 불안을 감수하면서도 노마드적 삶을 고집하는 것일까. 그것은 "검고 깊은 곳에서 이루어지는 생성되는 비밀"(「위대한 움직임－문어」)에 대한 궁금증 때문이다. 이는 삶의 구경적 의미 대한 탐구에 다름이 아니다. 이러한 태도는 그의 "잔인한 서정"(「잔인한 서정」)과 긴밀하게 관계되는 것인바, 이 "잔인한 서정"이야말로 그의 시에서 느껴지는 거친 결의 주요 요인 중 하나라 할 수 있을 것이다. '서정'이 시를 생성케하는 근본 동인이자 시적 분위기를 형성하는 요체라 할 때 윤병주의 시는 "잔인한 서정"에서 비롯된다 할 수 있기 때문이다.

장맛비가 내리는 아침 아내는 출근을 했고
아침도 점심도 아닌 시간
혼자 깔깔한 밥을 먹는다
담장 위 늙은 고양이는 잡히지 않은 새를 따라다니며 울어 댄다
창밖의 비를 맞으며 주인 없는 자전거는 열쇠에
잠기어 녹이 슬어갔다
아내는 집으로 돌아와 어깨가 쑤신다고 했고
아이는 내 눈빛을 살피었다
TV를 켜 두고 잠이 든 아내의 눈빛을 닮은 별이 자취를 감춘 밤
별다른 이유 없이 나는 바다 보이는
술집에서 몇 사람에게 전화했지만
모두가 부재중이다
자본주의에서 몸도 상품이라는 술집의 광고를 보며
나는 술잔을 비우고 죄 없는 바다에 오줌을 싸고
몸을 부르르 떨고 흔들었다

장맛비는 지루하게 이어졌고, 아내는 아직 돌아오지 않았다
별다른 이유 없이 나를 피하는 아이는
달리지 못하는 자전거 페달을 보며 어떤 아버지를 꿈꾸고 있을까

그해, 여름 난 바람이 들지 않는 빈 사무실에서
녹슬어 가는 자전거를 보며 책만 읽으며 살았다

—「잔인한 서정」

지루하게 이어지는 '장맛비', 비를 맞고 있는 녹슨 '자전거', "바람이 들지 않는 빈 사무실", 모두가 '부재중'인 상황 등 이 시를 이끌어가고 있는 정서는 삭막함이다. 이 삭막함이 이러한 외적 환경에서 비롯되는 것만은 아니다. "별다른 이유 없이 나를 피하"고 "내 눈빛을 살피"는 아이, "아직 돌아오지 않은" 아내 등 오히려 가족이라는 내적 요인이 삭막함의 깊이를 더해주고 있기 때문이다.

가족이란 육체적으로든 정신적으로든 자아와의 동일성을 함의하고 있는 존재라 할 수 있다. 그런데 윤병주의 시에서 가족은 동일성을 담보해 주지 못하고 있을 뿐만 아니라 파편화되는 양상을 보인다는 특징이 있다. 이것이 바로 "잔인한 서정"의 요체가 아닐까. 이를 비교적 잘 드러내고 있는 시가 「인연1 – 어머니와 형」이다.

이상한 소문들이
밤마다 집으로 흘러들었다
처마 옆엔 남쪽으로 간 작은형 모습이
근심으로 등에 걸리곤 했다
풀들은 자라지 못할 불빛이 필요했다
남쪽의 바람을 붙잡고 내 유년은
긴 의문에 빠져들었다
빚더미에 쫓기듯 출가를 해야 했을까
형이 떠난 봄날
어머니의 근심에 풀들은 자라지 못했다
바람은 아무것도 흔들지 못했다
개가 짖을 때마다 바람은 도둑처럼 흘러들었다
북극성은 늘 거기에 있었다
검은 암실 같은 날들이 명명하게 흘렀다
나는 남쪽 바람에 실려 온 절집 이야기를 추궁하며

의문의 생을 뒤적였지만
희미한 행선지를 지나치기 일쑤였다
이듬해가 되고, 몇 개의 버들강아지를 건너
형이 돌아왔을 때
내 나이 쉰이 가까워 있었고
뒤켠의 어머니
처마 끝에 낙숫물 소리가 염주알 같은지
몇 번이고 이승의 인연들을 중얼거리곤 했다

—「인연1 – 어머니와 형」

위 시에서는 "빚더미에 쫓기듯 출가"한 '작은형'과 이로 인해 깊은 근심을 안고 살아야 했던 어머니가 초점화되고 있다. 시인은 이로 인해 "내 유년은 긴 의문에 빠져들었다"고 고백하고 있다. 그러나 시인의 가족에 대한 사연과 그로 인한 '의문'은 훨씬 근원적인 것에서 비롯되는 것이었다. "술을 마시고 담배를 피우며 허풍을 떨며", "한밤중까지 달리던 여인을 얻기 위해 읍내 술집 용광로처럼 불을 피우던" 아버지(「지천명」), "목사의 길을 떠"난 누님과 "부처를 버리지 못한 채 여자 속에서 살아갔"던 작은 형(「인연3 – 가족사」), 그리고 "무엇으로도 삶이 되지 못하고 젊은 날 죽음을 택한" 아우(「차마고도 길 – 아우에게」) 등, 그야말로 "검은 암실 같은 날들이 명명하게 흘렀"을 법하다.

시인이 끊임없이 노마드적 생에 기투하고 있는 것은 "검고 깊은 곳에서 이루어지는 비밀"을 캐기 위해서라 했다. 이는 운명이랄지 무언지 모를 생의 구경적 의미에 관한 것이며 위 시에서의 "긴 의문"이 의미하는 바이기도 하다. 이러한 "긴 의문"에 관한 탐구가 바로 윤병주 시의 행로였으며 "잔인한 서정"의 발현을 추동하는 요인이었던 셈이다.

사근진 다리를 건너는 중이다
몸속을 파고드는 통증을 당겨본다
닫힌 창틀처럼 고이는 시간이 엄습해온다
나는 아무런 소리도 낼 수 없다
누추한 육체 속에 머물던 고름이 길고도 지루한
환부에 와 눈을 껌뻑인다
황폐한 상처의 내부를 비추면
날벌레들이 불빛을 잡고
지나온 시간을 더듬듯 낡고 단단한 환부가
새살이 돋는 날은 환하고
헛기침으로 깊은 상처를 들추어냈다
귓속을 날던 날벌레들이 지나간 몸의 한쪽은
정지되었다가 고스란히 피어난 꽃처럼
자국들이 남아 있다
햇살은 참으로 위태롭게 나를 바라보고
상처 안의 환생은 더 자유로이 돋고
슬픔이 지나간 날을 읽어주고 있다

—「바람의 상처를 당기다」

"검고 깊은 곳에서 이루어지는 비밀"을 해독하기 위해서는 그 속으로 성큼 발을 들여놓아야 한다. "잔인한 서정"이란 단순히 주어진 환경에서 발현되는 것이 아니라는 의미이다. 시인은 '통증'을 빗겨가려 하지 않는다. '상처'를 덮어두려 하지 않는다. 스스로 '통증'을, '상처'를 '당기고' 있다. 세상은 봄이라 하는데 시인은 그 "봄 속의 겨울"(「봄 속의 겨울 이야기」)을 살고 있는 까닭이 여기에 있다. "어떤 햇살도 그의 얼음 낀 입안을 통과하지 못했"고 오히려 그가 "햇살이 하얗게 쏟아지기 시작하는 봄의 출구를/꽁꽁 얼리고 있다." 시인은 이러한 원인을 "자신을 찾을 수 없었"

던 것에서 찾고 있다(「봄 속의 겨울 이야기」). '비밀'을 해독하는 것, 상처를 당기는 행위란 결국 "자신을 찾"는 과정이었던 셈이다.

위 시에 드러난 바와 같이 "아무런 소리도 낼 수 없"을 만큼 고통스러운 순간이 "길고도 지루"하게 이어질지라도 "육체 속에 머물던 고름"은 종국에는 '환부'에 와 닿게 된다. 이렇게 "황폐한 상처의 내부"를 들추어 내어야만이 "새살이 돋는 날"을 기대할 수 있게 되는 것이다. 세상은 "참으로 위태롭게" 시인을 바라보지만 위태로워 보일수록 실상은 "상처 안의 환생이 더 자유로이 돋고"있는 것일 터, 시인이 노마드적 삶에 기투하며 "바람의 상처를 당기"는 까닭이기도 하다.

> 산의 길들은 원래 막히지 않았다
> 몸이 아프거나 산신을 받지 않은 사람들이
> 깊은 계곡으로 우연히 바위 틈에서 늦게 발견된
> 삼을 찾고 심마니가 되기도 했고
> 부모님이나 자식의 희귀병을 치료하기 위해
> 시원하고 푸른기가 도는 바위굴에서
> 산기도를 하다가 삼을 찾는 사람으로 살기도 했다
>
> …(중략)…
>
> 그러나 삼을 캐는 행위들이 다 진실은 아니다
> 자연의 법칙은 스스로 생성하고 사라지지만
> 산삼을 찾고 사는 것은 그 일부분일 뿐
> 산과 현재를 연결하는 나이 먹은 심마니들은
> 점점 사라지고 애달픈 병증들도 산에
> 기대지 않는 현실
> 하늘 아래 약이 되는 것은 많고

산문과 밖이 서로 이어져 있으니
본래 산과 사람은 스스로 그러했었다

—「산 사람들 1－심마니」 부분

고르지 않은 호흡, 거친 결, 충돌하는 의미와 날것 그대로의 삶의 이미지들, 윤병주의 시는 "한 생을 산으로만 살았다"는 산사람으로서의 시인을 그대로 드러내고 있는 듯하다. 산사람, 윤병주는 "산의 길들은 원래 막히지 않았다", "산문과 밖이 서로 이어져 있으니/본래 산과 사람은 스스로 그러했었다"고 단언하고 있다. 깨달음을 통해 번뇌가 사라진다지만 번뇌가 있기 때문에 깨달음이 있는 것이다. 자연은 본래 열려 있는 것이고 인간의 본질 또한 스스로 그러함에 있는 것이라는 시인의 통찰은 바로 '잔인한 서정'이라는 상처에서 기인하는 것이었다. 시인의, 동일성이 아닌 비동일성의 서정, 상처에서 발현되는 '잔인한 서정'이 의미가 있는 것은 바로 이러한 맥락에서이다. 윤병주의 시에는 탁상 위에서의 관념으로는 닿을 수 없는, 실존의 고투를 통해서만 가능해지는 거칠고도 진솔한 결이 웅숭깊게 자리하고 있기 때문이다.

'달'의 원형적 이미지로 열리는 태초의 세계

■ 이정호론

이정호 시인이 첫 시집을 상재하였는데 그 표제가 특이하다. "달에서 여자 냄새가 난다"가 그것이다. 잘 알려진 대로 달의 원형적 이미지는 여성 혹은 어머니이며, 잉태, 출산, 보호, 포용 등과 긴밀하게 연결되어 있다. 이는 주기적으로 차고 기우는 달의 성질에서 기인하는 것으로 의미를 확장하면 모든 생물의 성장과 쇠퇴를 상징하기도 한다. 또한 달이 그 차고 기우는 정도에 따라 보름달, 그믐달, 초승달로 나타난다고 할 때 이를 삶과 죽음, 그리고 재생으로 의미화하기도 한다.

이정호의 『달에서 여자 냄새가 난다』에는 달이나 그것의 원형적 이미지와 관계된 시적 대상이 자주 등장한다. 많은 시에서 여자나 어머니가 등장하고 있고 '탯줄'(「잠 청하기」), '잉태', '씨앗'(「씨앗」), '임산부'(「동굴 기차」), '젖'(「그믐」, 「귀웅젖」) 등도 동일한 의미망에 자리하는 시어들이다. 이러한 맥락에서라면 달의 상징과 관련된 이미지와 의미들이 이정호 시세계의 특징을 구성하는 지배소라 해도 그리 틀린 말은 아닐 것이다. 따라서 이를 중심으로 시세계를 조망하는 것도 의미가 있을 것으로 사료된다.

먼저 이 시집의 표제를 포함하고 있는 작품인 「달밤」을 보자. 이 시는 5행의 짧은 시이지만 '달'을 중심으로 그 원형적 이미지가 감각적이면서도 유기적으로 직조되어 있어 강렬한 인상을 주는 작품이다.

> 만삭의 몸을 풀려고
> 배반과 음모가 없는 터를 찾아 떠나는데
> 달이 뜬다
> 아기는 달 냄새를 가지고 온다
> 달에서 여자 냄새가 난다
>
> —「달밤」

구체적으로 명시되어 있지는 않지만 위 시에 등장하는 '달'은 보름달임에 틀림없다. "만삭의 몸을 풀려고" 한다든가 "아기는 달 냄새를 가지고 온다"는 대목에서 유추가 가능하다. 이는 또한 시인의, 감각의 시적 운용 능력이 돋보이는 대목이기도 하다. '아기'와 '달', '여자'가 오감 중 가장 원시적이고도 관능적인 감각으로 평가되는 후각적 심상을 매개로 연결되고 있기 때문이다. 따라서 위 시에서 펼쳐지고 있는 '달'과 관련된 환유적 상상력은 탄생, 생산, 창조 등의 의미역을 내포하고 있는 것으로 볼 수 있다. 또한 이를 위하여 "배반과 음모가 없는 터를 찾아 떠"난다는 대목에서는 탄생, 생산 등에 신성함을 담보하고자 하는 시적 자아의 의지가 드러나고 있다. 이와 같은 맥락에서 위 시는 순수한 시공간으로서의 근원 내지는 태초에 대한 지향을 발현하고 있는 것으로 볼 수 있다.

> 객석에서 누가 그리움의 바튼 기침을 뱉어낸다

레일은 공회전한다

감나무 아래 묻은 탯줄

꿈 밖을 서성인다

멀다

—「고향」

문학에서 '고향'은 일반적으로 모성이나 근원, 태초 등의 세계를 상징하며 분리 이전의 유대와 통합의 세계로 의미화된다. 위 시에서 '고향'을 표상하는 상관물로 "감나무 아래 묻은 탯줄"을 상정하고 있는 까닭도 동일한 맥락에서일 것이다. 그런데 서정적 자아의 감수성은 이러한 '고향'에 동일화되지 못하고 있는 것으로 드러난다. "감나무 아래 묻은 탯줄"이 "꿈 밖을 서성인다"는 대목이나 "멀다"는 시구에서 그러하다. "멀다"는 것은 바로 서정적 자아가 고향에 대해 느끼는 심적 거리인 셈이다. "바튼 기침"으로 의미화되고 있는 참을 수 없는 '그리움'은 이와 같은 심적 거리감에서 기인하는 것이다. 이 '그리움'이 근원 내지 태초에 대한 지향을 담보하고 있는 정서임은 물론이다.

집에 도착하자
내 어릴 적 옆구리에도 차지 않던 오동나무가
먼저 나를 반긴다
지금은 담 너머까지 가지를 뻗은
나보다 더 오래
엄마 곁에서 자라난 새끼다

기껏 일 년에 몇 번 찾는 고향 집을
아무런 불평도 없이 지키고 있는 그 핏줄
애초부터 탈출을 꿈꾸지 않는 오동나무
그 옆구리에 어머니는 빨랫줄을 묶어 놓으셨다

술 몇 잔 마시고 마루에 벌러덩 누워
그를 바라본다
이제는 내 어깨 아래로 처진 많은 가지들
어머니의 포로는
오동나무가 아니라
쓸쓸해서 돌아눕는 나였다

—「포로」

위 시의 시적 대상은 고향 집에서 오랜 시간 동안 자라온 '오동나무'이다. 서정적 자아는 이 '오동나무'를 "나보다 더 오래/엄마 곁에서 자라난 새끼", '핏줄' 등으로 호명하고 있다. 서정적 자아에게 '오동나무'는 그저 나무라는 단순한 물상이 아니라 피를 나눈 형제와 같은 존재인 것이다. 그것은 또한 서정적 자아의 위치를 환기하게 해주는 매개가 되고 있기도 하다. 서정적 자아의 경우 "기껏 일 년에 몇 번 찾는 고향 집을" '오동나무'는 "아무런 불평도 없이 지키고 있"고 끊임없이 '탈출'을 꿈꾸는 자아와는 달리 그것은 "애초부터 탈출을 꿈꾸지 않"기 때문이다.

'오동나무'와 서정적 자아의 역설적 관계는 '포로'를 매개로 절정에 이른다. '어머니'에 의해 빨랫줄에 묶여 있지만 애초부터 탈출은 꿈도 꾸지 않았다는 점에서 '오동나무'는 포로가 아니다. 오히려 묶여 있지도 않고 "에미걱정 하지 말고 그만 가거라" 하며 "절대 나를 되새김질하지 않는" '어머니'에게 끊임없이 돌아올 수밖에 없는 서정적 자아가 '포로'인 것이다. 이러한 정서는 「가을 빗소리」라는 시편에서도 간취된다. "어머니가 정리해 둔 옷장에 누워 듣는다/당신 품으로 파고드는 잠꼬대를/광대뼈에 돋아나는 떨림을"이라는 시구가 그것이다. "어머니가 정리해 둔 옷장"에 눕는 것으로나마 어머니를, 어머니의 손길을 느끼고자 하는 행위에서 간절함을 느낄 수 있다. 가히 "어머니의 포로"라 할 만하다.

전언한 바와 같이 어머니는 대표적인 달의 원형적 이미지 중 하나이다. 그런데 위 시에서는 보호자, 포용자로서의 어머니의 면모가 구체적으로 드러나고 있지는 않다. 다만 "어머니의 포로"라는 한마디가 이를 모두 함의하고 있는 것으로 볼 수 있는데 이것이 오히려 시의 의미를 더욱 풍성하게 하는 장치로 작용하고 있다. 어머니의 품이 근원 내지 태초의 표상임은 물론이다. 따라서 위 시 또한 그것에 대한 지향을 드러내고 있는 시편이라 할 수 있겠다.

귀웅젖을 가진 당신
가을 들판에 서 있습니다
허리를 펴고 고개를 젖힌 채
하늘과 땅을 잇는 애절한 시간이 머뭇거립니다

아직 푸른빛이 남은 이삭들은 태양에 맞서
또 하나 작은 씨앗을 만들어 갑니다
한 톨 한 톨 씨앗들이 단단해지면
하늘을 향한 당신의 바람은 그칠까요

울타리에 기어오른 박꽃의
흰 나팔 소리가 들려옵니다
당신의 흰 머리카락 끝에는 아직

동냥젖 냄새가 매달려 있고
시린 무릎은 허물어진 토방으로 기울어집니다

토닥이던 손자의 유모차가 헛간에서 빤히 쳐다보고
무념무상의 아날로그 텔레비전만이 방안에서
웅웅대며 당신을 맞이합니다

기억이 숭숭 뚫린 방문 앞에
젖빛 그믐달이 걸리면
그믐 눈썹을 깨우는 벼 이삭 하나가
소곤소곤 말을 걸어오고
경운기를 탄 손자들 재롱이
덜컹덜컹 춤을 춥니다

세상이 잠깐 멈추어 서고
웃음꽃으로 일렁입니다

—「그믐」

위 시의 제목은 '그믐'이다. 가득 차 있는 보름달이 만삭이나 탄생, 혹은 삶으로 의미화된다면 그믐달은 쇠퇴, 소멸, 죽음을 표상한다. 위 시에서는 "흰 나팔 소리", "당신의 흰 머리카락", "시린 무릎", "허물어진 토방" 등과 같은 쇠퇴적 이미지가 '그믐'이 표상하는 의미를 환기하고 있다. '귀웅젖' 또한 생명성과는 상충되는 상관물이다. '젖'이 생명을 유지 성장시키는데 필요한 영양분이라면 '귀웅젖'이란 함몰된 유두로 수유가 어려운 경우이기 때문이다. 위 시에서 '동냥젖'이 등장하는 것은 이러한 까닭에서이다.

그런데 주목을 끄는 것은 위 시에 등장하고 있는 '그믐달'이 "젖빛 그믐달"이라는 사실이다. '그믐달'이 쇠퇴, 소멸의 표상이므로 이를 결핍 혹은 상실된 '젖'에 대한 갈망의 투사로 해석할 수도 있겠으나 뒤에 이어지는 내용에 기대어보면 오히려 생명성을 담지하고 있는 '그믐달'로 해석하는 것이 타당할 듯하다. "그믐 눈썹을 깨우는 벼이삭", 춤을 추는 "손자들 재롱", 일렁이는 '웃음꽃' 등 긍정성을 담보하고 있는 이미지들이 "젖빛 그믐달"의 의미를 이끌어 가고 있기 때문이다.

이러한 맥락에서 위 시의 '그믐달'은 양가적 이미지를 발현하고 있는 것으로 볼 수 있다. 현실을 드러내는 측면에서는 쇠퇴, 소멸 등의 이미지로 발현되고 있고, 시의 후반부에 가서 심리 내지 상상의 측면을 드러내면서는 경쾌한 생명성을 표출하고 있다는 점에서 그러하다. 이정오 시인에게 있어서 '달'은 보편적 상징성에서 벗어나 절대적 긍정성을 담보하고 있는 대상이다. 그의 시에서 '달'은 근원 내지 태초의 시공간이자 포용하는 존재로서의 어머니이며 생명성을 배태하고 있는 존재로 형상화되고 있다. 이는 그대로 시인이 갈망하는 세계이자 그의 시가 궁극적으로 이르고자 하는 세계이기도 하다.

> 오늘, 부처님 오신 날이 아니었다면
> 목을 베어버렸을 것이다
> 댕강 목이 잘려나갔을 것이다
>
> 연꽃보다 먼저
> 아니, 연잎보다 먼저 나와
> 취한 척 바람에 비틀거리고
> 잘난 척 주위에 손가락질하고
>
> 참다가 나는 평정심을 잃었을 것이다

잠시 눈을 감고
부처님 눈빛을 보지 못하였다면
멀리 구석진 곳 마음 한 귀퉁이로부터
목탁소리를 듣지 못하였다면

결단을 내렸을 것이다
그것이 이성인 줄 보은인 줄 알고
그것이 광기인 줄 생명인 줄 모르고
깨끗이 없어져야 된다고

아직 수줍게 붉은 빛으로 솟아오르는 연잎과 이미 파랗게 자라버린 수초들
함께 흔들리고
함께 기도하는 모습이
오늘, 평화롭지 않은가

—「수초」

근원 혹은 태초란 분별이 없는 시공간이다. 포용이나 생명성이라는 의미도 여기에서 크게 벗어나는 맥락이 아니다. 높고 낮음, 귀하고 천함, 옳고 그름 등의 분별에 따라 수용과 배제, 살림과 죽임이 가름되기 때문이다. 위 시는 이러한 이치를 현현하고 있다. '엽잎'과 '수초'에 대한 분별이 그것이다.

처염상정(處染常淨)이라는 말이 있듯 연꽃은 진흙탕 속에서 피어나지만 그것에 물들지 않는 속성으로 불교에서는 부처를 상징한다. 위 시에서 부처님 오신 날을 맞아 '수초'를 정리하는 것이 '이성'이고 '보은'이라 한 까닭이 여기에 있는 것이다. 연잎보다도 먼저 나와 자라 있는 '수초'로 인해 부처를 상징하는 연꽃이 가려진다는 것은 불경일 수 있기 때문이다.

그러나 이는 분별심에 가려진 '이성'이고 '보은'일 뿐이다.

'수초'가 "연잎보다 먼저 나와/취한 척 바람에 비틀거리고/잘난 척 주위에 손가락질하고" 있는 것으로 보이는 것 또한 분별심에 의한 것이다. '수초'는 그저 바람에 흔들리고 있을 뿐이다. 시적 자아는 "부처님 눈빛", '목탁소리'로 표상되는 불심의 근원으로 돌아간다. 이때 비로소 그것은 '이성'이 아니라 '광기'일 뿐이고 '수초' 또한 연잎과 같은 '생명'임을 깨닫게 되는 것이다. 분별심이 사라진 눈에 '연잎'과 '수초'는 "함께 흔들리고/함께 기도하는 모습"이다. 이때 '평화'가 찾아든다.

이러한 깨달음의 과정이 이정오 시인이 생각하는 '시의 길'이며 이 길을 통해 이르고자 하는 세계가 바로 분별이 없는 평화의 세계가 아닌가 한다.

> 대문 옆에 쪼그려 앉은 철쭉
> 길쭉하고 엉성한 화분에서
> 얼어 죽은 줄 알았어
> 오고 가는 발굽 소리를 듣고 있었다니
> 꼭꼭 말아 쥔 몸을 풀어
> 가지 끝마다 한 장 한 장
> 조심스레 잎으로 펼쳐내는 걸 봐
> 기다려주는 이 없어도
> 봄기운을 알아차려
> 세상을 벼리며 잠에서 깨어나고 있잖아
> 봄으로 난 길 위에
> 꽃잎 열고 꽃술 세우고 나면
> 벌 나비 된 사람들
> 눈길 주고 가잖아

조금은 세상이 웅성거리고
환해지는 걸 봐
꽃처럼 새삼 느껴 봐
웃음이 깔린 길을 열어준다는 건
살아있는 너의 핏물이란 걸

—「시의 길」

위 시는 시적 자아가 '너'에게 전언하는 형식으로 진행되고 있다. 제목에서 유추되는바 여기에서 '너'의 정체는 '시(詩)'이다. 또한 "대문 옆에 쪼그려 앉은 철쭉"은 '시'를 표상하는 것으로 볼 수 있다. "얼어 죽은 줄 알았"던 '철쭉'이 봄이 되어 피어나는 과정이 곧 "시의 길"인 셈이다. "길쭉하고 엉성한 화분", 혹독한 겨울은 우리가 살고 있는 이 세계에 대한 암유이다. "기다려주는 이 없어도/봄기운을 알아차려/세상을 벼리며 잠에서 깨어나고 있"는 철쭉과 같이 이 세계에서의 "시의 길" 또한 이러해야 한다는 의미일 터이다.

한편 위 시에서는 시인의 시에 대한 태도가 효용론적임이 드러나고 있다. 꽃이 피어남으로 인해 '사람들'이 '눈길'을 주고 "조금은 세상이 웅성거리고/환해"진다는 대목에서 그러하다. 이는 "살아있는 너의 핏물", 즉 살아 있는 시, 혼이 담긴 시는 "웃음이 깔린 길을 열어준다"는 시인의 믿음이기도 하다. 이러한 시의식을 포지할 때 시를 쓰는 행위가 구도의 그것과 다르지 않게 됨은 자명한 이치이다.

이정오의 시에서 '달'의 원형적 이미지는 시인이 추구하는 세계임을 그리고 그것은 바로 태초나 모성의 세계와 같은 분별이 없는 세계임을 살폈다. 이는 이정오의 '시의 길'이 종국에는 이르게 될 세계이자 이것이 그가 시를 쓰는 이유가 아닌가 한다.

제1부 타자를 꿈꾸는 시

「타자가 삭제된 세계, 타자를 꿈꾸는 시(詩)」: 『시와정신』 2014년 여름호(통권 48호).

「우리 시대 '사랑의 단상'들」: 『시와정신』 2014년 겨울호(통권 50호).

「삶 자체를 넘어서는 삶, 실재와의 조우」: 『발견』 2015년 가을호(통권 10호).

「현대 문학 속의 사랑의 담론들」: 『문학도시』 2015년 1월호(통권 142호).

제2부 광장과 밀실, 그리고 시

「동일성에 대한 감각의 회복을 위하여」: 『시와정신』 2015년 봄호(통권 51호).

「현대시에 있어서의 슬픔의 역설적 힘」: 『시와정신』 2016년 봄호(통권 56호).

「시(詩), '광장'과 '밀실'의 변증법적 공간」: 『동안』 2017년 봄호(통권 15호).

「서정의 '한밭', 대전(大田)」: 『시와산문』 2016년 가을호 (통권 91호).

「인간, 애련(愛憐)에 물들고 희로(喜怒)에 움직이는-유치환의 「바위」」: 『시와정신』 2013년 가을호(통권 45호).

제3부 진정한 실존에 이르는 길

「서정성에 이르는 이성적인, 너무나 이성적인 경로－오세영론」:『문예연구』 2013년 가을호(통권 73호).

「현실의 상처를 건너가는 두 가지 경로－나호열, 김용화론」:『시와정신』 2015년 가을호(통권 53호).

「진정한 실존을 향한－김연숙, 김수우론」:『시와정신』 2016년 여름호(통권 56호).

제4부 불가능성의 시학

「'가능성'을 위한 '불가능성'의 시학－나호열론」:『시인정신』 2017년 봄호(통권 75호).

「'깊고 푸른 섬', 그 수평의 세계에 이르는 길－문현미론」:『시와정신』 2016년 가을호(통권 57호).

「실존의 장에서 들려오는 '사랑의 전설－이중도론」:『창조문예』 2015년 4월호(통권 219호).

「'꽃'의 변증법, 그 약한 것의 강함에 대하여－김성부론」:『불교문예』 2016년 가을호(통권 74호).

「상처를 당기는 '잔인한 서정'－윤병주론」:『시와정신』 2016년 가을호(통권 57호).

「'달'의 원형적 이미지로 열리는 태초의 세계－이정호론」:『시와정신』 2016년 가을호(통권 57호).

용어 및 인명

ㄱ

ㄴ

ㅇ

기타

작품 및 도서

ㄱ

ㄴ

ㄷ

ㅅ

ㅈ

ㅊ

ㅋ

푸른사상 평론선 29

서정적 리얼리즘 시학